目录

陌上初薰

流萤微凉

尘埃咫尺

华发无痕

冠盖京华

角落里的青春

浅末年华卷

回味青涩往事，
解密成长密码

波斯菊的忘我春天

主编/刘　勇

中国财富出版社

图书在版编目（CIP）数据

波斯菊的忘我春天/刘勇主编．—北京：中国财富出版社，2014.3
（角落里的青春·浅末年华卷）
ISBN 978－7－5047－5104－1

Ⅰ．①波… Ⅱ．①刘… Ⅲ．①短篇小说—小说集—中国—当代
Ⅳ．①I247.7

中国版本图书馆 CIP 数据核字（2014）第 007255 号

策划编辑 王秋萍　　**责任印制** 方朋远
责任编辑 白 昕 白 柠　　**责任校对** 梁 凡

出版发行 中国财富出版社
社　址 北京市丰台区南四环西路 188 号 5 区 20 楼　**邮政编码** 100070
电　话 010－52227568（发行部）　010－52227588 转 307（总编室）
010－68589540（读者服务部）　010－52227588 转 305（质检部）
网　址 http：//www.cfpress.com.cn
经　销 新华书店
印　刷 北京兴星伟业印刷有限公司
书　号 ISBN 978－7－5047－5104－1/I·0119
开　本 710mm×1000mm 1/16　**版　次** 2014 年 3 月第 1 版
印　张 15　**印　次** 2014 年 3 月第 1 次印刷
字　数 261 千字　**定　价** 29.80 元

陌上初薰

比萨斜塔，那里盛产比萨吗

■ 佚名

刚开学，枝头上的夏天依然没有要华丽转身离开的意思，反倒派了蝉这位艺术使者，天天在枝头上唱歌，对我来说这真是一阵令人心慌的不知所措与烦恼。

我没有与任何人说话超过五句，而且基本上都是对方问我才回答。有人说我“惜字如金”，还如是云云地说一大通。某好心女生告诉我，我也只是微微地笑一下，什么都没有说，任凭她吃惊地看着我。

我只是努力地学习，上课认真举手发言，下了课也只待在座位上，直直地望着同学们嬉笑打闹。放了学我便飞速回家，埋头写作业。一切结束后，随手翻一本书，看几行，却又没了兴趣，只好匆匆放回书架，粗粗洗漱完毕上床睡觉。

这是我进入初中后第一个星期的真实写照。因为我的孤僻，没有一个人愿意接近我。可我也不是一个糊涂的人。每当下课，当我一个人坐在偌大的教室里，真的尝到了孤独的滋味。孤独是一剂恶毒的甜美药剂，不喝，只是闻闻它，都会使人中毒。

正当我百无聊赖的时候，曦来了。她以决绝的姿态猛然冲破我的视线，华美地轰然而至，让刚开始并不快乐的我，终于在她的“威逼利诱”之下展开了笑容。

拜托你啦，笑一个嘛！一个肉包子在路上饿了，于是走着走着就把自己吃了。这样的笑话，难道不好玩吗？给我一点面子吧……

比萨斜塔？那里盛产比萨吗？(苦思冥想中……)

薰，让我来与你一起搬吧！这么重的箱子，你身体又弱，还是让我分担一些。

薰，我真的好喜欢你。从小到大，除了另外一个女生，你是我最好的朋友！说定了，Best friend！

曦，你太阳光了，阳光到与你站在一起，连作为你朋友的我，都觉得自豪!

不记得有多少次，放学过后，我总是与曦快乐地手牵着手，信步走向家附近的一座花园。嘻嘻哈哈一阵后，她总是挽着我的手在一片最美的花丛边坐下，以她最淳朴最爽朗的笑容面对着我，耐心倾听我没完没了地诉说这一天的倒霉事，然后认真地为我解答一切一切的不理解。让我总觉得这时候比我小的她成了姐姐，我反而成了不谙世事的小妹妹。

“薰，你要明白，生命中必定充满着一道一道的关卡。如果你永远都是以一种沮丧悲叹的心态来看待一切的话，只会给自己带来许多不必要的麻烦与困扰。

“你是你自己。薰，不必太在意他人的话，只要自己认为是对的，就行了。一直走下去，不要回头，也无法回头。

“薰，生活就是这样。努力把好舵，不要被生活所支配，这样才会成为生活的主人。你明白吗?

“不必谢我。我们是好朋友，不必见外。”

日子就这样平安无事、流水般幸福地过着。

不过，越美丽的东西，就越容易生出羁绊。就连曦也说过，宿命之神手里有无数根红线，它们紧紧地缠绕着世人的脖子。两人一根，只要他愿意，稍微动一根手指头，红线便立马勒住两人脖颈。窒息的痛，无法挣脱开来，只能呻吟，直到两人下定决心将红线彻底剪断。

我与曦，自然也是现在被红线死死勒住的两个孩子。

夕阳未落的一个美丽傍晚，在教室出完黑板报，我拿起书包刚想回家，突然听到隔壁空荡荡的音乐室里隐隐约约传来怒斥，还夹杂着断断续续的哭声。本来不想多管闲事，无意中猛然听到谈话中好似有我的名字，于是悄悄地靠近，小心翼翼地听着

“曦，我一直把你当做好朋友，不管你有没有这么对待我，可是我真的没想到你竟然去跟‘她’打得火热!你知道我一向不喜欢她，你还……”女生顿了顿，语气里全是恼火。

“不……晨，你相信我，我……只是在网上看到这么一个实验，说如果你能与班上最冷漠的同学结为好朋友，那就证明你的人缘一定很好。我瞄准了尹初薰，于是才接近她的，你千万别……”一个熟悉得不能再熟悉的声音

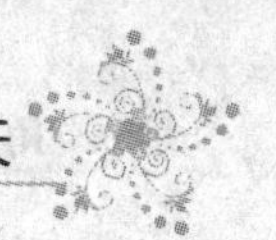

响起来，结结巴巴地，最后一句再也说不下去了。

那个唤作“晨”的女生默不作声了。

我定在原地。

所有给予我的关心与温暖，原来都是她的测试吗？

我不出声地笑，忧伤地大笑，平静地推开音乐室的门，从未想过后果，只知道一味地走下去，无论对错，永远都不回头去花时间慢慢后悔。我没有那个耐心。

里面的两个女生蓦地愣住了，尤其是满脸泪痕的曦。她那好看的脸从来没有像现在这样扭曲过。她错愕地瞪着我，而我则倨傲地望着她，嘴边的线条紧了又紧，成了一条遥远而苍白的直线。

随后，转身，没有哭，没有跑，只是这样平静地走，心痛。我不想知道背后的曦是什么样的表情，我只知道，多看她一秒，只会使我的心更痛，最后，爆裂。

我又变成了一个人。没有朋友，没有友谊。只有终日与我为伴的几本书籍供我钻研消遣。

外面的阳光亮得耀眼，可我却缩在冰冷的墙角，低着头看蚂蚁进进出出。

我现在痛恨早晨明媚的阳光，因为它是“曦”。

想到这个字，我本能地厌恶，使劲晃晃脑袋，拼命地想把这个字赶走。待到终于消失殆尽，我才满意地舒了一口气，继续望着蚂蚁做运动。

“我的手表到底跑哪里去啦？”曦的声音令人讨厌地响了起来，“究竟是谁，把我最心爱的手表放哪儿了？如果让我查到，我一定不会放过你！”

同学们开始唧唧喳喳地围在曦的身旁，七嘴八舌地讨论起来，都带着怀疑的目光向每一个人的脸上扫射。曦无奈地站在那儿，眼泪都快出来了，似乎那块手表就是她的生命似的。

可热闹了好一阵子，也没揪出罪魁祸首。大家唧唧喳喳地来，唧唧喳喳地去，树倒鸟散，跑得倒很快，生怕别人会怀疑到自己身上。

曦一个人孤单地立在她的座位旁边，那慌张焦急的表情，像极了一只掉队的雁儿，无可奈何地等待着同伴们来认领，却只得到它们决绝的背影。

这就是你该付出的代价！我恶狠狠地想着，心中竟然有一股快意。

她的双瞳突然愣愣地看向我，眼里迸出一道寒光，脸上的失望是显而易见的。她急急地走向我，弯下腰低声附在我的耳边，“是你吧？薰，我知道你依然对上次的事耿耿于怀，谁听了不会生气呢？可其实不是那样的！我只是……”

“想怎么样？”我冷笑，不耐烦地打断她急切的话语，“保护我吗？但我看来你只是在不停地欺骗我！没有人拿你的手表，谢谢，大小姐。就这样随便没有理由地怀疑一个人，你认为我会觉得这是在保护我吗？”我越说越恼火，一拍桌子，头也不回地走了，只留下她一个人发呆。我没有多想，也没有试图去观察她的神色。我就是大步地向前走着，绝不给自己释怀的机会。

我想，我们之间的友情，这次是真的彻底完了。

不仅如此，我与全班女生的那份微薄友情，也彻底不复存在。

我坚信是曦传出去的，现在每个女生都用一种异样且厌恶的目光看着我，好像我是鞋底上一个什么令人恶心的东西一样。事情甚至发展到几个女生突然在下课期间猛然跑过来大声指责我，说都是我的错，曦才会变得委靡不振，上课也没有精神。这其中自然有晨，她毫不掩饰地加入进来，每天苦心孤诣地等待我们班放学，就是为了能够目睹我的“尊颜”。

我默默地接受了一切对我的讥讽。不是我无能懦弱，最重要的，其实是因为我听到了一个完全可以令我终生难忘的消息。

“你不知道，这块手表是曦的妈妈临终前送给她的！多少年来，至少从我与曦认识以来，她就一直戴着这块手表，从不离身。今天恐怕是她忘了吧，竟放在了教室里，回来后就发现不见了。如果不是因为那次争吵被你发现了，我们会怀疑到你吗？”晨的声音愤愤不平地响起，嗡嗡地在我的脑子里回荡着，最终炸成了一堆废墟。

曦……那块手表……还有她的怀疑，这一切不是毫无根据的。我知道了那次争吵，所以怀疑到我也不为过。尽管我没有拿，可是我也不能那样伤害她啊！

但是我依旧固执地认为我没有错。因此我并没有向她道歉，仍然孤傲地行走在校园里，没有温暖，只有无可把握的悲哀。

毕竟，因为我的鲁莽，我失去了众多获取友情的机会。

不过，我没有表现出一点软弱，我总是挺直腰板，忍受种种奚落，只为了青春奇异的心理而坚强地忍受。

然而就是因为我竭力表现出来的孤傲，竟让我们班的苏依等一些女生重新与我建立了友好关系。我并没有拒绝她们，因为我知道，得到友情是多么快乐，失去友情又是多么痛苦。

后来我记得问过苏依，问她为什么第一个带头与我成为好朋友，那时的她早已知道内幕，于是回答很干脆，她就喜欢并且愿意与能够忍受孤独的人结为好朋友。这样的人，必然能够挺住一切，包括整个世界。

那时的我笑得很甜很欢，是的，这是打心眼儿的开心，我又一次找回了我的友情，让我真正懂得我不是一个人，我有许多默默支持我的朋友。

可是我的身边，再也没有了曦。

直到曦离开中国，去了法国，我们也没恢复从前的要好，顶多只是冷冷地点个头。她去法国的这件事只有我一个人知道当然不是她亲口告诉我的，而是用老土的办法塞纸条。当时着实心里有一股暖流缓缓流过：毕竟嘛，做了短短一年的朋友，也值得!

期末考试，我得了很高的分数。那时曦已经不在中国了，我礼节性地告知她这一喜讯，她也不过是发来一条短信，只有区区两个字：恭喜。

但是我知道，这两个字，又承载了多少友情的重量。

难以计数，于是我不再想了，只是简短点个头，合上手机，没再理睬它。直到寒假的最后一天，我打开学校的贴吧时，无意中发现了一条帖子，署名是曦。

薰，你在吗?

还记得半年前的事么?那时你很愤怒，我后来想想看，我真的不应该这样说你，也不该怀疑你。

但那真的是一个彻头彻尾的误会。

我这么对晨说只是希望她不要再找你的麻烦。为了不与你“同流合污”，我只好这么讲。可你没有听到前面的话，我一直在劝晨不要再嫉恨你，没想到……

一个星期之后发生的事，我后来才知道真的不是你，只是几个喜欢搞恶作剧的男生把手表偷偷藏了起来。但因为我的无理指责，我失去了一个最好的朋友。

尽管已经不可能再挽回，但，薰，你会原谅我吗?

终于，真相大白。我抹去满脸的泪水，微笑着跟了一个帖：

原谅不原谅，已经没有意义。我倒要谢谢你，如果没有这场误会，我，依然是懦弱的吧。忍受孤独的整个过程中，我意识到了失去一个朋友是多么令人心痛。于是我便加倍地对后来愿意与我在一起的任何一位朋友好，结果我得到了我曾经梦想不到的东西。

曦，也许 10 年、20 年，甚至一辈子我们再也见不到。可是，你给我的，比这短暂的 10 年、20 年和一辈子，还要多，还要长。原来比萨斜塔，那里不盛产比萨，那里只是住着我心头最暖最暖的记忆。

是非题

■ 米图塔塔

1. 我叫花朵，他叫林正立

我叫花朵，姓花名朵，这名字是我妈伟大创造力的体现，带着全家人对我的美好祝愿——像花朵一样美丽。可惜我从哪看都不像花朵，顶多是花骨朵，又瘦又小，常年一副营养不良的样子。

这个娇嫩的名字并没有给我带来过人的外貌，却给了我异常发达的泪腺。

我哭的原因有很多，比如同桌抢了我的饼干，比如老师没有表扬我满分的卷子，比如在街角看见一只可怜的死猫，再比如小学六年级林正立的自行车“撞倒”了小学四年级的我。

林正立骑着自行车从拐角冲出来，我果断没有闪躲，并且不假思索地咧开了嘴，然后在屁股着地的一瞬间果断飙出了眼泪。

林正立停下车，无奈地走到我身边蹲了下来，“你不要哭了好不好，那个，花朵?”林正立看着我挂在身上的校牌说。

我隔着眼泪看见林正立的脸时，就不想哭了，因为我四年级以前从来没见过这么好看的男生，其实，一直到现在我也这么认为。

可是流泪是有惯性的，我挂着一脸的鼻涕眼泪抽噎着，林正立在我脸上抹了几下：“上车，我给你买冰激凌，你不许再哭了!”林正立的语气很像是恐吓。

我点了点头，坐上了林正立那辆红色的变速车，手里的卷子上歪歪扭扭地写着六年级三班，林正立。

以后的以后，我常常会想起这一天，时间越久越让我感觉，那一天美好得一点也不真切。

那天为了见林正立，我迟到了。班主任用尖锐的声音提醒我：“花朵!

你迟到了3分28秒!”我的特长马上发挥了极大的作用，简直是泪如雨下地回到座位。

同桌刘浩宇推过来一张纸条，上面写着：你怎么迟到了?

我想了半天，回了一句：芋头，我有喜欢的人了。那时，我和刘浩宇已经三年同桌了，革命情谊无比深厚，芋头是我给他起的外号。

刘浩宇收到纸条，一下子把头转了过来，意味深长地看着我，我知道刘浩宇生气了，可是我不知道他为什么生气，我猜来猜去，得出结论，刘浩宇一定是恨铁不成钢，觉得我不务正业，学人早恋。

可是用一句很俗的话说，爱情来了是挡也挡不住的，尽管我这还是单方面的爱情。我不知道该怎么跟刘浩宇解释这种奇妙的事情，但是在林正立面前，刘浩宇这种小情绪马上就被我抛之脑后了。

我从小就明白，巧合这种事是要靠人为的，我决定在林正立回家的路上制造巧合。

可是我忘了我的两条小细腿追不上林正立的变速车。尽管我跑得呼哧带喘，但是林正立红色的单车还是七拐八拐就消失在了我的眼前。我沮丧极了，拖拖沓沓地往家走去，走到林正立给我买冰激凌的地方，再也忍不住地哭了起来。

就在我哭得正凶的时候，听见了林正立的声音：“靠，你怎么又哭了?”林正立的声音就像是一束照亮阴霾的阳光，我的世界豁然开朗。

“你哭什么啊?”林正立停好车子问我。

我想了半天说：“我没钱买冰激凌了。”

林正立扑哧一声笑了出来：“你就为这个哭啊?我请你吃。”

林正立买了两碗红豆冰，我一口一口仔细品味着，林正立看着我说：“你很喜欢吃这儿的冰激凌吧，我也是。”

我点点头，露出一个大笑容，可能是幸福的人笑起来都容易灿烂，林正立愣了一下说：“你笑比哭好看多了。”

“对了，告诉你个秘密，你不许告诉别人。”林正立突然对我说，我立马拿出一副严肃的表情，恨不得在脸上写上四个大字：相、信、我、吧。

“我刚才表白被拒绝了，你知道吗，昨天撞倒你时我就是在跟踪她，结果被你搞砸了，今天早上故意不戴红领巾，想跟她搭话，又被你搞砸了，花朵，你是上天派来惩罚我的吧?”林正立笑着看我，可我知道他肯定不开心。

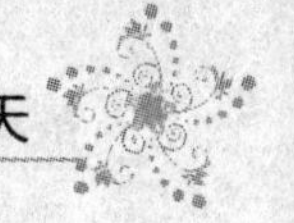

我脑海回想着那个模糊的值周生的身影，一张精致漂亮的脸慢慢清晰起来，原来在我费尽心机接近林正立的时候，林正立正在用尽心思地接近另一个人。

我失落地说："对不起，我不是故意的。"

"这样吧，我说了一个秘密，你也说一个秘密吧，咱俩扯平。"林正立吃完最后一口冰说。

我想了半天，把脑袋凑了过去，小声地说："其实我是我妈从山上挖出来的。"

林正立脸上的表情凝固了几秒，继而哈哈大笑起来："哈哈哈，花朵你太逗了！"

虽然这不是我想说的那个秘密，但是在我知道我是怎么来的之前，这一直被我当做重要机密，实际上这只是我妈创造力的又一体现。

林正立看见我严肃的表情，忍住笑说："以后每个星期五都来吃冰吧，跟你说话还挺有意思的。"说完骑上他红色的单车走了。

这个"每个星期五"的约定让我喜不自禁，我发誓我听见有花朵在我耳边噗噗盛开的声音。

其实那天我真正想说的秘密是林正立我喜欢你，可是那个女生的脸浮现在我的脑海里，我到底是没有勇气说出口。现在我常常会想，如果那天我说了那个秘密，然后被你狠狠地拒绝，我还会不会，一颗真心，只向着你前进。

你跟我讲罗纳尔多，讲意大利，我和你讲樱桃小丸子，讲奶奶家门前的大山。

刘浩宇和我之间的冷战不了了之，他似乎也是接受了我喜欢上林正立的事实，但每次一提到林正立都会对我嗤之以鼻："反正他又不喜欢你。"

"你怎么知道以后不会！"我言之凿凿，仿佛看到了将来。

"你哪里比文楚好啊？"刘浩宇不服气。

"文楚又没有和林正立每个星期五都去吃冰。"我反击道。

刘浩宇"切"了一声，不再理我。

在我不认识林正立之前，就仿佛世界上不存在这样一个人，可在我遇到他之后，他的各种各样的消息就扑面而来：他是六年级三班的体育委员，他喜欢踢足球，他喜欢的女生叫文楚，是个漂亮又优秀的女生，一个样样都比我好的女生。用刘浩宇的话说就是用脚指头想都知道选谁。

可是，我不怕，只要那个冷饮店还在，只要那个星期五的约定不变，我就相信，有一天，林正立一定会喜欢上我。

开始，林正立每个星期五都会来，他和我讲罗纳尔多，那时，罗纳尔多还没发福成肥罗，人们叫他外星人，林正立狂热地崇拜他，他的梦想就是成为罗纳尔多那样的足球明星，他还说他最想去的地方是意大利，因为那是文楚最想去的地方。

我会和林正立讲热播的樱桃小丸子，讲奶奶家门前的大山，会在林正立提起文楚的时候适时沉默。

林正立说每次跟我说话都会让他很开心，因为我会相信他说的每一句话，不会质疑他的梦想，他说被人崇拜的感觉真好。

时间一点一点向前，夏天的冰激凌到冬天的热奶茶，林正立升了初中，他不再准时地出现在每个星期五的冷饮店，这让我很失落，很多次我一个人的时候都会一边吃着冰激凌，一边想要流眼泪。

可每当我觉得林正立不会再出现的时候，他又会突然地骑着红色的单车风尘仆仆地来到我身边，像一个披荆斩棘的王子，笑眯眯地对我说："花朵你在啊，真好。"

那时候我突然开始无比地渴望长大，好追上林正立的脚步，刘浩宇对我的"贼心不死"无可奈何，他已经认定了我和林正立不会有任何结果。

其实长大对于现在的我来说似乎就是一瞬间的事，在无数个期盼的星期五里，我就变成了初中生，然后是高中生。

林正立上了高中后，去冷饮店的次数越发的少了，每次我都会带上一两本杂志打发时间。即使偶尔见到他，他都是一副无精打采的样子，我会尽量讲一些轻松的话题。可我还是慢慢感觉到，林正立不再喜欢罗纳尔多，不再想成为足球明星，不再那么迷恋文楚，他开始喜欢上网打游戏，喜欢抽烟，可我还是喜欢樱桃小丸子，还是会在看见林正立的时候心跳不已。

我以为当我长大，我就可以拉近和林正立的距离，我以为当我长大，林正立就会喜欢我，可是现实并没有。

我突然感到害怕，害怕林正立会把我丢在那些回忆里，然后自己一个人大踏步地走向没有我的未来。

2. 感情拿得起，却很难放得下

林正立高考结束后，我终于看见了他久违的微笑。出成绩的那天，林正立特意约我去吃冰，我早早地到了，东张西望地等着林正立，远远就看见林正立牵着文楚的手慢慢地走过来，在这个炎热的夏天里，我却感觉我的身体像是被冰冻了一样，林正立走到我面前，还没有说话，我的眼泪就流了出来。林正立有些手足无措："花朵，你怎么了？谁欺负你了？"

"没、没有，我是为你开、开心。"我指着文楚断断续续地说。

"你这个傻丫头。"林正立揉着我的头发，宠溺地说。

那一天，我真的是食不甘味，刘浩宇说的都是对的啊，林正立果然不会喜欢我。我憋着眼泪，委屈得无以复加，只得把刘浩宇拉出来给我当垃圾桶，当哭得稀里哗啦的我出现在刘浩宇的面前时，刘浩宇一副意料之中的样子，他从兜里拿出面巾纸来给我擦眼泪。我边哭边说："林正立和文楚在一起了，他永远不会喜欢我了，没人会喜欢我……"

"笨蛋，我不是早跟你说了嘛，他不会喜欢你的，虽然他不懂得珍惜，但肯定会有人喜欢你的。"刘浩宇一边拍着我的后背帮我顺气，一边肯定地说。

"不会，谁会喜欢我？一天到晚就只会哭。"我已经开始耍无赖了。

"我就喜欢你！行了吧？"刘浩宇突然冲我喊。

我被他这一吓，眼泪一下子憋回去了："刘浩宇，你别逗我了。"

"我没开玩笑，真的，从小学做同桌的时候就喜欢你。因为喜欢你，所以兜里总带着手纸留着给你擦眼泪。"刘浩宇很真诚地说。

我坐在那里愣了半天，说："可我还是喜欢林正立啊。"

刘浩宇翻了个白眼，说："我就知道，这下我可以彻底死心了。花朵，你什么时候才能对林正立彻底死心啊？说真的，我不相信林正立会不知道你喜欢他。"

"哪里是那么容易放下的。"我说。

刘浩宇皱着眉头，若有所思。

有时候没心没肺或许真的是一件好事，刘浩宇的表白并没有影响我们的友谊，虽然从初中开始，我们就不在一个班级了，但还是时常的见个面交流一下革命情谊，想想我这些年在他面前林正立长、林正立短的，对他确实挺不公平，刘浩宇一直等着我迷途知返，谁知我还真不是一般的倔，是个撞了南墙都不回头的主儿。

我也懂得适可而止，现在，我不再跟刘浩宇讲林正立的事情，刘浩宇反而觉着难受："花朵，你讲讲林正立吧，要不我怕你憋坏了。"我瞪他一眼不再做声。

其实现在我实在也说不出关于林正立的事情，我已经很久不去那个冷饮店了。林正立和文楚在一起的事实确实让我有些心灰意懒，我实在是没办法看着他们两个然后露出一个明媚的微笑。

我们总是这样，心心念念的是一个人，但陪在我们身边的往往是另一个人。

自从我看见林正立和文楚在一起后，就再也没有见过他，我在学校的红榜上看到，林正立去了南方一所二本大学，这下真算得上千里之外了，那一整天，我都恍恍惚惚，心里想着以后真的是很难再见到了。

林正立仿佛突然从我的生活中被抽离掉了，曾经那些回忆就像是一个断断续续的梦，变得不真实，刘浩宇对我的低迷情绪无可奈何，只能一个劲地说我死心眼。

时间慢慢走，就像一个沙漏，我除了好好学习，经常掉眼泪，偶尔还是会想一想林正立，他会不会偶尔也会想起有个叫花朵的姑娘在那么多的星期五陪着他消磨了那么多的时光，吃了那么多的红豆冰 。

我真的以为我不会再见到林正立了，所以在家门口看见他的时候，我惊讶得差点咬到舌头，他只是笑笑说："花朵，我很想念你。"

只是这一句话，就足够我热泪盈眶，林正立摸摸我的头说："你还是这么容易哭。"林正立拉起我的手，沿着马路慢慢地走，我感觉我的心简直要跳出喉咙了。

"昨天是星期五，我在冷饮店等了你很久，我很想见你。你没有来，我突然很害怕，感觉丢掉了很重要的东西。"林正立仿佛是在自言自语，我心里面五味杂陈，说不出的滋味。

"你和文楚还好吗？"我犹豫了半天，还是忍不住问出了口。

"我们前几天分手了。在一起之后，发现也没有那么喜欢。"林正立平平淡淡的语气，像在说别人的事情。

沉默了一会儿，林正立停下来，看着我的眼睛说："花朵啊，我知道我没有资格，但是还是很想你这样一直陪着我，我一想起那个冷饮店，想起你就会很心安。"

我的脑子乱作一团，我越来越不清楚在林正立的心中到底把我放在什么位置，我想了一会儿问："林正立，你还想要做一个足球明星吗?"

林正立笑着说："现在谁还会想要做足球明星啊?"

果然，时间会带走很多东西，我努力咧开嘴笑，抽出被林正立握着的手，捶了林正立一拳，说："放心吧，哥们儿我永远挺你!"

林正立愣了一下，也笑了："谢谢你。"然后又加了句"哥们儿"。

在家附近的十字路口和林正立分手后，眼泪又不争气地流了出来，虽然林正立回来了，可我却感觉离他那么远，其实，我们总是这样，心心念念的是一个人，但陪在我们身边的往往是另一个人，我之于林正立，刘浩宇之于我，我们不想承诺给对方一个未来，却还自私地想留对方在身边，在自己受伤难过的时候去汲取一些安慰。

做人不能太贪心。

或许真的是女大十八变，随着年纪的增长，我总算不再是小时候拧巴的样子，有点小花小朵的意思，我妈偶尔会感叹一下："哎哟，花朵你可总算是开了。"曾经我盼望着自己快点长大，可当自己真的长大了，林正立却走得太远了。

高考的时候，我执意全报了北方的大学，刘浩宇摇摇头说："你怎么还放不下他?"我嘿嘿一笑装傻充愣，我就是想离林正立再远一点，远到像天南海北才好，似乎距离的疏远能带给我更彻底的决绝。

领录取通知书的那天，我拉着刘浩宇去吃冰，我和刘浩宇考得都不错，两家人都能继续保持心情舒畅。

刘浩宇坐下问我："这就是你跟他的根据地?"

我大口吃冰不回答，刘浩宇停顿了一会儿说："花朵，我有事跟你说，那个，我有女朋友了。"

我一下子被一口冰呛到了，咳了半天，才挤出一句："恭喜你啊，芋头。哪个美女啊?"

刘浩宇不愠不火地交代了一下他女朋友的基本资料，我除了不错、真好的恭维话外什么都说不出来。

冷饮店的老板又端出两碗冰说："花朵啊，我这里就要拆迁了，下个星期就关门，你是老客人了，再送你和你朋友一碗，记得告诉林正立一声。"

我愣在那里，吃了两口，眼泪就吧嗒吧嗒地掉了下来，刘浩宇急忙用袖子给我抹眼泪，半晌，叹了口气说："你还是这么喜欢他啊。"

其实刘浩宇不知道，我真正难过的是，我感觉我就要失去很多重要的东西，失去满载那么多回忆的冷饮店，还有一直陪着我的刘浩宇。

可是我知道，做人不能太贪心。

冷饮店拆迁那天，我早早地去了，我从包里拿出一张泛黄的卷子和一条褪了色的红领巾，我用红领巾把卷子绑在冷饮店的门把手上，远远看去，像一面红色的旗帜，在风里飘扬着。

上大学之前，我去南方见了林正立，林正立带着他的新女朋友盛情接待了我，他女朋友娇小可爱，说着一口闽南的软口细语，嗲声嗲气，林正立很受用，我却起了一身的鸡皮疙瘩，却还少不得赔着笑一起八卦张柏芝谢霆锋为什么离婚。

待了两天，我就决定离开了，林正立一个人送我去火车站，我总算能单独的和他说句话，我先说了一堆祝他幸福的废话，然后告诉了他冷饮店拆迁的消息。

林正立沉默了一会儿，说："花朵，谢谢你，陪我走了这么久。"

我看着林正立，心里却再也起不了一丝波澜，我拍了拍他的肩膀说："不客气。"

上了火车，原本我以为自己会再哭一鼻子，结果却平静得不像自己，我拿出手机给刘浩宇打了个电话："刘浩宇，我这次是真的放下了，恭喜我吧。"

爱情是道是非题，却永远没有对错。

故事的结局多少有些平淡，可我就是一个平凡的人，是祖国的花朵里最普通的一朵，没长成奇葩我已然很庆幸，想想自己当年，也不由得佩服，是哪里来的勇气与坚持，不过现在走在街上，遇到喜欢说靠的男生还是会不由得多看一眼。

我和刘浩宇、林正立依然是很好的朋友，依然还是会有从前残留的情愫，但心里都清楚的是未来不会再有交集。

我知道，爱情就像是一道是非题，但它永远不会有对错，有的只是巧合与错过。

肚子疼男孩追冷冷的女孩

■ 冰血

一

在“×”市的一所学校门口站着一个人，他向学校望去。学校很大，正对着他100多米处是一座很华丽的教学楼，在阳光的照耀下显得格外金光闪闪。

那个人叹了一口气后就抬起脚向校园走去，他每一步都很稳重。一看就知道是个富人家的孩子，只有有钱的人走路才会那么稳重。

他走进了教学楼后就向自己的班级走去。

“报告!”他推开门后对讲台的老师说道。

老师看了他一眼说道：“上官金辉，你怎么又迟到了？今天是什么理由?”

上官金辉是一名高二的学生，父母都是老板，人也很帅，在班里他要说自己是第二就没有人说自己是第一，学习在班里也是最好的。

上官金辉看了一眼全班的同学，只见全班的人都在看着自己。最后上官金辉把目光投向了坐在最前面的一个女生。她叫王影，是上官金辉的同桌，王影的家境也很不错，学习也是数一数二的。

上官金辉看完王影后对老师说道：“报告老师，今天早上我肚子疼。我去医院了，刚才才弄好。”

老师听完被气得火冒三丈，“你这个理由说了不下二十遍了，你天天拉肚子是吧。麻烦你下次找一个好一点的理由行不行?”

“好呀老师，我下次一定找个好理由。”上官金辉回答道。

老师一听直接无语了，像上官金辉这样顽皮的男孩子，老师也拿他们没有办法。给校长说也没有用，校长可不想让这个摇钱树跑了。上官金辉的父母每年都要给学校捐几十万元。

老师最后没有办法了，他说道："算了，你回座位吧。下次来早点。"

"是，老师。"上官金辉说完就向自己的座位走去。回到自己座位后上官金辉并没有听老师讲课，而是一直看着王影。

过了一会儿王影被上官金辉看得忍不住了，她看着上官金辉说道："你看够没有？没见过美女吗？"

"见过是见过，但没见过你那么可爱，那么美丽，那么……"

"停，打住。要看是吧，下课看。我现在在学习呢，不要打扰我学习。"

"好，这可是你说的，我下课看。"上官金辉说完就趴在桌子上睡觉了。

二

就这样一节课上完了，当下课铃响起时，上官金辉像被鬼附身一样快速地坐了起来，脸上还带着一点睡意。

旁边的王影被这一情形吓了一跳，她有些生气地看着上官金辉，只见上官金辉看着黑板眨了眨眼睛，之后看着王影。他见王影正看着自己，他笑着说道："美女，看本帅哥干什么？是不是思春了？"

"思你个大头鬼，还帅哥，是衰哥吧。呵呵……"

"呃，美女。俺可是良好青年，怎么会是衰哥？我英俊潇洒，玉树临风，人见人爱，花见花开……（省略一万字）"

"给我一个桶。"

"干什么？"

"我给你制造一桶废物出来，你别自恋了好不好？我记得上次有一个人走在大街上，还向车道看了一眼，最后两辆车撞车了。可有此事？"

"什么呀，那是因为司机疲劳驾驶。"

"好，我还记得有一个人上次去医院，最后那个医院两个病人进精神病医院了。还有啊……"

"够了够了，那都不是俺的错。是他们精神原来就有问题。刚才上课的时候你说了什么？"

"我说了什么？我怎么不记得了？"

"刚才你说要看你下课看，现在是下课。我可以看你了。"

"有证据吗？我怎么不记得了。"

“呃，这个……我耳朵就是证据。”

“那把你耳朵割下来。”

“不是吧，那么狠！嘻嘻……”上官金辉阴险地看着王影，王影见上官金辉的笑容很阴险，自己的心底骤然一丝寒气升起。

“美女，那怎么样才能看你？”上官金辉说道。

“你难道不知道现在看美女也是要钱的吗？”

“不是吧，现在看美女也要钱？”上官金辉一脸惊讶的样子。

三

王影呵呵地笑了笑，上官金辉说道：“美女，看你一上午多少钱呀？”

“不多不多，一上午五节课，大概五个小时。一个小时收你十万元，就是五十万元。要不要看啊？”

“啊！”上官金辉差点被吓得吐血，脸上的表情是要多难看有多难看。

“那么狠，不如你把我卖了。就算卖了也不值那个钱。”

“那是，你还知道啊。现在有没有人买你还是一个问题。”

“呜呜，神仙妹妹，救救我吧。”

这件事就这样过去了，几天后上官金辉好像心情很好的样子。这一天上官金辉早早地来到学校，他见班里没人，他从口袋里拿出一个精致的盒子，还有一封信。上官金辉将这些东西放在王影的抽屉里，然后自己到另一个班藏了起来等着王影的到来。

不一会儿上官金辉就看见王影来了，他躲了起来，等王影进了班里后上官金辉才出来。他来到班后面的窗户那，然后伸出头看向教室里面。

上官金辉看见王影进班里后放下自己的书包就在那里休息，上官金辉在外面那可是很着急呀。王影休息好后就把书包放进抽屉里，王影感觉抽屉里面好像有什么东西，她把手伸了进去拿出那个东西，只见是一个很精致的盒子。

王影看了看周围，她看了一会儿后准备去扔掉，像这样的事王影遇到过很多次。王影都是扔进了垃圾桶，所以很多男生都放弃了追求王影。王影看了一眼信，她见上面的署名是上官金辉，她愣了一会儿后打开来看了。

外面的上官金辉见王影打开信了，他有些兴奋，现在王影打开了信自己也就没有什么事了，上官金辉离开了，他现在要出去转转，等会儿再回来。

四

上官金辉在外面玩了一会儿，他见时间该到了就向教室走去。当上官金辉来到教室后他看见王影，只见王影在那里发呆。

上官金辉坐在自已的座位上看着王影说道："刚才的那个你看了吧，同不同意?"

王影看着上官金辉说道："但是这要看我心情，心情好了就答应你。"

"好吧，你等着，我会让你心情天天好的。"

之后的几天上官金辉都在逗王影开心，慢慢地两人的关系近了很多。

这一天是周末，上官金辉一大早给王影打电话说要和她出去玩，王影想了一会儿后就答应了。上官金辉高兴的开始收拾，到了约定的时间后上官金辉准时地到了约定的地点。上官金辉等了一会儿后看见王影来了。

上官金辉看着王影说道："你今天真漂亮。"

王影有些害羞地说道："有吗？难道我上学时不漂亮吗?"

"漂亮，就是没你现在漂亮。"

"我们现在上哪?"王影问道。

上官金辉想了一会儿说道："我们先在街上转转吧，等会儿我们去看电影。"

王影点了点头，两人就在街上转了起来。一会儿转这里一会儿转那里，很快时间就到看电影的时候了。

上官金辉带着王影来到了电影院，他今天选的电影是《全城热恋》，这是上官金辉早就知道的，所以他今天把王影叫过来一起看。

两人带着爆米花坐在了前面的几排，上官金辉看着王影说道："电影马上就开始了，等一会儿就好了。"

"是《全城热恋》呀，我早就听过这个名字，只是没有时间看，而且，今天能看到真是好开心呀。"

上官金辉笑了笑，很快电影就开始了。

五

电影开始后王影一直盯着大屏幕看，上官金辉不时地看着王影。他现在知道王影接受他了，上次写的是表白信，上官金辉觉得王影很不错，有时就是有些大小姐脾气。他见王影开心的样子自己也开心。

王影转过头看向上官金辉的时候，她见上官金辉正看着自己，脸上就红了起来。还好周围是一片黑暗，上官金辉看不出来王影脸红。

王影问道："你看我干吗？怎么不看电影？"

"哦，没什么。看看我未来的女友呀。"

"去死。"

"现在可以答应我了吧。"

"你说呢。"

"呵呵，我就知道。好了，继续看吧。"

上官金辉得到王影的答应后他哪有心思看电影，满脑子都是未来的情形。王影也好不到哪里去，她虽然没有想那么多，但是她不知道自己以后该怎么办，就这样，两个人沉默着不说话，直到电影结束。

电影结束后上官金辉带着王影找了一家奶茶店坐了下来，上官金辉要了两杯奶茶，他递给了王影一杯，王影接过后就开始喝了起来。

"现在，你的身份是我女友。除了我，谁也抢不走你。"上官金辉说道。

王影深情地看了上官金辉一眼，她的脸上没有什么表情。上官金辉见王影好像不开心的样子，他关心地问道："你怎么了？刚才不是很开心吗？现在怎么会这样？"

王影看了上官金辉一眼说道："那个，我先走了。我有些不舒服。"

上官金辉见王影不舒服，他说道："哦，好吧。我送你回去。"说完结账带着王影离开了。上官金辉在奶茶店门口拦了一辆的士，然后两人坐着车离开了。

的士到达王影家门口的时候停了下来，上官金辉下车将王影送到门口后就离开了。王影朝着上官金辉离开的方向看了看，然后转过头向家里走去。

六

上官金辉回到家后就没有做什么了，他倒在床上睡着了，今天和王影一起出去转得很累。之后的一天里上官金辉和王影一起出去玩，两人把很多好玩的都玩了一遍。上官金辉不会在乎那么一点钱，这样做值了。

很快星期一就到了，两人像平常一样过着。他们不想让别人知道自己恋爱了，可是世间的纸永远包不住火。

有一次两人秘密地在一起吃饭不小心被班上的同学看见了，不到几分钟的时间全班都知道了。两人回到班里的时候就听见班里的人说要吃喜糖，上官金辉立即无语了，而王影的脸红得像一个红透的苹果。最后两人没有办法只得一起去买棒棒糖了，在去商店的路上王影的脸一直红着，上官金辉看了也只是傻笑。

等买完棒棒糖后两人回到班里发棒棒糖了，最后上官金辉和王影发现棒棒糖买少了，发完后班里的很多人还在喊要吃棒棒糖。王影没有办法了，她拉着上官金辉向商店跑去。王影这次没有买棒棒糖，她买的是泡泡糖，最后上官金辉要掏钱，王影没有让他掏，自己掏的。

要是平常的话上官金辉就会不理王影，自己掏钱。这次王影说了一句话上官金辉才把钱收了回去。“你要是掏钱的话我以后不理你了。”要是以前上官金辉可不管这些，可是现在情况不一样了。

等买完东西后两人就回去了，回到班里后王影就一个一个地发泡泡糖，每个人四个。发完还剩几个，她递给上官金辉几个，自己拿了几个在那吃。发完没多久老师就来了，全班的人只好停止了起哄。

一个星期、两个星期、三个星期。时间就这样过去了，上官金辉和王影也交往一个月了。这一个月中两人的关系很好，没有吵过一次架，就这样一个月、两个月……

可是就在第三个月时，一件事发生了。第三个月刚开始没有多久，上官金辉像往常一样带着王影出去玩。当两个人开开心心地走在街上时，忽然一辆黑色的奥迪停在了两人旁边，这时从车上走下一名妇女，那个妇女看了上官金辉一眼后对王影说道：“小影！”

玩得正开心的王影听见有人在叫自己，她转过头看向那个人，这一看可把王影吓着了。王影担心地看了一眼上官金辉，她见上官金辉也在看着自己，王影从上官金辉眼里看出了他的疑问。

王影对上官金辉笑了笑，然后转过头看着那个妇女说道："妈，你怎么来了?"

原来那个妇女是王影的母亲，今天王影的母亲想看看自己的女儿，当她来到学校后听王影的同学说王影出去了，王影的母亲问王影去什么地方了，王影的同学也不知道。王影的母亲给王影打电话也关机，最后王影的母亲没有办法了，她开着车在街上转，打算下午再去学校看看。

王影的母亲在街上转了一会儿后正准备去吃饭，她看见路上有一男一女在那走着，王影的母亲一眼就认出了那个女孩就是王影。当看见王影身边有个男生后王影的母亲气就不打一处来，她可不希望王影早恋，于是就发生了刚才的那一幕。

七

王影想不到自己母亲会来自己这里，还找到了自己。王影怕自己的家人打电话，所以就把手机关机了。

王影现在很为难，她看着自己的母亲说道："妈，你怎么来这里了?"

"哼！我为什么不能来？不让我来是怕我知道你早恋是吧，现在翅膀硬了，你现在才多大就开始谈恋爱。"王影的母亲对着王影就是一顿教训。

上官金辉见王影的母亲在教训王影，他赶紧地站了出来说道："阿姨，你误会了。我是王影的同学，也是她的同桌。今天我看没事就带着她出来转转的。"

"没你说话的份，我教训我女儿你插什么嘴？你以为你是谁呀?"王影的母亲不分青红皂白地也把上官金辉教训了。

上官金辉怎么能忍受得了呢，他从来都没有受过教训，这下上官金辉急了，他说道："我是和王影谈了怎么了，你是她家长又怎么样?"

"好，好，你们，你们……"王影的母亲被气得说不出话了，她再次看了王影一眼后转身就走了。

王影见自己母亲走了，她看了上官金辉一眼后去追自己母亲了。很久后上官金辉没有等到王影，他等到了王影的电话，王影让上官金辉先回去。

上官金辉挂了电话只是耸了耸肩就离开了，第二天上官金辉去上学的时候没有看见王影来，第三天、第四天都没有。最后上官金辉忍不住问了老师，最后他从老师那知道王影转学了。

他耳边响起老师说的话，“那天下午王影的母亲带着王影来到学校说要办转学手续，王影在一边哭着说她不转学。王影的母亲就说，王影要是不转学的话，就让她爸来说。最后王影也没有办法，她同意了，走时王影对我说，老师，我走后你不要告诉全班的人，我不想让他们伤心。王影说完就离开了。”

上官金辉不知道是怎么走回家的，他一路上都在想这些。到家他也不知道，回到自己房间后上官金辉躺在床上看着天花板发呆。

这件事就这样过去了，从那以后上官金辉没有说过一次话，也没有笑过一次。每天呆呆地看着手机，手机响了他赶紧拿起手机接听说道：“喂，小影你在哪?”最后那边的不是王影，而是自己熟悉的人，上官金辉就这样过了一个月。

第二个月开始没几天上官金辉收到了一条短信，他看号码，是王影的。上官金辉迫不及待地打了过去，可是从电话里传来的是那甜甜的声音：“对不起，你拨打的……”上官金辉接连打了几次，可是结局都是一样的。

上官金辉打开短信看了起来：

辉：

请原谅我，我不辞而别是我的错，现在我很好，我希望你也好。其实一直想跟你说，那天同意跟你一起看电影，并不是接受了你的表白，而是想把你的表白信还给你的。只是因为当时突然看到了我母亲，我来不及做这件事情。辉，花要到花开的时候才是最美丽的时候，千万不要在它含苞待放的时候去折掉它。我觉得我们一起学习的时光很美，我不想失去这段美好的感觉。所以辉，答应我，我们一起进大学吧。

影

只允许你叫我丫头呢

■ 云端上的四季

犹记得那年初秋的风，甜甜的、软软的。我们新生报到的时间是教师节的第二天。

他是学校的志愿者，上一届的学长。当他帮我把行李搬到楼上的时候，我说了声谢谢。他冲我摇摇头，笑着说了声不客气，转身下楼。学长再见，我冲他的背影喊，他挥挥手，没有回头。

以后，我们的交集也只是点头、微笑、挥手、再见。

直到有一天的考试，他竟然就坐在我后面。我考数学，他考英语。我也知道了他叫陶育芃。

阳光晃得我睁不开眼睛，是的，我焦头烂额地看着那些几乎不认识的符号、数字，眼睛根本就不想睁开。突然窗外一声清脆的玻璃被打碎的声音吸引了考场上大部分人的注意，考场上小小的混乱被老师很快地平息下来，而我面前的试卷，赫然变成了英语，而且是一片空白！

就在那一瞬间，我的眼前一片清明，拿起笔自信满满地写下答案。英语，一直是我的骄傲。一会儿，他走上了讲台，把试卷安安稳稳地放在已交的那一摞数学试卷上，出门前冲我眨眨眼睛。

走出了考场，他正在一棵大树下跟同学谈论着什么，阳光透过斑驳的树叶照在他的脸上，他眯起眼，看到我，冲我微笑。我静静地走过去，抬起脸看他，听他跟他的同学讲述我们的合作无间，听他埋怨我居然后知后觉，凳子都快被他踢碎了我都没有反应，只好趁机换了试卷，还好我不算太笨，听他的同学说他的数学很厉害……我笑起来问，你不怕我的英语跟你一样？在他的目瞪口呆中，我大笑着跑开。

后来的日子里，每天下课后都能看见他在走廊里等我的身影，耳边还不时地响起丫头，快走吧，你的数学再不努力毕业都成问题啦这样的唠叨声。我白他一眼，从来没有听他说过他是跟在我的后面学英语。

时光静静地流逝，有时我们一起在自习室学习，也有时我会跟他去篮球场看他们练球。我从来没有问过他我们这是什么样的关系，我只是喜欢在阳光照进来的时候偷偷看他，看他那被光线雕刻得清晰的脸。

当我的数学可以考到接近优秀的时候，已经是又一个学期的期末，我坐在自习室里，看着成绩单傻笑，终于我不用再担心数学有可能成为我毕业的绊脚石了，真该好好庆祝一下，我的脑海里闪现的是他的眉眼。门砰地被踢开，抱着篮球的他笑吟吟地站在门口，丫头，为了庆祝我的英语突飞猛进，请你吃大餐。

一起的还有他的两个好兄弟跟那个每次都笑着看我的漂亮学姐。她冲我打招呼，哈喽小白，我叫萧文。她的笑像晴空当中的太阳，那么耀眼。我的心沉了一下，他们两个站在一起是那么和谐，那么般配，一个阳光，一个明媚，在她的面前，我自惭形秽。

那后来，我不再跟着他一起去自习室，不再去看他打篮球，日子又回到以前，点头、微笑、挥手、再见。在那段消逝的时光里，我的数学似乎没有了动力，又变得一落千丈。

时间匆匆流走，曾经的快乐日子都快被我的记忆磨得发白、褪色，虽然依旧一尘不染，却少了许多新鲜的味道。我想就应该如此吧，记忆久了，就应该变得淡然。我依旧努力奋斗着我的数学，但似乎起色并不十分明显。

听到萧文要出国的消息，我很惊讶，第一时间蹦到脑海的念头居然是陶育芃，他会不会很伤心，想到他那张阳光的脸会失去笑颜，心里竟有一丝莫名的难过，我是希望他们在一起的么？

距离上一次见到他已经有一段时间了，没想到萧文会让他来请我去她的送别会。丫头，文文说她要出国了，今晚请客，在她家想让你也去，就当送送她。文文，你们可以称呼得那么亲密么？陶育芃，你只喊我丫头，连我的名字你都没叫过。我内心愤愤。看着他那张笑嘻嘻的脸，我不由得想，你这个没良心的家伙，女朋友要出国了，都没有一点不舍跟伤心么？

可是我不认识路。不是有我么？我带你去。我点点头。

坐在他的单车后座上，我紧紧抓着他的衣襟，轻轻地闻着他身上好闻的太阳的味道，低声地问，你跟萧文姐，认识很久了么？他轻声笑着，可不是么，从很小时候起，我们就一起玩呢。那算是青梅竹马吧，我把脸埋在头发里，闷闷地想。

几天以后，萧文登上了出国的飞机，看着他不舍的眼神，我有种想要把萧文留下来的冲动，可是，这不是我可以改变的事实。

收到萧文的邮件，是我不曾想到的。

小白：

你好，这么突然的给你发信，只是想问你一句：你跟森森在一起了吗？森森是陶育芃的小名儿，他从初中开始就不准我这么喊他了呢。说来也挺想念那个家伙的，都不给我发封 E－mail。我真的希望你们在一起，他跟你在一起的时候眼角眉梢都是笑的呢。这个家伙从小就是这样，什么事情都不好意思说出口，难道要女孩子主动么？当然，如果你能主动的话，我想他是不会拒绝的啊……

呵呵，不要问我为什么这么了解他，因为我们俩从小一起长大，更因为他的妈妈是我的亲阿姨。

好啦，大揭秘到此结束，该怎么做就看你的了，我看好你哦。

萧文

这个家伙，居然瞒着我。我笑了，心都跟着飞扬起来。

那天以后，走廊里又回荡着他的声音：

丫头，你的数学再不努力，毕业都成问题啦！

丫头……

丫头……

丫头是只有他才能对我使用的称谓呢。不是有你嘛！我笑着回答。窗外，秋风摇动，树影斑驳。

有初恋，就代表曾失恋

■ 天心取米

2008 年 9 月 28 日下午五点半，六盘市师范大学大一新生军训会操比赛在一片热烈的掌声和欢呼声中结束了。

作为中文系汉语言文学专业（1）班新生的郭晋拖着有些疲倦的身子返回宿舍，上了四楼，走到 412 门前，拿出钥匙，打开了门。进门之后，他以最快的速度擦洗了一番，就扑倒在床上，沉沉睡去了。不知睡了多久，郭晋便被室友刘毅叫醒了："郭晋！郭晋！快起来，和大家一起吃饭去！"郭晋睡眼惺忪地坐起，揉了揉眼睛，扫视了一下寝室，问："其他人去哪里了？"刘毅说："他们四个人都已经去了，只差我们两个了。"郭晋有些奇怪地看着他说："那你还说大家一起？"刘毅坐到他床上，说："咳，郭大侠，今晚我们班的何穆何大才子请大家吃饭！""为什么呀？""他没说呀！管他呢，只要有人请吃饭，我是'请者不拒'！再说了，室友请吃饭，这个面子你总得给吧！快点儿下床洗个脸，这就走吧！我等你！"郭晋从衣柜里拿出一套暑假期间买的牌子衣服，边穿边想："何穆这个家伙今晚为什么要请大家吃饭呢？难道是他找到女友了？"郭晋猜得不错，何穆今晚之所以请大家吃饭，确实是因为他找了一个女友。

两人出了校门之后，天已渐渐变黑。郭晋拿出手机看了看，现在已经是晚上六点四十了。刘毅也拿出手机，拨通了一个号码，打了起来："喂？贾兵，我是刘毅！你们现在在哪里呀？饕餮酒楼？二楼？好，我和郭晋马上就到！什么？还有一个神秘嘉宾要来？谁呀？不知道？好吧，挂了！"于是两人直奔饕餮酒楼。

来到饕餮酒楼门前，两人径直走了进去。上了二楼之后，只见左右两边全是包间，中间是过道，喧闹嘈杂之声也同时传进了他俩的耳朵里。郭晋说："今晚出来吃饭的人好多！"刘毅说："那当然了！从明天起便开始放国庆假了，直到 10 月 7 日才收假，大家自然得趁此机会出来好好吃一顿喽！"

两人走到过道尽头左边的一个包间门前，撩开绿色布帘，里面坐着三个人，正是自己的室友贾兵、吴赢和周彬。进了包间之后，郭晋扫了一下桌面，只见桌上放着一个小茶壶和七个小纸杯。刘毅倒了一杯茶，喝了一口，说："咦？何穆不是和你们一起来了吗？怎么没看到他人？"

"老早我们刚出宿舍的时候，人家的那位就打电话来说让何穆等她，我们只好先来喽！"贾兵边用纸擦汗边说。

"这个地方还蛮清新别致的，是谁选的？"郭晋看着悬吊在天花板上的千纸鹤说。

"这可不是我们选的，是人家何大才子今天中午的时候和他的那位预订好了的！"吴赢边玩手机边说。

"你们点菜了吗？我现在感觉肚子有点儿饿了！"郭晋摸着肚子说。

"嘿嘿！今晚的东道主是何穆，点菜的事儿得由他来，我们仨可不敢越俎代庖！"贾兵笑着说。

"那何穆什么时候会来呀？"郭晋问。

"那可说不准！你又不是不知道，这女生出门时都会好好收拾打扮一番，少说也得四五十分钟。你看，从我们三个到达这里到现在已经快半小时了，何穆和他的那位还没来。唉，怎一个'等'字了得？"贾兵耷拉着脑袋说。

这时，刘毅说："哎，你们猜何穆的那位会是一个什么模样？"

"自从这二十一天的军训以来，本人从何穆的言谈举止中看出，何穆一定是个眼高于顶的人，他交的女友能不漂亮吗？"贾兵指手画脚地说。

"我同意贾兵的观点。我们的何大才子是诗歌、散文、小说无所不会，只有漂亮的女生才配得上他呀！"吴赢有些羡慕地说。

"我也觉得何穆找的女友应该是刘亦菲那个型儿的！"刘毅说。

"我不太同意你们三个的观点。我觉得何穆不是一个很看重女生外表的人，而是更看重女生的内涵修养。所以，我认为他的那位应该是一个外表一般，但文学修养很高的人。"郭晋很肯定地说。

唐、吴、刘三人同时"嘘"了一声。

郭晋向来最讨厌别人"嘘"他，就对坐在他旁边正在玩手机的周彬说："小不懂，你同意我的观点吗？"

周彬头也不抬地说："我怎么知道！"然后不再说话。

三个人顿时笑了起来。

郭晋则一脸无奈。

过了一会儿，绿帘再次被撩起，一个戴黑框眼镜的二十一二岁男生走了进来，紧紧跟在他身后的是个一身黑色的十七八岁女孩儿。

那个男生一进来就连连道歉说："对不起！实在对不起大家了！我们来得太晚了！"

贾兵赶紧说："何穆，没事儿！大家都是室友同学嘛！何必说这种话！快坐吧！"

刘毅笑着说："就是就是！现在才七点十五，也不算太晚呀！"

平时与何穆关系最好的吴赢附在何穆耳边说："你小子艳福不浅呀！找了个这么漂亮的女友！嘿嘿！"

郭晋苦着一张脸说："东道主，可以点菜了吗？大家都饿了！"

刘毅笑着说："是你饿了吧？"

全体立刻哈哈大笑起来。

何穆点好菜肴之后，郭晋说："你们先等着，我去拿碗和筷子来！"

刘毅说："这个不用你操心，待会儿服务员会送上来！郭晋，你去提三瓶啤酒上来，今晚是我们412全体成员的首次外出会餐，大家一起喝点儿酒高兴高兴啊！"

郭晋看着她说："要不再多拿一瓶饮料？女生不应该喝酒。"

何穆突然"哦"了一声，说："好啊！"

于是郭晋就起身出了包间。没多久，就带回来了五瓶雪花啤酒和一瓶鲜橙多。

在给室友们一一倒上酒之后，何穆就端起酒杯，站了起来，说："各位，今天晚上我之所以请大家吃饭，是因为我交了女朋友，就是坐在我右边的这位。"说着，就双眼含情地看了她一眼。她则害羞地低下了头。

何穆接着说："她叫任婧，和我们同级，是教育系小学教育理本班的。大家今晚一定要尽兴，想吃什么、喝什么尽管叫！来，大家一起干一杯！"

话音刚落，其他五个男生就马上端起杯子站了起来。就在这时，任婧也端起一杯饮料站起来说："我也要和大家干一杯！"然后七只杯子就碰到了一起。

酒一入肚，郭晋就觉得肚子似乎被气枪打进了一些气，有点儿发胀了，头也有点儿晕了。这是他二十年来第一次喝酒，所以才会产生头晕的感觉。

接着，全体又连着干了两杯，郭晋的意识开始变得有点儿不清醒了，不禁晃了晃头。男生们见状，不由得哈哈大笑了起来。任婧也是忍俊不禁。

郭晋此时突然觉得任婧笑起来好美，就细细打量起她来：一身黑色牛仔服，有点“婴儿肥”的圆脸儿，一双迷人的丹凤眼，再配上一个小丸子发型，看上去似乎比何穆还小两三岁，她的左手还戴着一块手表。郭晋心想：这个何穆运气真好！竟然找到了这么一个长相甜美可爱的小女友！

这时候，任婧附在何穆耳边喃喃细语了几秒钟。

何穆闻言，就依次向她介绍了周彬、贾兵和吴赢。当他正准备向任婧介绍刘毅时，刘毅赶紧清了清嗓子，抢先一步说：“在下刘毅，坐在我右边的这位是我的老乡姓郭名晋！”

“郭靖?”任婧用疑惑的眼神看着二人。

“他这个晋是晋级的‘晋’，不是《射雕英雄传》里的那个郭靖的‘靖’!”何穆解释说。

任婧“哦”了一声，看着刘毅笑着说：“你讲话好像古代人哦!”

何穆扶了扶眼镜，笑着说：“他呀！是看金古梁的小说看多了，因此说话也像古人了，我们都已经习惯了！哈哈!”

“金古梁是谁?”任婧感到有些疑惑和好奇。

“咳！这你都不知道？金古梁自然是指金庸、古龙和梁羽生这三位武侠文坛大师喽!”刘毅有些激动地说。

任婧“哦”了一声，又问何穆：“你们寝室只有六个人吗?”

贾兵回答说：“不是的。我们寝室里原本有八个人，可是有两个人在军训了一个星期之后就退学了，所以就只剩我们六个了。”

过了一会儿，郭晋见食物还没上桌，就埋怨说：“这菜怎么还不上呀?”何穆说：“郭晋，要不你去催催?”郭晋“嗯”了一声，刚要起身，任婧却抢先站了起来，对郭晋说：“你坐吧！我去催!”说着，快速走出了包间。当她从郭晋身边走过时，一股香味顿时跑进了郭晋的鼻子里。

任婧一出包间，全体就拿何穆开起涮来：

“嘿嘿！何大才子！你小子眼光不错呀！竟然找到了一个这么漂亮的小女友!”刘毅边倒酒边说。

“哎，何穆，你看目前我们寝室里除你以外，其他的都是单身，不如待会儿你让她把她们寝室里还是单身的介绍给我们，怎么样?”贾兵笑着说。

何穆笑而不答。

“就是呀！这个事情你真得认真考虑一下，否则今晚回去兄弟们绝对放不过你！哈哈！”吴赢略带严肃地说。

“你小子可真是‘深藏不露’呀！何穆，来说说，你们是怎么认识的？我想这个大家一定都想知道。”郭晋饶有兴趣地说。

何穆笑了一笑，说：“这个事情嘛！今晚回寝室后我慢慢告诉你们啊！”

全体顿感失望。

这个时候，何穆突然瞥见周彬面无表情地坐在一角玩着手机，心想：这个周彬怎么话也不说一句？

饭后，周彬看了看手里的金立牌手机，说：“各位，已经八点三十五了，该回寝室了吧！”刘毅不以为意地说：“小不懂，你急个什么劲儿呀！宿舍大门十一点半才关啊！”贾兵眼珠一转，提议说：“既然饭已经吃好了，不如我们来玩一个游戏吧！怎么样？”

“玩什么游戏？”周彬顿时来了兴趣。

“成语接龙。”贾兵喝了一口茶说。

“那有什么奖惩呢？”吴赢问。

“奖励没有，惩罚就是讲一讲自己初恋的故事，而且不得少于十五分钟。”贾兵一副得意嘴脸。

“我知道的成语很少，可不可以不玩？不过，我可以帮你们把看时间！嘿嘿！”任婧笑着说。

何穆凝视着她，暗中握住了她的左手，说：“她是理科生，就不玩这个游戏了吧！”

贾兵微微一笑，说：“既然你何大才子开了口，那她就不用参与这个游戏了！除了她，还有谁不想玩这个游戏？”

“我也不想玩这个游戏，因为我没有初恋！”周彬举起右手说。

“你没有初恋？”全体立即用一种很奇怪的眼神看着他。

“我才刚满十七岁，没有初恋很正常啊！”周彬解释说。

任婧闻言，就仔细地观察起眼前这个自称只有十七岁的小男孩来：此时的他穿着一身略带孩子气的纯蓝衣服，留着一个平头，整个儿脸型还没有完全绽开，身体也没有其他五个男生高，确是一个只有十七岁的小男生。

“好吧！既然是这样，那小不懂你也不用参与这个游戏了！除了他们两个之外，应该再没有人退出了吧？”贾兵看着其他四个人问。

贾兵见没人出声，就大声地说：“好，现在成语接龙游戏正式开始，由我起头，然后按照逆时针的方向依次接下去。好，现在我就说第一个成语。皆大欢喜！郭晋，接下去！”贾兵大声地说。

“喜极而泣！”郭晋脱口而出。

“泣不成声！”吴赢接了下去。

“声……声……声嘶力竭！”刘毅想了想说。

“竭尽全力！”何穆随口一说。

“力不从心！”贾兵一端起酒杯就想到了这个成语。

“心口不一！”郭晋随口就说了出来。

“一心一意！”吴赢挠了挠头说。

“意……意……意味深长！”刘毅好不容易才想起了这个成语。

“长……长……长……我想不出来了！”何穆有些气馁地说。他本来想说“长相厮守”，但一想那不是成语就没说出口。

贾兵哈哈一笑，说：“想不到第一个讲自己初恋故事的人竟然是你何大才子！任婧同学，把看好时间，不许徇私哦！大才子，开始吧！”

接着，何穆就慢慢地倒了一杯茶，向大家叙述起了自己的初恋：

“我的初恋女友叫方芳，她是我读高二时的同班同学，也是我们班的班花。当时，我的一个同班死党想追她，就让我帮忙写情书，于是我就用古文写了一封长达 125 个字的情书交给了我的那个死党，他就趁中午休息的时候把那封情书放到了方芳的桌箱里。”

“哇！何穆，你太牛了！竟然能用古文写情书！”吴赢有些羡慕地说。

“吴赢，别打岔！何穆，接着说！”贾兵正经地说。

任婧什么话也没说，只是含情脉脉地注视着他。

“谁知道，两天后的一个晚自习，方芳突然跑过来跟我坐到了一起，当时我正在看从一个同学那里借来的《三国演义》。又过了大概十五分钟吧，她突然在那本书的封面上写下了‘我喜欢你’四个字。我突然觉得莫名其妙，因为我清楚地记得那封情书的落款处我写的是我那个死党的名字，为什么方芳会跟我说她喜欢我呢？她看到我一脸迷惑，就对我笑了笑，并说出了其中的来龙去脉。”

“什么来龙去脉？”大家齐声问。

“那你们后来为什么分手了呢？”贾兵有些好奇地问。

何穆扶了扶眼镜，轻轻叹了一口气，声音有些低沉地说："在我们交往了三个月后的一天晚上，因为那晚她生病请假了，所以一个平常和我关系不错的女同学就跑来和我坐到了一起。"

"那个才女叫什么名字？"郭晋手托着腮帮子问。

"她叫董雪，也是一个非常喜欢搞创作的女生，她的短篇小说《初恋》还在我们那个县的县刊上发表过呢。这篇小说定稿时，她第一个就拿来给我看，我觉得写得很好。第三天早上，方芳来上课了，她对我的态度来了一个180度的大转变。对着别人时，她总是喜眉笑眼；但对着我时，她老是一副生气的样子，也不跟我说话。到了第二天晚上，她跟我提出了分手。我问她为什么，她说我和董雪的关系不清不楚，而且一点儿也不关心她。"

"那你到底有没有和董雪搞暧昧？有没有不关心她呢？"任婧第一次开了口。

"我都没有啊！她一说出这些话我就明白了她的意思，我拼命跟她解释那天晚自习我只是和董雪聊关于怎样才能写出好的作品的话题，至于她生病这事儿，我曾经去校园里的电话超市打过三次电话给她，可总是打不通。"何穆显出一副无奈的神情。

"那她怎么说？"任婧有些急切地问。

"她说解释就是掩饰，还说如果前一天我主动跟她解释的话，她也许还会原谅我，但现在已经晚了。我是一个不太主动和不喜欢死缠烂打的人，既然对方提出了分手，就说明她已经不在乎这份感情了，那我为什么还要在乎呢？所以……"

"所以，你就和她分手了？"任婧问。

何穆点了点头。

"那后来呢？"刘毅打了一个哈欠问。

"后来，她就和我原来的那个同桌换回了位子。再后来，她就转了班，我们再也没有见过面。好了，我的故事结束了！"何穆如释重负地说。

"何穆的初恋故事总共讲了二十三分钟！"任婧大声地说。

话音刚落，周彬的手机就响了。接完电话之后，周彬用抱歉的语气对大家说："各位，不好意思，我的一个老乡刚刚被车撞了，现在在医院里面，我得去看看他！"

何穆说："行，那你就先走吧！"

哪知道，何穆的“先”字还没说出口，周彬就已经起身出了包间。

“这个周彬，真他……真是没礼貌！”说完，吴赢就倒了一杯酒，猛灌进嘴里。

何穆拍了拍他肩膀，说：“算了。来，我们继续玩游戏！我重新说一个成语……有了，口蜜腹剑！”

“剑拔弩张！”贾兵接了下去。

“张灯结彩！”郭晋第一秒钟就想到了这个成语。

“彩……彩凤随鸦！”吴赢感到有些吃力。

“鸦……鸦……鸦什么呀？”刘毅急得抓耳挠腮。

全体立马哈哈大笑起来。

贾兵笑着说：“别抓了，把耳朵抓掉了可不好看哦！既然想不出来，就讲吧！”

刘毅赶紧说：“别急嘛！鸦……鸦什么呢？昨晚上翻词典还翻到的，我记得第三个字好像是‘狗’字的，就第二个字和第四个字想不起来。哎，有了，鸦飞狗跳！”

“跳”字一说出口，全体就笑得前仰后合。

郭晋笑着摇头说：“没有这个成语，有的只是‘鸡飞狗跳’！”

刘毅问：“那哪个成语是以鸦字开头的？”

郭晋回答说：“鸦雀无声喽！”

刘毅一拍脑门，这才恍然大悟，原来自己昨晚上从《现代汉语词典》上看到的是“鸦雀无声”，而非“鸦飞狗跳”。

贾兵轻轻地拍着桌子说：“喂，金庸迷，既然你接不了彩凤随鸦，就得讲自己的初恋故事。虽然你不喜欢和别人分享你的故事，但你也得遵守游戏规则啊！”

刘毅一听，立马连着倒了三杯酒，一口气喝完。接着就鼓足勇气讲起了自己初恋的故事：

“我的初恋发生在初三的时候！”

全体立即“啊”了一声。

“太早熟了吧？”郭晋有些惊讶地说。

“你是说真的还是假的？”任婧问。

“当然是真的！她叫宋妍，是我初三时的同班同学。当时，因为我们都是走读生，而且家都在同一个村子里，所以就相约一起去上学、一起上晚自习、一起回家，从初一开始就是这样。”刘毅的思绪飘回到了四年多以前。

“初一?”吴赢感到疑惑。

“从初一开始，我和宋妍就已经是同学了，不过直到初一下学期我们才慢慢熟识起来。”

“那你们是谁追谁?”贾兵问。

“说实话，是她追的我！我记得有一天晚上，快要下晚自习的时候，天突然下起了雨，而且还有点儿大。下晚自习后，因为我们俩都没带伞，而如果回去晚了，我们肯定都会被父母骂。所以，我就跟一个平时玩得比较好的住校的同学借了把伞，然后我们就一起打着伞回家了。因为我们的村子离学校不太远，所以我们一点儿也不担心。到了家门前以后，当她发现她身上一点儿没湿，而我的左肩和左臂全都湿了之后，我看到了她脸上感动的表情。因为她家隔我家比较远，所以我就把伞给了她。后来，我记得那天是2004年10月24日，也是她的生日。那天晚上，她请了包括我在内的十个同学到学校附近的一家餐馆吃饭。聚会结束后，因为她醉了，而且只有我和她是同一个村子的，所以我只好背着她回家了。”刘毅仍是记忆犹新。

这时候，刘毅感到有些口渴，就想倒一杯茶来喝。怎料，提起茶壶来才知道茶水已经喝完了。任婧见状，说：“我去一楼提一壶上来!”

喝过茶水之后，刘毅继续说：“我背宋妍回家，路上走到一半时，她突然说她想吐，于是我赶紧把她放下来，扶着她走到马路边的一棵大松树下，她就扶着那棵松树，背对着我吐了起来。你们一定感到很奇怪吧？她那晚喝了两瓶啤酒，能不吐吗？吐完之后，我给了她一张餐巾纸。擦完嘴后，她突然对我说她喜欢我已经好久了。我当时感到有些莫名其妙，就问她为什么。她没有正面回答我，而是问我可不可以做她男朋友。因为这件事情来得太突然了，我还没有反应过来，就对她说先送她回家，其他的事以后再说。她有些失落地看着我，再没有说什么，我们就一起回家了。”

“我想肯定是因为那天晚上你打伞送她回家被雨淋湿了，而她一点儿没湿，打动了她。”任婧用肯定的语气说。

“我也是这样认为的。”何穆说。

“那后来呢?”贾兵饶有兴趣地问。

“第二天晚上，下晚自习后，我们走在回家的路上。刚开始的时候，谁

也不理谁。过了大概五六分钟吧，她开口了，又问我可不可以做她男朋友。我说谈恋爱会影响到学习，还说她现在成绩排在班上前十名，明年考个重点高中没问题，不要因为谈恋爱误了学业。没想到，她竟问我是不是看不上她，我说不是。她又问那为什么我不答应她，我说现在不是谈恋爱的时候。然后她不再说话，我们继续往前走。过了没多久，她突然抱住了我，还……还亲了我的嘴。我顿时觉得面红耳热，连忙推开她，心想这个女生平时一副乖巧腼腆的样子，没想到今晚竟然这样大胆豪放。从那晚之后，我和她的关系急速升温。没多久就确定了恋爱关系。"

"那你们后来为什么分手了呢?"贾兵点着了一根烟。

"初三下学期，班主任知道了我和她的事儿，就私下找我们谈了两个多小时。我和她迫于压力，就这样分手了。不过，当时我们约好一起考进县一中，再续前缘。但是，由于当时我的成绩排在三十多名，加上又不太努力，所以后来她如愿以偿地考进了县一中，而我什么学校都没有考上。我和她的爱情就这样结束了！"刘毅言语中透出失望和遗憾。

"那你们现在还有联系吗？"吴赢问。

"有啊！现在我们仍是好朋友，昨晚她还给我打了个电话呢。"刘毅说。

"是吗？她还在读书吗？"吴赢接着问。

"当然啦！人家现在是北京大学英语专业大二的高才生，我呢？唉！这就是差距啊!"

任婧看了看手表，已经快到九点四十了。

刘毅拍了两下手掌，说："好了，咱们接着玩游戏，我另说一个成语来让大家接。我来想想，有了，孤芳自赏!"

"赏心悦目!"何穆摘下眼镜边擦边说。

"目……目不暇接!"贾兵想了想说。

"接二连三!"郭晋用食指敲了敲头说。

"三天打鱼，两天晒网！"吴赢无意之中想到了小学时老师经常对他说的成语。

"网……网……网开三面！"刘毅想了好久才想到这个成语。

"面命耳提!"何穆十分轻松地就出了口。

"提……提什么呀!"贾兵感到有些心慌了。

刘毅咧嘴一笑，说："看来有的人要和我一样讲初恋的故事喽！哈哈!"

贾兵又想了将近十分钟的时间，仍是想不出来，只好认罚。他背靠木墙，微微仰头，就向大家慢慢叙述起了自己的初恋：

“在我读高一的时候，有一天中午我去食堂吃饭。打好饭菜以后，我就找了一个靠近门边的位子坐下来吃饭。过了几分钟，我突然感觉后背被什么东西戳了一下。我回过头去看，原来是一个背对着我坐着吃饭的女生用筷子戳了我一下。本来我想发火的，可是……可是我看她长得好漂亮，又跟我道了歉，就算了。从那以后，我就一直想着她，再也忘不了她的样子。”说到这里，贾兵竟露出了害羞的表情。

郭晋心想：没想到这个平时脸皮比城墙还厚的贾兵竟然也有害羞的时候。

何穆问：“那后来呢?”

“第二天中午，我和我的死党罗奇又到食堂里去吃饭，我竟然又看见了昨天那个女生，她又坐在昨天中午的那个位子上吃饭。我们打好饭菜后，我就把那个女生指给罗奇看，说她好漂亮。哪知道，他说他认识那个女生，还说她是他的初中同学。我故意说我不信，我的这个死党平时最讨厌别人怀疑他说的话，于是他就拉着我的衣袖走到了那个女生身边。那个女生一看见罗奇，一下子就叫出了他的名字，还问他在哪个班。然后，她就注意到了我，不由得冲我一笑。罗奇问我们是不是认识，她就把昨天中午发生的事说了一遍。接着，罗奇就开始帮我们互相介绍，我这才知道了她的名字——许栩。”

贾兵停下来喝了一杯茶，接着说：“当天下午上课的时候，我就写了一封长达七个字的情书。”

吴赢嘴里正含着一口茶，一听到后半句话，马上就喷了出来，并大笑不止。这一喷，竟然喷到了坐在他正对面的任婧的衣服上。吴赢连连道歉，任婧脸上没有丝毫怒意，何穆赶紧从桌上的餐巾纸包里抽出几张餐巾纸帮她擦拭。

“七个字的情书也算长吗?”吴赢笑着问。

“当然啦！至少我是这样认为的。”贾兵说。

“你的速度可真够快呀！结果呢?”郭晋问。

“她没回我信。但我没有放弃，我拿出了韦小宝追求阿珂的那种精神，后来又连着给她写了四封情书，还约她出去玩了两次。最后，她终于被我的诚意打动，同意跟我交往了。从此以后，我就经常跑去她们班上晚自习，每个周日我们还会一起去租单车骑，她过生日时，我还亲了她的嘴。我生病打吊针时，

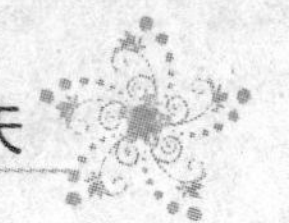

她还特意请假来照顾我，陪我聊天。和她在一起的那段日子真是我这辈子最开心、最难忘的时刻。”说着，贾兵的脸上就流露出了一副非常怀旧的神情。

“既然这样，那为什么后来分手了呢？”郭晋很好奇地问。

“唉！分手是她提出来的。那是一个细雨蒙蒙的晚上，我和她在学校附近的‘十香饭馆’吃完饭后，就直接回了学校。在回校的路上，她突然对我说：‘我们分手吧！’我感到莫名其妙，就问为什么。她说：‘和你交往的这一个多月以来是我最快乐的日子，但我发觉我们的性格不太合适，你太内向，而我太外向，我们还是分手算了！’我说我们这些日子以来相处得很好啊，又问她是不是我哪里做得不够好。她摇头说：‘不，你是一个称职的男朋友，但是我们的性格真的不太合适，分手对大家来说都好。’我没有再说话，当我把她送到她们宿舍楼下时，我说我同意分手，唯一的要求是她给我一个 good－bye kiss。我的话一出口，她马上就搂住了我的脖子，给了我一个吻。那次，我们吻了五分钟，是我们相恋以来吻的时间最长的一次。我回到寝室后，脑子一片空白，心里非常难过，因为我真的不想和她分手。后来，我又去她们班教室找了她三次，可每次都找不到她。我第四次去找她时，她的一个好友吴楠告诉了我实话。原来，许栩在和我交往了一个月之后，就认识了一个县公安局局长的儿子，和我们在同一所学校读书。那个人对她非常好，不但给她买了一个名牌手机，还给她买名贵衣服，而这些是我所不能给她的。从那次之后，我就再也没去找过她了。因为她的关系，至今我没有谈第二次恋爱。”贾兵言语中透出些许伤感。

“怎么会有这样的女生呀？”任婧有点气愤地说。

“世界大了，什么人都有！更何况是在这个充满着诱惑的 21 世纪。”何穆随口一说。

“好了，我的故事已经讲完了。现在由我来另说一个成语让你们接了。今年是鼠年，就鼠窃狗偷吧！”

郭晋微微一笑，说：“偷天换日！”

吴赢连着打了两个哈欠，说：“日新月异！”

刘毅用筷子敲了敲头，说：“异想天开！”

何穆用餐巾纸擦了擦额头上的汗，说：“开门揖盗！”

贾兵闭上眼睛，想了不到一分钟，说：“盗亦有道！”

郭晋有些怀疑地问：“这个也算成语吗？”

贾兵说：“当然算了！你说呢，何穆？”

何穆扶了扶眼镜，说："盗亦有道的确是成语。"

郭晋这才接道："道听途说！"

吴赢一脸轻松地说："说三道四！"

刘毅结结巴巴地说："四……四海升平！"

何穆一个字一个字地接道："平……易……近……人！"

贾兵又点着了一根烟，说："人云亦云！"

郭晋以手支颐，说："云雨巫山！"

吴赢哈哈一笑，说："山……山明水秀！"

任婧问："吴赢，你笑什么呀？"

何穆看着她说："别管他，他原本就有点儿神经质！"

刘毅拿出一款纯黑色滑盖手机，说："秀……秀……秀外慧中！"

何穆边聊 QQ 边说："中立不倚！"

贾兵冥思苦想了好几分钟，才说："倚门倚闾！"

他本来想接"倚马可待"的，可是他想整整郭晋，就接了"倚门倚闾"。

郭晋一听到这个成语，整个人就傻住了，因为他知道"倚门倚闾"这个成语，也从来没有见过以"闾"字开头的成语。其实，在中国目前所存的成语当中，也没有以"闾"字开头的成语。郭晋知道自己这次是逃不掉了。

"郭大侠，请吧！"刘毅笑着说。

于是郭晋就回忆起了自己的初恋：

"我和我的初恋女友王艳第一次见面是在学校里的一家小卖部门前，当时我刚刚升入高三。我记得那天是教师节，我去学校里的一家小卖部买洗发露和洗衣粉。当我来到小卖部门前时，就看见一个个子瘦小的女孩在和店主理论。我仔细一听，才知道原来那个女孩买了一瓶洗发露、一包洗衣粉和一个笔记本，总共十六块，但她的口袋里只有十一块。从她的语气中，我知道她急需这三样东西。她跟店主说，她先把这三样东西带回寝室，然后马上就回来付那五块钱。可店主坚决不干。这个时候，我就从口袋里掏出了五块钱给了店主。她转过头来，我这才看清了她的模样：椭圆的脸蛋，大大的眼睛，小小的鼻子，还留着一个刘海儿。当时，我觉得她太可爱了！是我喜欢的类型。接着，我们就互相做了介绍，然后就这样认识了。"

任婧心想：这个郭晋心肠太好了！

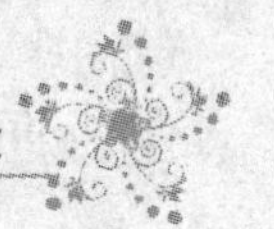

郭晋停了几秒钟，又接着说："我和王艳认识了以后，因为大家都在读高三，又都是文科生，所以，就经常约在一起讨论题目。时间一长，我竟然……竟然喜欢上了她，而她看见我时也是一副欢喜害羞的神情。我的直觉告诉我，她也喜欢上了我。"

刘毅有些困倦地说："你太自恋了吧?"

郭晋不去理他，继续说："2006年12月24号那天晚上下晚自习后，我去她们班找她，给了她一个事先用油纸包好的苹果，她很开心，还说我是第一个在平安夜送她苹果的男生。在下楼的时候，我不由自主地牵住了她的手，她没有丝毫反抗，而是任我牵着。从那之后，我们就确定了恋爱关系。因为那天晚上是我第一次牵女孩子的手，所以那晚我失眠了。我和王艳在一起之后，我们的见面次数更加多了。可是，她是一个特别爱吃醋的人。有一天中午，她来我们班教室里找我一起去吃中午饭，正好看见我们班的一个女生在问我英语题目。吃饭的时候，她就问我为什么和那个女生那么亲近。我拼命地解释，她说解释就是掩饰，我顿时无话可说，不去理她。她见我不理她，就当众大声喊叫我的名字，惹得周围的人都朝我们这儿看来，我仍是继续吃饭，不去理她。哪知，她一撅嘴，饭也没吃完就离开了食堂。也许你们会觉得她有点儿无理取闹，但她也有她的优点。有一次，我们在逛街，有一个五十多岁的老人不小心滑倒了，滑倒后竟一直没站起来。王艳想要跑过去把老人扶起来，我拉住她的手说，现在骗子很多，千万不要上当。她却甩开我的手，毅然跑过去把老人扶起来，送到了人民医院里。"

全体都"哇"了一声。

郭晋喝了一口茶，继续说："到了高三下学期的3月4号，那天是农历元宵节，也是王艳的生日。那天晚上，因为不用上晚自习，王艳请了我和六个她的要好的同学到学校附近的一家餐馆吃了一顿饭。吃完饭后，我灵机一动，说我要去买东西，让他们先回学校，在学校实验楼的天台等我。"

吴赢问："你去买什么了?"

郭晋没有直接回答他，而是说："我离开那家餐馆之后，就匆匆来到一家名叫'如意一派'的店门前。那是一家专卖生日蛋糕和面包的小店，我常常看见学校里的很多学生去那家店买生日蛋糕。我买了一个很大的蛋糕，付了五十五块钱，就提着蛋糕走了。我快步进了校门，上了实验楼，来到天台，他们七个人都在那里。这时候，王艳走了过来，看到我手里的生日蛋糕，竟感动得流下了两滴眼泪。王艳许完愿、吹完蜡烛之后，就开始切分蛋糕。她切了一大块蛋糕，放在纸盘上，递给了我，我只是傻笑。我吃了几口，眼珠一转，就将整盘蛋糕盖到了王艳的脸上。王艳‘哎呀’叫了一声，赶紧擦掉附在眼皮上的蛋糕，看到她这副‘怪’模样，大家都笑了。其他人都走了之后，我们俩就坐在天台边缘，她安静地靠在我的左肩上，一直到十点，我才送她回寝室。可是，五一假期结束后，我回到学校，我们的关系渐渐疏远，最后在双方都没有提出分手的情况下而分了手。”

全体睁大了眼睛，都感到很惊奇。

任婧“扑哧”一笑，问：“是你和其他女孩讨论英语题，又被她看见了吧？”

郭晋摇了摇头。

何穆说：“是你说话惹她生气了吧？”

郭晋又摇了摇头。

贾兵说：“是她喜欢上别的男孩子了吧？”

郭晋说：“应该没有吧？”

刘毅问：“你没去找她问清楚吗？”

郭晋说：“我在假期结束回到学校后，只见过王艳两次面，后来去教室找她，找不到；去宿舍找她，室友说她不在，我就没再去找过她。”

刘毅说：“你做事怎么这样不能坚持到底？如果我是你，我一定会继续去找她，直到见到她，和她说清楚为止！”

郭晋倒了一杯酒，一口气干了，说：“只可惜我不是你！再说了，真心喜欢一个人，就一定要和她在一起吗？好了，现在我来重讲一个成语。就是过目不忘吧！”

过了一会儿，郭晋接了贾兵说的成语：“假公济私！”

吴嬴绞尽了脑汁，就是接不了这个成语。于是，他就看了看手机，说：“各位现在已经十一点十五分了，宿舍大门就快要关了，这次就饶了我吧！”

全体都看了看各自的手机，果然已经十一点十五分了。

何穆一脸困意地说：“今晚太晚了，咱们都回去休息吧！”

于是全体纷纷走出了包间，吴嬴走在最后。

大家出了包间，才发现其他十五个包间都已是人去楼空。就在那时，突然从身后传来“哎呀”的叫声。全体回头一看，原来是吴嬴不小心滑倒了。大家看到他“狗吃屎”的姿势，都不由得哈哈大笑起来。

初恋和九十九个芒果

■ 新鲜旧情人

一

姜绚还真是会享受，打一盆温水，捧一杯花茶，一边泡脚，一边品茗，楼下的姚望可急坏了，爬到花坛上对着女生宿舍的窗子拼命地喊："姜绚，快点把脚洗了把水喝了，我在下面等你呢。"女生宿舍全都笑翻了，后来传得整个班里的人都知道了，谁遇见姜绚都会来一句："洗脚水，今天你喝了没有!"姚望也知道错了，每天拎着一大袋子芒果站在女生楼下翘首张望。一天一天，芒果都烂了，姜绚还是不肯理他。他只好坐在花坛上啃那些烂芒果，胸口一阵一阵地堵得慌，也不知道是胃里难受，还是心里难受。

其实姜绚不是因为把脚洗了把水喝了那件事情生姚望的气呢，是因为她最近迷上了另一个男生，第一次在学校门口的便利店看见他的时候，姜绚还以为是"花儿"乐队的大张伟来了呢，他瘦得像个发育不良的孩子，梳着一个发胶过多的朋克头，一件大红色的黑人头T恤，大肥裤子，别提多拽了!

姜绚问了好几个死党，都说不认识那个男生，不是低年级的，也不是高年级的，那一定是外校的，离姜绚的学校最近的就是附中了，于是姜绚就每天跑过去等，可是等了很久都没有等到。姚望又买了新的芒果站在女生楼下等姜绚，他不知道姜绚是不是又在泡脚或是泡茶，又不敢再喊，就一直地等，等到芒果烂掉了，再买新的继续等。他坚信自己一定能够等得到，因为姜绚最喜欢吃芒果了。

二

女生宿舍全都知道姜绚最喜欢甲壳虫了，收集了许多的广告招贴，还去网上下载甲壳虫图片做手机屏保，有女生觉得姚望每天站在楼下好可怜，就偷偷告诉他这个秘密。于是那天上数学课，姜绚一打开抽屉，就有一只好大好大的甲壳虫从里面爬出来，长长的触角，黑糊糊的翅膀，吓得姜绚一下子哭了出来。

老师查了很久才查到是姚望放的，老师问他为什么要搞恶作剧，他说：“因为有同学说她喜欢甲壳虫呀。”班里的同学又笑翻了，姜绚说：“我是喜欢甲壳虫汽车，不是这个大黑虫子，笨蛋。”姚望难过极了，他爬到学校的后山坡找了很久才抓到这只虫子，手臂和脸全被密密的羊齿草和山茶树划破了，谁知道，却把姜绚吓哭了。

班里讨厌的男生一看见姜绚就会喊：“姜绚，快点把脚洗了把水喝了，你的大黑虫子汽车在下面等你呢。”姜绚讨厌死了姚望，他怎么这么笨呀。可是姚望还是每天站在女生楼下等她，她就只能趁他不注意从后门跑掉。有一次不小心被姚望看见了，她跑啊跑啊，就撞上了一个人，姜绚等了很久想要等到的那个人，他刚好从便利店出来，袋子里的芒果被撞散了一地。姜绚慌忙帮他捡，可他却头也不回地走掉了，姜绚就捧着一堆烂芒果难过地站在街边。还是班里的女生说得对，永远不要喜欢酷酷的男生，因为他会酷到懒得理你。

姚望还站在女生楼下，他看见姜绚拎着一大堆烂芒果走过来，本来想追上去说，我帮你买了许多芒果，全是新鲜的。可是他却发现，自己的芒果也开始烂了，原来不知不觉，他又等了一个星期了。姜绚站在楼上吃烂芒果，姚望站在楼下吃烂芒果，两个人的胸前都堵得慌。可是谁也不知道，是胃里难受，还是心里难受。

三

姜绚去电子城买游戏光盘，姚望居然跟了过来，在卖监控器材的那个通道，姜绚猛地一回头，姚望赶紧一闪，还好没有被发现。可是姚望却发现旁边柜台上的电视里正在播姜绚呢，真的是姜绚，短短碎碎的头发，白色的小公主裙，小公主鞋。天啊，姜绚居然上电视了，姚望激动坏了，赶紧跑回男生宿舍叫大家看电视，可是打开电视，却在播《超级女声》，哪里有姜绚的影子，只有那个李宇春打扮成白马公主的样子，在那里转着圈地唱呀嘿、呀嘿……

好多同学都跑去问姜绚是不是参加《超级女声》了。姜绚说，没有啊。大家也奇怪，可是姚望明明在电视里看见你了呢。姜绚问了很久才明白，原来姚望那个笨蛋是在监控录像里看见了姜绚。那些讨厌的男生看见姜绚立刻改了对白："姜绚，快点把脚洗了把水喝了，坐着你的大黑虫子去电视台。"

姚望又站到女生宿舍楼下，姜绚是真的生气了，冲到楼下，问姚望到底想干什么。姚望说："我喜欢你，你喜欢我吗？"姜绚冷笑着说："我喜欢邓丽君，她死掉了；我喜欢翁美玲，她自杀了；我喜欢黄家驹，他摔死了；我喜欢陈百强，他病死了；我喜欢张国荣，他跳楼了。现在我好喜欢你，你说会怎样？"姚望把手里的袋子递给姜绚说："你喜欢我，芒果就不会烂掉了。"

姜绚已经被姚望这个笨蛋气得快疯了，抓起他手里的袋子就扔出了学校的围墙，然后就听见围墙外面"啊"一声惨叫，姜绚赶紧跑出去看，居然就是在便利店遇见的那个长得像大张伟的男生，他抱着头痛苦地蹲在地上，疼得声音都变了："想要还给我芒果，也不需要空降嘛！"

四

自然课的时候，老师问姚望："为什么人死后身体是冷的？"姚望说："那是因为心静自然凉。"教室里又一次笑翻了。姚望也跟在后面笑，他摸摸自己的胸口，发现好凉哦，他终于平静了，他知道，他和姜绚根本不可能。天一下子就冷了，在这个北方城市，冬天是买不到芒果的，没有了芒果，姚望不知道该拎着什么去姜绚的楼下等她，于是，便不再去了。

女生楼下一下子就寂寞了，有经过的女生都觉得不习惯了，姚望像个电线杆子一样在女生楼下戳了一整个秋天，可他和姜绚却依然像是电线杆子上面的电线，永远平行，无法交集。姜绚也觉得寂寞了，自从上次砸到那个男生的头之后，就再也没有见过他，姜绚又去附中门口等了好几次，都没有等到。宿舍的女生发现，从冬天一开始，姜绚就老是坐在窗前捧着茶杯泡脚，一阵一阵地发呆，忘记了把脚洗好把水喝掉。

平安夜还没到，雪就开始下了，北方的城市，雪总是来得这样早，让人猝不及防。宿舍里好几个女生都悄悄告诉姜绚，姚望要转学了，去很远的南京。姜绚不知道很远的南京到底有多远。其他的女生也不知道。有女生安慰姜绚说："也不会很远的，我们这里天气冷了，大雁还飞去那里过冬呢。"姜

绚不知道，是不是因为这里的冬天太冷了，姚望要飞走了。

冬天买不到芒果，姚望便把夏天吃剩下来的芒果核全都找出来，用小刀一只一只地刻成星星，他想在春天到来之前刻九十九颗，因为明年春天他家就要搬走了，他再也不会有机会给姜绚买芒果了，他要把这些星星串起来，送给她。

五

雪还下着，春天就来了，不知道为什么，春天越临近，姜绚心里就会越难过，北方的孩子是多么期待春天呀，可是姜绚这是怎么了？宿舍里的女生说："姜绚，你是舍不得姚望走，其实你是喜欢他的，只是你一直没发现而已。"姜绚也不知道，难道真的喜欢上了那个笨蛋？要不然，为什么没有吃烂芒果，胸前却觉得堵得慌呢，这一定不是胃里难受，而是心里难受。

姜绚在一个网站里看见可以从南方邮购芒果，于是就订了好大一包，火车在冰天雪地里轰隆隆地跑，终于赶在姚望要走的那天送来了芒果，只是一路风雪，邮包里的芒果全都冻烂了，姜绚顾不上，疯了一样往火车站跑。街边的店摆满了木桶，盛满了玫瑰，还有气球在飘，原来是情人节来了。

姜绚一直跑一直跑，猝不及防，一个熟悉的身影闪过，又是那个病孩子一样的男生，姜绚等了那么久的那个人，居然在情人节遇见了，可是他的身边却站着另一个女孩子。姜绚的心里难过极了，却还是忍不住放慢了脚步，跟在后面。有卖花的小孩子拽住他的袖子，让他买花送给身边的女孩子，两个人都笑坏了，他说："我也是女生呢，哪有女生送花给女生的？"那个小孩子骂了一句："小气鬼，为了省两块钱，连女人都装。"于是他们便和那个小孩子吵在了一起，有巡警过来，他还把身份证给警察看，居然真的是女生。他也发现姜绚了，指着她手里的芒果说："都过了大半年了，你还惦记着还给我撞烂的芒果呢。"

姜绚赶到火车站的时候，姚望已经走了，送行的同学说你怎么才来啊，这个是姚望送给你的。九十九颗芒果核刻成的星星，连成一串，在雪地里闪着光芒，原来是头顶有阳光亮起来。北方又是春天了，候鸟又要飞回来了，电视里也每天都说地球会变暖，那姚望，他还会飞回来吗？

流萤微凉

我喜欢你……兜兜里的钱

■ 苏洙烟

——夏海殇，墨伊阳爱了你这么多年。

——夏海殇，你个混蛋！

“夏海殇……”墨伊阳屈膝坐在床上，手指因愤怒而紧握手机而泛白。黑眼眶里大大的眼睛死死地盯着手机上不断显示的群众消息，他的话却句句伤人。

“你个EQ负数！”

“我EQ负数也总比你IQ负数好。”

“鄙视你？你还不配！”

“怎么不说话了？怕了？”

……

原本只想在群里发泄一下电脑被抢的坏心情，却不料得到了他的冷嘲热讽。刚刚还好好地，不是吗？

泪不由得迷了眼，墨伊阳扔开手机，环着膝哭了。

“夏海殇，你个混蛋！”

仿佛想起些什么，她忙起身，跪在床上，翻开床头柜找到了那张毕业照，慌忙的手脚这才平静下来。她捂着嘴，指尖颤抖着抚上那张毕业照，那个人的身影，高高瘦瘦的他，站在人群中间。

泪打在毕业照上，晕开一层薄薄的水色。墨伊阳将它按在胸口，头往后一靠，发出一阵闷响。

“夏海殇，你好狠。”

记忆仿若回到了那几年，高高瘦瘦的他和矮矮小小的她传出的那段轰轰烈烈的绯闻……

“伊阳，我们换下值日生吧，我下午有点事。”班长闫瑶拍拍墨伊阳的肩膀，浅笑道。墨伊阳不情愿地转身，这闫瑶，典型的笑面虎，真讨厌。她努努嘴，本想拒绝，但是转而一想，今天下午的值日生还有——夏海殇！她猛地点头，要知道，和他一起扫地不容易啊不容易！

闫瑶笑着道谢，墨伊阳透过闫瑶，看见了后排的他，高高瘦瘦，伏在桌上，嘴上还噙着浅浅的笑意。墨伊阳脸色一红，丫的，又犯花痴了。

不觉伴着铃声，大家都背着书包一哄而散。

墨伊阳哼着小曲整理着书包，笑的那叫一个花枝乱颤，风情万种。诡异慕轩彬搭着单肩包走来，道："伊伊，快点回去了!"墨伊阳一扬脸，说："今天我值日!"慕轩彬撇撇嘴："真悲凉!"墨伊阳看看四周，在慕轩彬耳边轻轻地说："有他哦!"慕轩彬作惊心状："纳尼？尼纳？真的假的假的真的?"墨伊阳笑着点点头，慕轩彬鼓励地拍拍她的肩，说："亲，加油，上去，扑倒，吃掉！我先走了!"墨伊阳嘴角猛抽。

"嘿！我当是闫瑶呢，原来是我们的伊姐啊！怎么了？想念海哥了?"苏以建欠扁的脸闯入墨伊阳的视线，墨伊阳翻翻白眼，说："闫瑶说，她有事。"

"哦……"

"苏以建，扫地!"一道淡淡的音传来，是夏海殇，他的声音总是带着一股磁性，声线很好听。如泉水般，却不分悲喜。

苏以建吐吐舌头，跑走了。

夏海殇迈着缓步走向墨伊阳，走到她跟前，两人离得很近，但夏海殇却比她高出整一个头多。他背光，遮去了视线。一件黑色的T恤配上一条牛仔裤，明明不突出的搭配，却被穿出了不同的韵味。

"墨伊阳同学……"他的声音响起。

"有!"墨伊阳立马回答，一回答就后悔了，囧了囧了，这是什么回答?她的脸顿时爆红。

夏海殇勾上一抹邪笑，凑近她的耳畔："麻烦不要拿着扫把乱扫弄脏了别的地方哦。"说完，绕过她离开了。

墨伊阳一愣，天啊，她在干吗？将别人弄好的垃圾全部扫开了，糗了糗了。

费尽千辛万苦扫好地，墨伊阳、夏海殇、苏以建三人终于放学回家了，路上人不多，夏海殇站在中间，和苏以建有说有笑的，偶尔让墨伊阳插几句。突然，肩上多出一只修长的手臂，她抬头一看，夏海殇将手搭在她和苏以建的身上。

好吧，她又飘飘然了……

午日的阳光带着点毒，不愿出门的宅女墨伊阳伏在电脑桌前，无聊地听着音乐。突然，QQ 上眼熟的图标亮起，是他！

墨伊阳忙点开，结果他是来问作业的。好吧，墨伊阳只能如实回答，两个人聊着聊着就聊到了钱的问题。

突然 QQ 上传来一行字。

夏海殇：我喜欢你

墨伊阳看着电脑上那行字，没有看错吧？喜欢她？马上，又来一条：“兜兜里的钱。”

墨伊阳又伤心了。

墨伊阳：……

夏海殇：我喜欢你

墨伊阳：谁信，又是兜兜里的钱吧

夏海殇：兜兜里的钱

墨伊阳：就知道，可是我没钱

夏海殇：我喜欢你

墨伊阳：兜兜里的钱

夏海殇：不

墨伊阳以为自己有希望了，他却说：“你全部的钱！”墨伊阳汗颜了，敢情他在耍自己。

墨伊阳：……

夏海殇：我喜欢你

墨伊阳：全部的钱

夏海殇：不，我真的喜欢你

墨伊阳：钱

夏海殇：真的，爱信不信

墨伊阳：……

墨伊阳顿时愣了，他喜欢她么？又在耍她吧。她自嘲一笑，但是心里却乐开了花，但由于矫情，她转移了话题。

或许，那是她有生以来最后悔的事……

早已毕业的时光已经迎来了初中期中考，期中考后，小学同学打算回小学看看老师，而对墨伊阳来说，那是看看同学。

考好了试卷，下午便匆匆去了小学，倒是已有几人守候，望来望去，却看不见熟悉的身影。人差不多到齐了，他还没有来，墨伊阳不免有点失望，这时陈文浩问："海哥呢?"苏以建看看墨伊阳："海哥说，因为伊姐来了，他就不来了。"四周冷漠了，大家看着墨伊阳，她自嘲一笑："你们看着我干吗？要不然我回去？你们把他叫来!"陈文浩一笑说："我们进去吧!"大家才散了。

墨伊阳低头，苦涩地说："夏海殇，你说因为我来，你不来，可是你知道吗？因为你说你来，我才来，你却离开了。"

墨伊阳睁着眼，回忆着过往的一切，一闪而过的一切，那些和慕轩彬一起对天说吃醋的，那些和他一直聊天的，快乐与伤心，都那么历历在目。

再爬起，泪已经风干，她翻出同学录，那字迹让她又落泪了，她一手从身边捞来手机，他已经下线，只留下那些伤透人心的话语。她点开说说，打入一行字：一个人想着一个人，致我儿时的欢乐和未说出口的告白。

"夏海殇，就这样吧……"

片尾曲缓缓地响起，墨伊阳怔怔地坐在电影院的沙发上，一抹脸，竟然哭了。缓缓响起的《一个人想着一个人》和那句话，记忆深刻。夏海殇……墨伊阳……

谁会揭开我的伤疤？来诠释我儿时的后悔？亲身经历的实情，为什么到头来要别人告诉我？指尖的战栗，让我莫名的伤感，蹲下，又哭了。

夏海殇，就这样吧……

花开在记忆的转角

■ 影落花海

当记忆和时间相交的那一刻，我们便被永远定格在这岁月的重音里。若花，可以一直这么灿烂下去，我想，我们也会在一起吧……

——题记

阳光，流线般的优雅散开；时间，以螺旋的姿态倒转……

天空褪去黯然的睡颜，鸟儿吵醒了宁静的早晨。今天是开学的日子，一群初升小学的孩子们唧唧喳喳个不停，只有薇一个人安静得像蔷薇一样，默默走到教室的拐角又默默地坐下，安静的仿佛从未来过一般……一群家长带着两个小孩进来，都是长得如同娃娃一般的孩子，耀眼的像这九月的阳光。这两个孩子霎时吸引了所有老师和家长的目光。薇的视线一接触到那男孩便有一种很奇怪的感觉，像心口断了一根弦。这时的薇还太小，不知道那是一种叫喜欢的感觉……

薇就这么一直盯着男孩看，那个男孩也回过头来，冷冷地扫了她一眼。薇想，一定有很多很多人这样看过他吧。

"墨羽。"

"到。"

所有人的目光又再次注视到那个男孩身上，羽没有理会众人，开心地和身边一起进来的女孩聊天，笑容在他的嘴角就像蔷薇花在荡漾。

"蓝心。"

"到。"甜美的声音亦同女孩的名字一般动听……

羽坐在教室里最显眼的位子，像天之骄子一般高傲。

薇每天都看着羽，希望和他说一句话。

这一等，就是三年……当然这些，羽都不知道。

就这么看似遥远的两个人，命运以他相当奇特的方式让他们相遇，叙写了一段如花般懵懂的感情。

三年后，星星小学四年级排练呼啦圈大型舞蹈，全班女生都参加了。因为身高相仿，薇和心站在了一起，心是个开朗外向的女孩，见旁边没有认识的人，就和薇天南地北地聊了起来，像十年未见的老朋友，心一说到激动处，呼啦圈一甩，薇的手下意识的一动，两个呼啦圈便紧紧地套在一起。见状，心连舞都顾不上跳了，拉着薇的手，偷偷跑进校园的一角，聊着被呼啦圈套上的友谊。心热情地邀请薇来她家做客，薇也答应了，或许，这就是纯粹的友谊吧。

这时她们已经四年级了，正是懵懂花开的年纪。

吃完饭，心的眼睛很不老实地瞟了下薇，坏坏地问道："告诉姐姐，你喜欢谁啊？"

薇呆呆地愣在那里，结结巴巴地说没有。

"没有，真的没有?! 那正好，你看羽怎么样，他长得还不错成绩又好，还有啊，他爸爸在上海开公司哦！"

"你怎么知道？"

"我是他姑姑啊，他经常来我们家的。"

"啊？"

"就他吧，全交给我喽。"心那副急于把她侄子推销出去的表情让薇很是无奈，这算是她和心真正认识的第一天吧。

薇以为那只是心说着玩的，却还是不由得心生向往。

第二天，这是薇这辈子都不会忘记的日子，清早，薇已经不记得从谁手中拿过那封信的。她只看见，落款竟然是羽，薇的神情有点恍惚，拿信的手呆呆地举在半空。不巧的是，老师已经进来了，一把夺去薇手中的信，神情严肃地说："薇、羽、心，还有坤，你们下课跟我到办公室来！"

几个合伙人聚过来，商量对策。这时薇才知道，那封信根本是坤写的。

薇撇撇嘴："我很冤好吧，还没看完就被收去了耶，搞什么嘛，这下完蛋了。"

薇哭丧着脸，像受委屈的小白兔。羽望着薇，笑得好不灿烂，薇记得，

这是羽第一次对她笑，但现在薇心情很不好，冲着羽翻了个大大的白眼，怄气地说道：“反正死的又不止我一个，你笑什么啊！”

“有你陪着，我不介意哈。”羽半开玩笑地答道，这下轮到薇彻底无语了，写情书被老师发现，结果呢，就她一个干着急，其他几个人，玩得不亦乐乎。

“喂，我说，你们有没有点忧患意识啊。”

“没有。”整齐又干脆的答案，薇认栽了。

被老师免费洗脑了一个上午，几个人昏昏欲睡。最后老师阴森森地总结一句：下午找家长。几个人顿然醒悟，仰天垂泪。

“反正死都死了，先去玩吧。”坤建议，“就是就是。”心拉着坤奔向操场，只留下一串：我在操场等你们的回音……

薇感觉一阵乌鸦飞过。

蓝心，自从遇见你，我就老是丢人。

薇古怪的表情又惹得羽一阵好笑，“要不是因为那信，我还没发现你那么可爱，那个，就当是我写的吧。”

“真的?”

“逗——你——玩——哈哈，笨丫头。”

“你——去——死!”

薇追着羽，绕着校园一圈一圈地跑，她从来不知道，自己对体育这么有天赋。直到晚霞染红了整个西边，两人都累倒在草坪上，望着彼此傻傻地笑着。青青的草色已被映得血红，残阳的余晖和晚霞织成一片天涯海角的壮丽与温馨。

“笨丫头，明天我生日，你去不去?”

“不去。”

“真——不——去，有很多好吃的哦!”

“切，不去白不去。”

羽又笑了，像天使落下的羽毛，羽，你会是我的天使吗?

羽靠着薇的耳旁，悄悄地说：“丫头，你又笨又不漂亮还那么贪吃，会没人要的，不如，我大发慈悲，把你买回家当猪养，怎么样?”说完，羽就溜之大吉。只剩下薇冲着羽的背影挥拳，嘴角却挂着一份不自觉的笑容，把空气都染得甜蜜醉人。

这是薇这辈子最幸福得一段时光……

羽生日那天，有好多好多女孩来找他，但羽只和薇说话，薇幸福得像一位公主。

羽的妈妈带着他们去挑饮料，薇和羽竟然同时挑中一瓶橙汁，好像从那以后，薇和羽都养成了只喝橙汁的习惯，也许，对别人来说，无关紧要，可薇想：她要保留和羽在一起的每一份记忆，这种感觉，像初恋一样，没有人会懂。

这份浅浅的暧昧一直持续到初一……

薇和羽已经不在一个班了。

薇每天都等着，等着羽来找她，就像当年等羽来和她说话一样。可是，羽，一直一直，没有来。

即使，薇在路上偶然遇到羽，他也像没看见薇一样，一切，又好像回到了那年开学……

薇看着渐渐变化的羽，他沉默了、深刻了，没有了当年的嬉笑活泼，却增加了一份淡淡的忧郁，原来，羽喜欢上了梦，是真的。即使以前的薇从来不信，她相信，羽是她的天使——一直都是！薇一夜无眠，的的确确，羽告诉她，他喜欢上了梦，这是他们开学以来第一次说的话。物是人非，原来时间真的可以改变一切，她再也不能看见，羽对她笑的样子了。因为，他现在，是梦的天使。

看着一天比一天沉默的羽，薇真的很难过，羽和梦分手了。他能怎么办，羽告诉她，喜欢梦的人很多很多，他要怎么做，才能得到梦，薇望着屏幕，潸然泪下，她说：羽，我会帮你的，你会幸福，你要幸福。

这些，羽都不知道。

薇开始以不同的身份周旋在所有喜欢梦的人身边，她搅乱了一切，羽和梦又在一起了。

“对不起，我只是喜欢他而已。”从此以后，羽再没和薇说过一句话。偶尔还能遇见。

羽和梦一起走过，无意识地撞了一下薇拿橙汁的手，果汁洒在地面被羽一脚踩过，像踝碎了的记忆，有一种复杂的、尖锐的情感在薇心口徘徊，堵得薇说不上话来，因为不知道是遗憾还是什么，总之有一点莫名其妙的失落，因为——看见你们一起离去的背影，就好像看见曾经的我们。

轻风送来一朵纯白的蔷薇，静静地躺在薇的手中，霎时间，薇感觉自己身边荡漾起花的精魂，薇看见，和羽一起走过的那条小巷，转角之处，开着最美最美的蔷薇。

薇知道，走过那个转角。

便是下一段人生。

古灵精怪盛小代

■ 安宁

一

盛小代是个古灵精怪的丫头。

我们第一次相识，是在食堂里排队买饭。她看一眼长长的队伍和在队伍最后面、饿成排骨的我立刻眯眼一笑，道：美女，你只要站这里不动，我保证你立刻就会买到想要的美味。

我奇怪地看了看这个头发微鬈、眸子明亮的美少女，还没有反应过来，她就跑到队伍前面一声大叫：天哪，师傅，这菜里怎么落了两个大苍蝇啊?!只这一句，便一下子删除掉了我前面所有的人。盛小代朝我妩媚一笑，立刻在食堂师傅的一声叹息里，自动粘贴在了我前面的空格处。

几天后，文理分班，盛小代又坐在了我的前面。我见识过她的诡计，先在心里对这个成绩比我高几个名次的伶牙俐齿的丫头设了防。她歪头要看我画的漫画，我从来都是哗地一下用手遮住，然后默不作声地继续画。她虚情假意地说参考一下我的作业，我便冷淡地说我自己的错误我自己最清楚，不用你再提醒。她屡次跟我要QQ，我都白她一眼，说：整日在学校里听你吵嚷还不够啊。盛小代从来不怕冷嘲热讽，她自己的名言是：走自己的路，让别人去嫉妒吧。

盛小代就是这样，自以为是，脸皮也超厚。她看超女选拔赛，自己喜欢的美女出局，立刻郁闷说：哼，看我盛小代明年不把半壁江山夺过来！她上课自作聪明地抢白老师，好几天都被老师冷淡，她便自我安慰说：看，老师也是要面子的，知道错了不好意思给我来道歉呢。对于坐我后位的嘉南，她每每看我微红着脸，将作业本放在他课桌上时，都会悄声在我耳边道：你这个导体效果真佳呢，这么快就把我心底的秘密传

给了嘉南。

二

很多的女孩子都喜欢嘉南，她们下课后，总爱有事没事地聚到走廊的第五个窗口边，装作若无其事地朝教室里看。视线所能及的最佳位置，便是嘉南的课桌。她们很张扬地高声谈着嘉南喜欢的音乐和文学，常常因为其中的漏洞，被一旁的盛小代揪住了得意地嘲笑一番。

女生们因此都不喜欢盛小代，说有什么了不起，不就是能和嘉南每天坐同一路公交么，可惜人家连座位都不愿让给你。我因此劝盛小代收敛点，别搞成了孤家寡人。盛小代便嘻嘻笑说：怎么会呢，有你和嘉南这样忠贞不贰的朋友在，我什么时候也不会孤单哦。

盛小代的马屁，我和嘉南早已习以为常。三个人一块挤公交回家，从来都是盛小代一个人喋喋不休，我和嘉南则一人捧本书，悄无声息地读，偶尔眼也不抬地应付她一句。有时候趁盛小代抢座位的间隙，嘉南会突然地回转身，说：这次你的作文，写得真好。我看着人群里因为被人踩掉了鞋子而大惊小怪叫着的盛小代，想：如果没有盛小代，两个人的公交，该是会发生一些故事的吧。

我想要的故事，始终没有发生。知道嘉南欣赏我的才情，但，也仅仅如此。他的优秀和骄傲，让他对所有的女生，都有淡淡的距离。即便是我和盛小代这样每日都同乘一辆车的朋友，也一样在相交的时候，淡白如水。但是能在不被盛小代打扰的片刻，与嘉南作片刻只有彼此才能懂的交谈，这样的秘密，还是让我有初恋般的羞涩和温暖。但，盛小代是多么聪明的女孩子啊，任是什么样的秘密，都是可以被她看穿的。

三

记得那是枫叶正红的秋天，嘉南的生日，树叶一样，翩翩旋转而至。盛小代的生日，也恰好在同一个星期。尽管知道嘉南崇尚简单，盛小代喜欢繁复，但我还是为了盛小代口中的“公平”，做了两件一样的十字绣。只是，没有人知道，我在盛小代的十字绣的左下侧，用英文绣了“朋友，珍惜”，在嘉南的上面，却是绣了更小的一行英文，说：等你，在大学的校园。我去精品店里买来漂亮的彩纸，将盛小代的礼物包装成星星的模样，而后一脸绯红地，把嘉南的折成温柔的心形。

我是在公交车快要到站的时候，才鼓足了勇气，将两件礼物掏出来。盛小代眼疾手快，还没等我开口，就过来一把将礼物全都夺了去。看我上去抢，她便高高举起来，嬉笑道：老实交代，真的是一样的生日贺礼么？我在外人的注视里，涨红了脸，没说话，只是艰难地点了点头。怎么也没有想到，盛小代竟然在我的尴尬里，脱口而出：那这个心形的，我就要定了，我要做你的唯一，而不是满天的繁星。这样的解释，引来一车人的笑声。余光里，我看到嘉南，若无其事地接过盛小代丢过来的礼物，微笑着放进书包里，开始准备下车。

命运就这样不负责任地将戏剧性的转折漠漠然地扔给我。我便转身，在一阵疲惫的脚步声里，下车走开去。

四

一个我从来不愿与人分享的秘密，就这样被盛小代轻而易举地窥了去。我突然有些怕放学后同乘一辆车回家，在几次找理由说无法同行后，嘉南似乎就把我这个路友给忘记了。而装作没心没肺似的盛小代，却依然不到下课，便做好往外冲的准备。有许多次，我看见她和嘉南在站牌下等车，不知盛小代说了句什么，一向表情淡然的嘉南，竟是笑弯了腰。我便突然地想起盛小代种种稀奇古怪的计策，盛小代是多么精明的一个女生啊，她不过是略施小计，便将我一把推出三个人的公交车。

我自此不再和盛小代主动地说话，无论她怎样地拿小吃来贿赂我，都无济于事。甚至有一次她让我将作业本传给嘉南，我张口便伤她：既然你已经把我这个导体利用完了，麻烦你以后就不要再来烦我！盛小代没像以前那样嬉皮笑脸地耍赖，而是呆愣了片刻，便默默转过身去。

没有人知道我和盛小代就这样形同陌路。已是高三，功课开始紧张，嘉南为了理想中的大学，开始住校苦读。三个人的关系，似乎是瞬间，就淡得

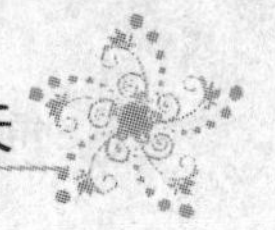

了无痕迹。生活像这个北方的小城，一阵冷似一阵，直到雪花飞扬，高中里的最后一个圣诞，寂然降临。

当学弟学妹们正为圣诞忙得不可开交的时候，高三的教室里，似乎依然是一片沉寂。贺卡纷飞，唯独忘了我们这群特殊的群体。老师们说，允许春节晚会，放半天的假联欢，至于圣诞，就免了吧。没有人提出异议，只有盛小代，低声一句嘟囔：为什么？无人回答她的疑问，大家又全都埋头到书本中去，为黑板上倒计时的醒目牌子，争分夺秒。

五

圣诞节终于来临，除了走过低年级教室时，看到门口摆放着的挂满糖果的圣诞树和里面张灯结彩的喜庆模样，这一天，对于我们，似乎没有什么区别。直到夜晚降临，窗外开始飘雪，第一节晚自习快要下的时候，一个身上落满雪花的“圣诞老人”，抱了一大堆的贺卡，出现在教室门口。

当她开口对第一个同学说出“圣诞快乐”的时候，我便知道，这是盛小代。我看她一个一个地将礼物分发下去，每发一个，便给人一个大大的拥抱。教室里死寂的气氛，像她身上的雪花，瞬间消融。许多人开始主动地过来讨要礼物，而后给她一个热情温暖的拥抱。那样许久没有见过的温情，突然地让我们嗅到了离别的伤感。圣诞之后是春天，之后便是离别，为什么我们不能在这样一日少似一日的时光里，像盛小代一样，学会珍惜和宽容？

盛小代是最后走到我和嘉南身边的。她从衣兜里，掏出一双大大的圣诞袜，而后晃晃，调皮地说：嘉南，这里面装满了我们三个人同乘一辆公交的快乐时光，记住哦，半年后，我和小美是要赖着与你同乘一辆校车的。嘉南没有言语，却是给了盛小代一个结实的拥抱，有女孩子，稍稍地起哄，但只有我才真正清楚，这一个拥抱里，包含了多少的留恋与真情。

盛小代送给我的，也是一样的圣诞袜，上面亦是绣了同样热烈如火的一颗心。我抱着盛小代，说：死丫头，为什么你非要把每一个人都弄哭才肯罢

休呢？不必再说什么了，我想盛小代明白我的眼泪，就像我明白她给我和嘉南的拥抱，是同等的温柔一样。这个粗心大意的丫头，她其实有着怎样一颗柔软敏感的心啊！

雪花，一片片地在天地间绽放。我们三个人，伏在阳台的栏杆上，看着冬天的精灵，漫天飞舞。嘉南说：圣诞之后便是春天。我说：之后便是离别。盛小代嘻嘻笑着接过去，可是离别之后，我们三个人，便可以同乘一辆校车，这样的时光，该有多美。

原来，青春，如果你真正懂得，它便可以一直美好。

我的夏利开起来很香

■最后一忆

一

她是某校一个乐观开朗的女高中生，他是一个有着阳光般笑容的男生，他们有着同样的默契，同样的感觉，和许多情侣不同的是，他们从不亲吻，从不拥抱，从不牵手，每当夕阳西下，都能看见他在打篮球，她静静看着，静静笑着。

有人说他们很幸福，有人说他们不是情侣更像兄妹，他们也只是用笑来回应，他们不在乎，他们只在乎对方的感觉，也许他们太有默契了，高中两年谁也没有怀疑过对方的感觉。

“小萌。”女生宿舍221内的女生和往常一样准时在熄灯后出声。

“怎么了？”躺在下铺的云小萌摘下耳机，等待着上铺的回音。

女生又说话了，“你是怎么认识夏利的？你们怎么在一起的？说说？”

“对呀对呀！我也想知道。”

“是啊！小萌你就说吧！”

这个话题似乎使大家没了睡觉的欲望，像听故事般将焦点对准小萌。

“赵月，你干吗呢！小心被老师听到，还是赶紧睡觉吧！吵到我了知不知道。”睡在云小萌对面床铺上的陈芹压低着声音没好气地说着。

云小萌也说，“是啊，大家晚自习已经很累了，早点睡吧！”

赵月闷哼一声后，寝室里开始安静……

春风徐徐地舞动在空中，仿佛放生的小鸟在欢快地嬉戏，云小萌也露出灿烂的笑，她紧紧环抱着面前坚实的身躯，侧脸贴在他的背上，感受着他骑着单车轻轻的喘息声和那不知道为何速速跳动的心，隐隐的感受也拨动着她的心弦，幸福着，快乐着。

随着夏利单车的前行，云小萌被带到了一个很美丽的地方，这个地方叫云山，晨起时满山皆雾，若置入云中，行在梦里。

他们到时已是下午，雾早退去，单车被停放在一棵百年老树旁，夏利靠树而坐，云小萌依偎在他腿上，两个人露出一样甜美的笑容，目光飘向同样一个地方……

在他们的面前，是大片大片的蒲公英，也不知是天然雕塑还是后天而为，竟造得这样美丽。“小萌，你永远是我的公主，这里可以看见我们的梦。”夏利轻轻地说，生怕惊扰了这里其他生灵。“那么，长大后我们实现了梦想，还要来这里。”云小萌灿烂地笑着，突然马尾一松，她很清醒地感觉自己的头发散落披肩，迎风而起，透过空气她看见面前的蒲公英四散开来，漫天下起了一场蒲公英雨，霎时她感觉自己的生命如蒲公英一样飘飘荡荡，喜怒哀乐全都纠缠在此。

“我喜欢看你不扎马尾时的样子。”夏利笑着将发圈环在她手腕，牵住她的手，“来，我们去感受梦想。”

于是，大片蒲公英间多了两个快乐的孩子，在舞蹈，在微笑，迎着风，踏着地，牵着手，像誓言，像约定……

“小萌，你可以吗?”

赵月和小萌坐在学校里某小花园外的长椅上，对面不远处就是夏利经常去的篮球场，赵月担心地看着云小萌，她前天才因为跳舞练习伤了右腿，现在一年一次的校园舞蹈大赛在即，怎么令人不担心。

“我……我相信我可以。”云小萌边说边看着自己的腿，轻轻踢开脚前的石子，“看，恢复的挺好。”“是吗?”赵月可不这么认为，“以前你说这话我相信，因为你是永远的第一，现在你都两天没去练舞房了，你可是我的偶像，变成这个样子你还和我开玩笑。”

“是吗!”云小萌一惊，“我是你的偶像啊，赵月这是你说过最无聊的话。”

“这回我没撒谎。”赵月手举过头，做了一个发誓的动作，惹得云小萌忍不住笑了起来。

“小萌，小萌。”赵月拉了拉云小萌，“你看你快看，那不是陈芹和夏利吗，他们在那干吗?”

云小萌虚惊一场，说：“赵月你干吗，同学见面聊几句而已，陈芹可是我最好的朋友。”她不以为然。

当陈芹转身之时，她们都呆了，陈芹手上有一束鲜花，夏利似乎没看见云小萌向相反的方向走去了。

“现在她还是你最好的朋友么?”赵月侧头看着她。

她承认她确实惊到了，但是她从来不会否认自己的感觉，一阵凉意过后她又燃起了笑脸，对上赵月一脸的火意，说：“她一直都是我最好的朋友。”

“你……你傻了是不。”赵月点了点她的额头，“事实不就在那。”

“小萌——”陈芹正朝她们走来，脸上挂着灿烂的笑。

“喏，她过来了，看你怎么招架得住。”赵月摇了摇头，突然站了起来摆出一副迎敌的架势。

“小芹，好漂亮的花啊！谁送的?”云小萌也站起来。

陈芹不好意思地低下头，说：“我的追求者，刚刚才走，真的好看吗?”

“好看，比你好看多了。”赵月冷嘲热讽地说着。

“赵月，别这样说。”云小萌轻轻一笑，“赵月其实是夸你比花好看，你现在是去哪?”

“我知道，哪能和她计较，我去练舞呢。”陈芹朝赵月吐了吐舌头，“羡慕嫉妒恨，我理解。”

“你……”赵月咬咬牙，闷哼了一声。

陈芹突然想起什么，问：“你的腿好点了么?看你这几天都没去练舞，是不是伤得很重啊，如果不行的话可以不参加比赛的。”

“你诅咒谁呢，谁说她不比了，谁不知道你的心思，一束花就可以打败我家小萌了么?”赵月憋得不轻，说出来舒服多了。

“赵月你说什么呢?”云小萌瞟了她一眼。

“没事我就先走了，小萌下午我们一起去吃饭，别带上这个赵月了，她太吵。”陈芹说完就走。

“喂喂喂……”

赵月想追上去却被云小萌拽得死死的，最后只能忍气吞声瞪了云小萌一眼，说：“你如果不带我去我就和你绝交。”

……

二

一年一度的舞蹈大赛结束了，云小萌成为了全校的焦点，第一奇迹般降临在她身上，赵月在一旁担任护花使者，接收礼物不断，这回可是实至名归的偶像了，赵月再也不敢怀疑了，结束后她似乎比云小萌更加快乐。

“恭喜你，小萌。”陈芹微笑着祝福着。

“谢谢。”云小萌回应，她已经习惯了这样的场面，这次的奖得之不易，她知道珍惜有多么重要。

“小萌。”

穿过人群传来熟悉的声音，众人纷纷让道看去，一个少年推着单车，右手掂着篮球，脸上洋溢着阳光般的笑。

云小萌走到他面前，“夏利。”

“走吧！我请你吃饭。”夏利坐上单车，手握扶手等待着她。

云小萌羞涩地上了单车。

众人羡慕地看着单车越行越远，赵月沉浸于无限的幻想之中……堪比花痴。

一个月过去了。

篮球场上总有那么几个爱球少年迷恋到黄昏。

“给。”云小萌见夏利打累了过来休息，于是拿出准备好的毛巾和水递到他的手上，“今天的晚霞好美啊。”

“嗯，但是没有小萌美。”夏利卖萌地做着各种搞笑的动作。

云小萌逗趣地笑着，把他拉到身旁坐下，“你别这样，我都要吐出来了。”

“有那么难看吗?”

“嗯。”云小萌不敢看着他回答。

“你……再说一次，我没听懂。”夏利看着她，实在有趣。

“很难看。”云小萌突然抬头，两人目光对视，脸颊贴得很近，刷一下两人的脸都红了起来。

“回去吧!”云小萌站起来。

“哦……好。”

又一天下午。

云小萌整理书包准备回寝室，赵月陪在她身边唧唧喳喳个不停。

“小月，你到底要说什么?”云小萌烦了。

赵月支支吾吾，又半天说不出来，“没什么，说理我说不过你。”

“一起去吃饭。”云小萌丢下这句话便往门外走。

“好哇。”赵月兴奋不已。

下到一楼，赵月的火眼金睛似乎瞄到了什么，但又不敢确定，想看清楚再说，可她发现云小萌好像也看见了。

“小萌。”赵月呆呆地看着她呆滞的神情。

前面是陈芹和夏利，陈芹坐在夏利的单车后面，手里还拿着一束鲜花，和上次不一样的鲜花，他们正向校外而去。

“小萌，也许是误会呢。”赵月嘴上虽这样说，心里早已把陈芹撕得稀巴烂。

“嗯，是误会。”云小萌倒也配合，“也许有急事。”

“小萌，喂。”赵月紧跟她的脚步，“你就这么放过他们啊，不追上去了。”

“如果事情真的是那样，夏利一定会解释的，但是他从来都没有解释过什么，就说明这是小得不能再小的事。”

“你真天真啊，骗你真好骗。”赵月心理承受能力严重受到打击，被她那样一句话说得全身无力，真想一头撞死，闹一桩血案。

三

云山，依然是那两个常客手牵手沿蒲公英散步。

夏利说：“小萌，我有一件事要告诉你。”

“你说。”云小萌习惯性地伸手抚摸被风吹得四散的蒲公英。

“我要去浙江，所以休学一年。”

“为什么?”云小萌停住了脚步，严肃地看着他。

夏利抬起左手抚摸着她的头，“我爸妈要离婚了，我回去看看可不可以挽回。”

云小萌的目光即刻化为柔情，多了一丝忧伤，问：“那……你一定很伤心?”

夏利没有回答她，强颜欢笑着，随即坐在石块上。

正是这样的不回答才让云小萌心里有了答案，她笑了笑，说：“也许你回家会让气氛改变，不会再有离婚，在我心里，夏利什么都能做到。”

“那……你愿意等我吗?”夏利问道。

云小萌坚定地点了点头，“我等你，一年而已，但是你一定要回来。”

“小萌。”夏利起身拥她入怀。

云小萌听见他清晰的心跳声，感受到他那不知隐忍了多久的忧伤，在这个人间仙境无须遮掩。

三天过去了，云小萌坐在寝室靠窗发呆，这是他走后的第一天，第一个没有他的二十四小时她开始想念，昨天的送别还记忆犹新，他留下了他的单车转身而去，见车子越走越远，她奋不顾身骑上单车尾追而去，不知追了几个路口，却怎么也追不上，她的眼角开始有泪……

“小萌，看天呢!”赵月挤到她旁边，“白天也这么有情趣啊。”

“别取笑我了。”

“好好好，我知道你为了什么。”赵月娇俏地说着，随即问：“没有男朋友在身边总不能连双休日都不过了吧，你可是很久都没有和我出去玩了。”

云小萌看着她，利落地说：“行，你说去哪就去哪。”

“好。”

夏利离开后，云小萌渐渐恢复了正常的生活，只是没有了他的陪伴，难免在夜深人静的时候会睡不着，每隔一段时间她会写信给他，信里都会夹着一些蒲公英散落的花瓣，夏利的每一次来信都是她最开心的时候。

时间确实如云小萌说的一样，很快，大半年过去了，她由信中得知他会提前回来，她准备了好多的礼物，更有好多的话在心里反复练习。

盖好被子，闭上眼睛，云小萌期待梦醒的第二天……

第二天：

“小萌，你忙什么呢? 这么早。”陈芹坐在桌前边翻书边看着忙里忙外的她，看得她头都晕了。

“你也很早啊!”云小萌把自己的衣服挑了又挑，“对了，今天大家都回家了，你一个人在这干吗，不如和我一起去接夏利吧!”

“算了吧! 我才不当电灯泡。”陈芹放下书走到门前，“我先出去一会

儿，你慢慢弄。"

"好。"回应完后便听有锁门的声音，云小萌立刻跑到门口反复推拉着门，确定真是被锁上了才开口，"陈芹，你干吗，我还在里面呢！"

"是啊，你还在里面，你说呢？"陈芹笑得很诡异。

"陈芹，你快开门，我有事，别闹。"云小萌焦急地说着。

门的那边传来的是一阵冷笑，"小萌，你真的不知道我喜欢夏利么？你知道么，那两次和夏利的亲密接触，还有那两束花，都是我精心准备给你看的，没想到你这么能忍，现在，一切挑明，你以为你还走得出这间房么？"

"陈芹，你……真的？"云小萌最害怕的情形出现了，她全身无力般背靠上门，一点一点下坠，直到坐到地上，"那你困住我又有什么用。"

"我要向他表明心迹，这是最好的机会，而且我会告诉他你并不爱他，这一年你交了三四个男朋友来消遣寂寞。"

"可那是虚构的，你不怕他揭穿你。"

"我不怕，因为我已经准备了好几个男朋友来和你认亲，还瞎编了几个浪漫邂逅，你就等着享受美男福吧！"

"开门好吗，所有的事都可以和平解决的，不要这样，我不希望我们的关系变成这样。"云小萌继续叫门，可是……五分钟过去了，没人应，十分钟过去了……没人应。

云小萌坐到床铺上，蜷缩着身子，每一个部位都颤抖得厉害，不是因为见不到夏利，而是为了那份持续了六年的友情，就这么破碎了，心伤得很重很重。

开锁的声音，云小萌突然抬起头，"陈……"后面那个字没来得及说就看见赵月的脸。

"你怎么在里面，门是谁锁的，小萌你分身啊！"赵月很是惊讶。

云小萌不想说话，她冲了出去，顾不上赵月在身后的吼叫，一路跑到校门口，沿路跑向街道，她一时心慌竟忘了有单车的存在就已经跑了很远。

四

两年后……

那年，闪过脑海的记忆触伤了她的心，风吹动着她的头发，任其在空中纠缠，她伸出手，蒲公英被风吹散的零叶划过手心，又随风飘走，那抹熟悉的温度像利刃般刺痛她的心，当年，她从寝室追出去，竟遭遇车祸，不幸双眼失明。

她告诉爸妈，只是去学校休学就好，就一年。

于是，她和爸妈离开了这个城市，搬走了，一走就是一年半，半年前迫于经济问题不得不回来，回到这里，她是忐忑的，回到这里才感到和以前不一样的平静，也许本来所有人都应过得平静吧！当初他的一年换来她一句话的一年，可不同的是她食言了……

她转过身，脸颊早已被泪水淹没，她知道，不能再想了，梦总归是梦，现在的她，还能做些什么呢，离开吧，离开吧，两年了，只要再过两年，她一定会忘记他，一定会……

听说，有三个顽皮的少年，有一天结伴爬云山，看见一个穿着蓝色格子上衣的男孩在一棵大树前慢慢走向面前不远处的女孩身边，女孩穿的是洁白的白色裙子，站在满地蒲公英间，男孩站在她的面前，她似乎看不见一般，依然冲着大地微笑，直到男生开口说话，气氛似乎不一样了……

锦瑟那年的梦就这样结束了

■黄爽

一

过了中秋，天气便一日凉过一日。

正在画板上涂涂抹抹的女孩停下笔，取过旁边搭在椅背上的外套披上。她看了一眼窗外随着一阵秋风打着旋儿飘落的柳叶，叹口气，又将注意力全部集中在了面前的画上。那是一幅素描，只看得出大致的轮廓，眉眼都尚未勾勒出。但从那微微坚硬的线条不难看出，这是一个英俊的少年。

女孩涂涂擦擦，不时停下笔皱眉打量，全然不顾窗外聒噪的秋蝉。时间仿若凝固了一般。

“锦瑟，快来吃柿子，秋天的柿子最是甜了。”门外传来一个苍老的声音。女孩应了一声，匆匆收好画具，便推门出去。

静寂的画室里，阳光泻了一室。画板上的纸张在阳光的照射下微微地反光。那素描里的少年眉目初成，唇角噙着一抹笑，竟灿烂得比阳光还要耀眼。

二

女孩叫锦瑟。亦是正到锦瑟年华，约摸十五岁上下。古书里说，这是女子的“及笄”。

她住在江南一个小小的镇上。镇子很小，小到就连在省级地图上也找不到它。被一年四季青青的山峰温柔地拥着，一条细细的清河从镇头流到镇尾，河边散着的，也不过几百户人家。还是原始的灰墙红瓦，却莫名地温柔。多的是树和花，家家户户栽着，河侧峰下点缀着。锦瑟顶喜欢在河边画画看书，一待就是半天。饿了有奶奶亲手做的玫瑰饼，渴了直接掬一把温和的流水。

今天的阳光不知为何，热辣辣得让人害怕。秋天天气本应是凉凉的，秋老虎却不愿离开，张牙舞爪地向这座江南小镇发威。锦瑟躲在家门前的大柳树下看画册。她正兀自借着树叶缝隙漏下的阳光看一幅油画，却发觉光线奇怪地暗了下来。她诧异地抬头，却看到一张陌生的少年的脸。他嘻嘻地笑着，凑头过来看锦瑟手里的画册。锦瑟是性情温和的，只避了一避，细声细气地问道："你是谁?"那少年不回答，仍是笑着，站直了身子望向她。锦瑟被他看得心里发毛，推开他便往屋子里走去。

少年没有追来，倒是他那好听的声音追了上来，不依不饶地缠在锦瑟的耳畔。锦瑟脸便红了，快走几步跑了起来。

他身上的味道倒是挺好闻的，像树叶的清香。锦瑟这般模模糊糊地想着，一边跑得更快了。

正是傍晚，小镇天空缭绕着家家户户做饭升腾起的青烟。锦瑟帮着奶奶洗嫣红的番茄、青青翠翠的丝瓜，偶尔答一两句奶奶的絮絮叨叨，眯起眼睛微微地笑。

少年坐在高高的柳树上，歪着头望厨房里忙忙碌碌的两祖孙，随后低头拍拍窝在他臂弯里的小麻雀的脑袋。

"呐，你说，她知道我是谁么。"他像是自言自语，又像是对小麻雀说。小麻雀得到他的安抚，惬意地叽叽几声，脑袋蹭了几蹭，埋得更深一点。

少年失笑，用手撑一撑额头，暗自笑自己，竟对一只小麻雀说这等话。他将身子靠向身后的大树，于是柳树的青叶便与他青色的衫融在一起，夜色的黑将他温润的笑容掩盖起来。

太阳的最后一丝光芒隐匿在山峰之后，夜色便迅速地黑了下去。小镇人家的灯光渐次亮起，仿若人间的星河。

三

第二天清早，锦瑟从书架上抽出那本没看完的画册，正迈开步想到柳树下去，她想到昨日那个奇怪的少年，便又顿住了步子，转而回到房间。

坐在窗边随手翻了几页，她忍不住望向柳树下。那少年竟真的坐在树下，手里握着一本泛黄的旧书，悠悠闲闲地占据了锦瑟平日最爱的地方。

锦瑟有些气愤，但她毕竟是温柔的，小镇是再普通不过的江南小镇，温温柔柔的，将这里的人们也熏陶得温温柔柔。她只咬着嘴唇瞪着那少年，想不到他竟如感应到了一般抬头望她，笑得一脸无辜。锦瑟措手不及，愣愣地与他两眼对视。

“下来呀，屋子里多闷热。”他笑着说。秋日的风将柳枝吹得柔软地飘起，也将他的话送到阁楼上女孩的耳边。

锦瑟愣头愣脑地“噢”了一声，抱着书便往楼下跑，到他面前直直地站定。他认真地看着手上的书，良久才抬头，脸上是无奈的笑：“站着作甚，来，坐下来。”少年让开一点位置，好让锦瑟坐下来。

锦瑟翻着手上的画册，却再也看不下去了。

忍来忍去，她还是开口了：“喂。”“嗯?”少年没有抬头，仍在仔细地阅读着那本泛黄的书。“你不是这镇上的人吧，你到底是谁呢?”锦瑟认真地看着他的眉眼，总觉得莫名的熟悉，“我总觉得我认识你……可是又想不起来。”

“你说呢?”少年终于合上手中的书，也认真地看向锦瑟，“我可是很久、很久之前就认识你了呢，锦瑟。”锦瑟吃了一惊：“你怎么知道我叫锦瑟？奇了怪了，我明明没见过你。难不成你是奶奶说的那拍花子的？专扮作漂亮的样子，叫出孩子的名字骗取信任便将她拐走……”

少年忍不住笑出声来，拍拍她的头：“锦瑟，我叫华年。”

“华年?”锦瑟疑惑地重复一遍。“嗯，华年。‘锦瑟无端五十弦，一弦一柱思华年’的‘华年’。”华年拾起一支干树枝，在地上慢慢地画给女孩看。“这句诗我知道！句首的‘锦瑟’就是我的‘锦瑟’嘛，奶奶说她顶喜欢这句诗了，便给我取了这个名字。”她眼睛弯弯地笑起来，看得华年亦十分开心。

锦瑟将画册哗啦哗啦地翻过来翻过去，终究忍不住开口了：“华年，你还没告诉我你是谁呢，名字可代表不了什么。”锦瑟有些不高兴：“你根本就不是镇上的人吧，骗人。”镇上的人锦瑟都认识的，从镇头的小蘑菇一家，到镇尾的冬瓜一家。镇上只有奶奶一个医师，镇里人有个头疼脑热的，都爱来找奶奶抓药。日子久了，锦瑟便将镇上的人都认了个全，独独没有见过华年的模样。

华年却并不应她，低头仔仔细细地翻着书。“啊，找到了。”华年欣喜地抬头，将书递到锦瑟手中：“喏，这是李商隐的《锦瑟》。刚才那句诗，便是出自这里。”

锦瑟顿时忘掉了不愉快，细细品起那首千年来被人们所赞诵的诗来。

锦瑟

锦瑟无端五十弦，一弦一柱思华年。
庄生晓梦迷蝴蝶，望帝春心托杜鹃。
沧海月明珠有泪，蓝田日暖玉生烟。
此情可待成追忆，只是当时已惘然。

“锦瑟无端五十弦，一弦一柱思华年……”锦瑟不禁被迷住，低低轻吟出声。“庄生晓梦迷蝴蝶，望帝春心托杜鹃。”华年接下一句。

世界仿若都因为这首诗变得迷人起来。水流轻轻地从坐在柳树下的一双年少人儿脚边流过。风将女孩的发尾轻轻吹起，就像树上摇曳的柳枝，叫华年看愣了神。

四

锦瑟做了一个梦。

梦里面有她自己，有华年。华年坐在高高的柳树上笑嘻嘻地俯视自己，彼时她正坐在树下画一棵漂亮的柳树。正不满意，他轻轻跃下树来，用手指在画纸上点点，用好听的声音说：“这里呀。”她便明白了画面不够协调的所在。

待她画完了，正想拿给奶奶看时，华年却伸手拦住自己。“哪，锦瑟，把它送给我好不好?”他神情严肃，像在跟她讨一件稀世珍品。“你喜欢?”锦瑟将画双手递给华年，很郑重地说：“送给你。”华年亦一脸郑重地接过，仔细地看着。

“华年，你究竟，是谁呢?”锦瑟站在原地问。

“我啊，我便是你啊……”华年轻笑着，理了理锦瑟微乱的发尾。“……你是我?”锦瑟不解地抬头望向一脸笑意的少年。

少年低下头，并没有回答她的话：“锦瑟，我要走了，”他声音闷闷地，眼睛细细地扫过女孩送的画，“……很漂亮。我很喜欢。”

他抬头望向差点要掉下眼泪来的锦瑟，漂亮的脸上是一如既往耀眼的笑容：“再见，锦瑟。”

锦瑟哽咽着伸手，想要抓住那个越来越远的、谜一般的少年，他却似乎被一阵风吹远了。

“华年！”锦瑟猛地惊醒，才恍然发觉那是梦。她跌跌撞撞地跑向窗边，绊倒了画板，踢碎了花瓶，都仿若不觉。推开雕花的木窗，她急急看向那棵柳树下面。什么都没有，只是似乎放了一本书。锦瑟连鞋子都来不及穿，光着脚丫噔噔地跑到树下。

果然是一本书，正是那天华年手里握的旧得泛黄的书，中间似乎还夹着一些东西。锦瑟小心翼翼地翻开，竟是一枚青翠的柳树叶。书上是关于古代树妖的记录。书角有几个苍劲的字，“致锦瑟”。

锦瑟抬头望向那棵陪伴了自己多年的柳树，不由伸出手抚摸那柔和的柳条。这便是华年么？怪不得，怪不得他说，很久之前，就认识锦瑟。

秋末的风，柔和地掠过这个宁静的江南小镇，吹起柳树下锦瑟的发丝，亦吹起柳树青色的枝条。远远望去，竟温柔得让人不忍打扰。

五

赶在柳树最后一片叶子变黄前，锦瑟把素描完工了。那眉目，那笑容，分明是那天与锦瑟在树下偶遇的华年。女孩拿来漂亮的画框，将那画装裱进去，然后在画框背后用墨笔写上“致华年”。字是稚拙的，却让人感到温暖。

她穿着棉布裙子，站在柳树下，踮起脚尖想把画放入树上的洞中，却始终够不到。

“我帮你吧。”听到熟悉的声音，她欣喜地回头望，却发现身后空空。她眼里闪过一丝失望。

回屋把小板凳搬出来，锦瑟终于成功将画放入树洞中。她张开手，拥抱住高大的柳树，轻轻说：“华年，再见。”

她没发现，树上坐着一个熟悉的少年，阳光穿过他透明的身影，洒在锦瑟身上。他伸手拿起那幅画，脸上是悲伤的笑容。“傻锦瑟。”

六

锦瑟坐在树下，借着已经越来越柔和的阳光看一本泛黄的旧书。一阵轻柔的风吹过，将最后一片泛黄的叶子吹落在她手上。

冬天就要来了呢。她将叶子团在掌心，仰头向头上的柳树望去。“我可是很久、很久之前就认识你了呢，锦瑟。”不久前，有一个突然出现、又突然消失的漂亮少年这样对她说。她低下头，陷入回忆里。

“锦瑟！快来接电话，冬瓜他们祝你十六岁生日快乐呢！”奶奶在里屋，透过窗户对锦瑟笑。锦瑟应了一声，提着长长的裙摆跑入室内接起电话。

少女锦瑟的十五岁，就这样结束了。

我的真心够换一个笑话吗

■ 念旋

五月，气候有些异常。早上还是滂沱大雨，下午温度就达到了三十几摄氏度。

同寝室的其他人都说，你们宜宾的天真是捉摸不透。是啊，不止她们，就连我这个在宜宾土生土长了二十年的人，也摸不透这宜宾的天。

就像人心，你永远不知道在他微笑的面具下是怎样的风起云涌变幻莫测……

打完测字，我迟迟未动，盯着电脑屏幕发了许久的呆。我想写点什么，却在这开头就如鲠在喉。我该写什么呢？写秦晚歌的自傲好强，终是"自作孽不可活"，还是苏稳的江湖义气儿女情长？

似乎这些，都不是我想要的结局。

迷迷糊糊的在电脑面前坐了一个上午。外面，太阳早已站在高高的天空炫耀着它一直引以为荣的光芒。刚刚大雨过后的天，有些清朗有些明净。叶子上未滴落完的水珠在阳光下闪闪发光，像是纯天然的钻石，引人夺目，吸引眼球。

往机场的方向，天空一道白光，我看着它，由一条细线，慢慢扩大，最后消失不见。

终究，不是苏稳搭的那一班返航的飞机。

1. 也许我们是这世上最客气的男女朋友

烈日的炙烤下，树叶几乎奄奄一息，在高高的树干上低垂着头。我也像是泄了气的皮球，有气无力地走在马路上，苏稳离开了一个星期，我除了想他什么事也想不到，每天像个机械人。一连几天除了上课就是足不出户的日子让我的身体也差了起来。

为此蔺航打电话来狠狠骂了我一顿，他说："蒋璎珞，你是死了家人还是死了男人？至于像个僵尸一样行尸走肉吗？要是都死了，不是还有我这个男朋友吗。寂寞了就说一声，本少爷绝对服务周到。"

如此毒舌，我敢保证，如果他在我面前，我一定打得他满地找牙。

"蔺猪，你给老娘闭嘴。"我终是忍无可忍，"老娘一家幸福美满，好得很。"

"不错嘛，还没死，能骂人。"蔺航刺耳的声音通过电话传进耳朵，我有种想把他千刀万剐挫骨扬灰的冲动。"没死就给我出来，本少爷带你去吹吹风。"

一下子软下来的语气我还不怎么适应，心里小小地感动了一下。其实他人挺好的，可是在听到他的下一句话后，我立即收回了成命。

"死了的话就没办法了。"

为了证明我既没死家人又没死男人更没有殉情，我咬牙切齿地让他给我等着。

到宿舍楼下我就后悔了，这么大的太阳是要把我体内的最后一点水分都吸干吗？说不定几千年后的考古学家们会突然找到我这具干尸呢，那时我就成了古人了。我竟然还能想到那么远，不禁有点佩服自己，望望那红得耀眼的太阳，我狠下心，踏出了宿舍。

校门口，蔺航和他几个要好的朋友各自推着一辆双人座的自行车在那里等，旁边还跟着他们各自的女朋友。我一眼就看到了蔺航，只怪老天不公，让他这么非寻常人类，当然他是属于上天宠儿那种。

一路上，男生们像疯了一样，将车子摇摇晃晃开到最快，女生紧紧抱着自己的男朋友，虽然担心，但脸上幸福的笑容却是那样真实。同样是男朋友，我坐在蔺航后面，与他就好像隔了千百条银河。突然急刹车，我下意识地抱住蔺航，惊魂未定中我听到他的道歉："对不起，有一颗小石头，没看见。"

我忙放开他说没事。

山顶的风呼呼地吹着，小树随着风不停地摆动，完全没有山下的死气沉沉。我站在崖边，扒着护栏，看下面滚滚的江水。金沙江与岷江共同汇成了长江，而我在这里正好可以一览整个过程。三条河来自三个不同的方向却在这里相遇汇成一条江，自然在造物的时候也是经过精心策划的吧，就像苏稳、我和秦晚歌，在命运的安排下上演了一场不甘于平凡的戏码。

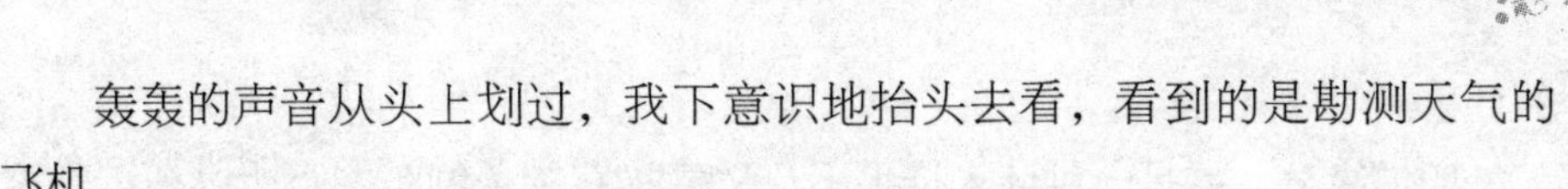

轰轰的声音从头上划过，我下意识地抬头去看，看到的是勘测天气的飞机。

送苏稳走的那天，我望着远去的飞机久久回不过神来。上机之前，他对我说：“璎珞，你要照顾好自己，别那么任性了。”

我看着他，忍了一路的泪水最终还是落下了，我不停地点头，答应他：“会的，我会把自己照顾得好好的再等你回来，你要记得，我等你回来……”

“我会记得……”这是他说的最后一句话，然后就和秦晚歌一起上了飞机。

“苏稳，我会等你的。”对着机口的苏稳我不顾形象地吼了起来。所有人看着我，对我们这些少男少女的天真嗤之以鼻，也许轰轰烈烈的爱情根本不可能久远，可我却在那么多嘲笑的眼睛中找到了苏稳肯定的答案。我冲他挥手，跟他再见，然后再一天天的等待，我相信我们。

2. 我还真没见过你这么大胆的女生

作为大学新生，我踏进校门时想的第一句话不是感叹三年的拼搏终于结束，进了理想的学校，而是“这也太不靠谱了吧”！

一男生抱着一大束红色玫瑰对他面前的女生表白：“同学，我喜欢你。”

“可是我不喜欢你。”女生表现得很淡定。

“没关系，只要你收了我的花就行。”

世上还有比这更让人厌恶的男生吗？

答案，肯定有，而且就在我面前，被表白的就是我。当我看清了卡片上写的是“秦晚歌我爱你”的时候，我不禁哈哈大笑起来，好心地教育了他一番，“这么小儿科的伎俩你也用？想让我激起那个女生对你的在乎，告诉你吧，没用的。既然是送我的，不要白不要。”我把卡片扯下丢掉，抱着花转身离去。留下一脸诧异的男生和他身后的女生。

那个男生叫苏稳，那个女生叫秦晚歌。

我想就是从那个时候开始，我们的缘分或是仇恨就结下了吧。从来我就不是一个乖乖听话的好学生，所以在那种种的冲突中我没有退让，甚至变本加厉。

“我还真没见过你这么大胆的女生。”这是后来我们相熟了以后苏稳对我的评价。

所谓缘分，就是一种让人措手不及又感叹它神圣的东西。所以在进教室的那一刻，我对上了苏稳的目光，有种茫然和心虚，我们竟然在一个班级。有那么一瞬间我想消失，可是又一想，不就是抢了一束花嘛。也不能算是抢，明明就是他心甘情愿送的，还大庭广众之下向我表达他无限的爱意，所以我理直气壮地走了进去。

听到苏稳如是评价我，我拍着胸脯，得意扬扬地回了一句："开玩笑，也不看看我蒋瓔珞是什么人物。"

苏稳忍住笑，将头别到一边。很明显，我的话唬不住他。不过没关系，有一天我会让你看到姐姐的实力的。

那个时候似乎真的天不怕地不怕，什么事都由着自己的性子，顺眼了我就高兴，不顺眼的会让它从我眼前消失，好像并没有什么是值得我推心置腹的，可是在后来经历过那么多刻骨铭心的事以后，我再也不敢对我那一点所谓的强大自信满满了。

3. 嫉妒，赤裸裸的嫉妒

苏稳是那种你跟他不熟，他就对你不温不热，你成为他的朋友他就会为你两肋插刀的人。曾经的我觉得这样的人才能有资格成为我崇拜的人，我对这样的人永远都是一颗顶礼膜拜的心。而苏稳就是我膜拜的对象，我们一起上课，一起吃饭，一起去操场运动。在这些平淡的交往中，我已越来越离不开他越来越喜欢他。而他还是一如既往的对秦晚歌表达他的爱慕之情，偶尔在她宿舍门口堵堵她，偶尔带份小礼物给她，她若是拒绝，便又转给我故意气她。

秦晚歌和我们一届，学的是园林设计，上课大多要背一个画板偶尔写写生什么的，碰到她苏稳就给她背包，她极其不愿的样子，又拗不过苏稳，就只好任他去了。

那时我真不知道秦晚歌心里是怎么想的，要是不喜欢，干吗不干脆一点，要是喜欢为什么又扭扭捏捏？后来我在书上看到一个词语，欲擒故纵，我不禁对她充满了无限的鄙夷。同时也在为我自己悲哀着，就秦晚歌那样的也让苏稳这样喜欢，可我却只能看着自己喜欢的人对别的女生费尽心思。

那一段时间，我有点悲天悯人。我想跟苏稳在一起却又不敢表白，所以只能独自哀伤。

在一段时间对苏稳的爱理不理后，苏稳终于发现我对他不那么热心了，他带我出去吃饭看电影买东西，算是给我赔礼道歉。我乐得心里开出了一片花海，美得像是三月温和的太阳。跟他在每一个场合亲密得有些招摇。

我承认我就是一个那么不知羞耻的人，明明知道是别人的怜悯，我还视如珍宝，肆意炫耀。

“嫉妒，赤裸裸的嫉妒。”后来跟蔺航说起我的心情时，他一针见血地指出了我的内心。我羞愧得无地自容，我们并不是很熟，他就那么直截了当地说出我的弱点。我想他并不知道喜欢一个人又太在乎一个人的心情，就像握在手里的河沙，你知道越握紧就会漏掉，但捧着又害怕被风吹散，无可奈何，所以只能小心翼翼地为它挡着风给它一个踏实的环境。我也只能小心地维持着我们的关系。每当看着他们的身影我的心就犹如有千万只蚂蚁在咬。

窗外温和的阳光照着，一对对情侣甜甜蜜蜜的走过，我的眼泪就懦弱地流了下来。

蔺航手忙脚乱地跟我道歉，他说：“别哭吧，我错了还不行吗?”

可是我却怎么也止不住，人在伤心的时候知道有人安慰便会以为有了依靠更加放任自己的情绪。所以蔺航的话一出口，我就更加肆无忌惮地哭。

“行，你哭吧。哭够了，你男朋友我，帮你收拾他去。”

4. 蒋璎珞，你会后悔的

秦晚歌第一次主动来找我的时候，我上完课在回寝室的路上。碰到她我选择了视而不见，她却叫住了我。

“蒋璎珞，”语气难得一见的温柔，“我有些话想跟你说。”

“嗯。”我笑脸相迎，跟舍友说声再见站到她旁边。我既惊讶一向高傲的她会主动来找我又对她的来意充满了好奇。她终于是忍不住来挑明了。

走了几步，她开口：“经常听苏稳提起你，也很想找个时间跟你认识一下，不过一直没有机会……”

“有什么话就直说吧，没必要那么客气。”我也承认有时候我真的很欠揍，面对秦晚歌的好意，我毫不客气地给了她一碗闭门羹。不是真心想交朋友，何必又那么虚情假意，大家都别扭。

“那好。”秦晚歌转过来，用她傲慢的神情对着我，语气轻蔑，“以后离苏稳远一点，现在我是他女朋友，不想再看到你跟他在一起。”

“我要是不呢?”

“如果你愿意背上一个勾引别人男朋友的罪名，我也不会勉强你的。”

刚刚放学的路上，三三两两的都是人，秦晚歌踩着七厘米的高跟鞋居高临下地看着我，尖锐的语气传到几米之外，我像是挂在城楼上示众的小偷，引来无数人诧异的眼光。

什么叫作是可忍孰不可忍也许就是我此刻的心情吧。别人眼里最文静淑女的秦晚歌说出的话却是如此恶毒。我什么都没做就得了一个千万人唾骂的罪名，所以，就算给了她一耳光我仍然觉得怒气未消。

“蒋璎珞，你会后悔的。”身后秦晚歌的警告飘得很远很远。

被几个社会上打扮得阴阳怪气的混混围住的时候我明白了秦晚歌的话。我很想放大话说我蒋璎珞什么时候后悔过？可在我跑不过那几个混混后我真的有一点点后悔了。我太低估了那些人的实力，以前的我再怎么混迹社会也会洁身自好明哲保身，不与他们做过多来往。可是现在那些人狰狞的面孔，猥亵的表情，像魔鬼一样的身影都紧紧跟在我的身后，任我用尽全力也甩不掉。

那些魔鬼一样的手拉扯着我，密密麻麻的拳头落在身上。

恐惧如洪水猛兽席卷着我，我只能靠双手微薄的力量紧紧护住我自己。

秦晚歌，那一刻我连杀了她的心都有。

夜晚的风呼呼的划过江边，波光粼粼的江水像是黑暗中勾人魂魄的妖物，每闪过一下就牵着我恐惧的心，如果不是路过的那两位大叔的帮助，我不知道会在我身上发生什么。我不敢想象，当我无力挣扎的时候那些恐惧会缠绕我多久，我又要怎样在这世界上活下去。

夜色太深，看不清前面到底是路还是湖，我强忍着在逃跑时摔倒的疼痛，瘫倒在地上，任风吹在脸上，在寂静的夜晚我像是被丢弃的孩子，绝望而无助。

……

我睁开疲劳的眼睛，四周白茫茫的一片，熙熙攘攘的有些说话的声音。我看着他们一个个关切的眼神，听着他们一个一句“璎珞你醒了?”“璎珞，你没事吧?”“璎珞，你怎么搞的，怎么会从那么高的地方摔下来?”眼泪情不自禁地落下来。

黑暗里，我疯狂地奔跑，急迫地想逃离。可夜太暗，我看不清前面的峭壁。

从我不小心摔倒的那一刻我以为自己会死去，连我自己都在等待着。没想到老天爷没有收了我，让我好好地活了下来。

那么，那些给我伤害的人，我不会让他们过得潇洒的。

5. 你凭什么觉得我会答应你

仇恨会演变成什么样我不知道，电视剧里那些被伤害过的人变得残暴的实质我也不想去分析，我只知道秦晚歌她给我的伤害是我这一生都不可能原谅的。

我喊了一帮人去拦住秦晚歌，我像大姐似的站在势单力薄的她面前，我用力地给了她几个耳光，我想让她也尝一尝当众受人欺凌的滋味。

只是我太小看了人性的报复，我原本小小的仇恨引来的却是秦晚歌手里锋利的刀子和一瓶来历不明的硫酸，她在我面前声嘶力竭不可一世，一手一件武器像要和我同归于尽，我无力与她搏斗只能逃去。

世人说冤冤相报何时了，可是在我被这种仇恨冲昏了头脑的时候，我唯一想到的便是要斗过秦晚歌。

那天去见蔺航是我处心积虑策划了好一段时间之后，在那样一场战争中没有一个靠山怎么能行？

“你凭什么觉得我会答应你？”阳光下，蔺航的语气像是北极的冰山，硬如磐石冷如冰。

其实我很怕，只是我有比怕更重要的事，所以我才会胆大如虎，见到蔺航的第一眼就对他说我要你做我男朋友。

“原因。”他丢下冷冷的两个字。眼神里全是厌恶和不屑。

在他凶恶的表情面前我不停地后退着，我是明知山有虎偏向虎山行，我看着他，一字一句：“因为你在这个学校有势力吃得开。”

“哈哈哈……”

“我有说错吗？”我依旧不依不饶，“你的底细我都打听清楚了。”

“你凭什么觉得我会答应你？”

“因为我觉得你会答应我。”

蔺航之所以会答应我是因为他觉得我是一个另类，我居然用这种极端的方式来争取我的感情，他没见过我这样“不知羞耻不择手段”的人，他只是想看一看我的悲惨的后果。

听了我的故事之后他说我是赤裸裸的嫉妒，虽然我不想承认可那是事实，我就是嫉妒秦晚歌有苏稳的呵护备至体贴入微。

我和蔺航的关系传开之后最惊讶的人是苏稳和秦晚歌，苏稳不相信我会那么快就跟一个只见过几回的人在一起，秦晚歌惊讶是因为她听过蔺航这个人，她惹不起的人。于是我带着蔺航在他们面前炫耀，做样子给秦晚歌看。有时候连我自己都觉得我自己有些小人之心。

后来苏稳来问我，他说：“你在干什么，你不是这样的人，是不是有什么事啊？”

夜风微凉，他的话传进我的耳朵，像是温柔的海浪，清凉舒畅。可是此刻我却不敢告诉他我是有多么的喜欢他。

“哪有什么事啊？”我故作泰然，“就是想交男朋友了呗，你有女朋友就不许我交男朋友啊，太不公平了吧？”

“不是啊。”一见我说这事他就急忙跟我道歉，“我是在担心你，蔺航是什么人你又不是不清楚，万一……”

“你放心啦，亏本的事我怎么会做？”我当然清楚蔺航是什么样的人，要不然我也不会冒那样的危险去找他，只是我这样到底能得到什么呢？苏稳依然是秦晚歌的男朋友，秦晚歌也一样安然无事，可我却被“女朋友”这三个该死的字紧紧地束缚在蔺航身边，在别人眼里便不敢再逾越。

6. 我真的错了吗

时间一天一天地过去，我三番五次地给秦晚歌施加压力，她也一次比一次更软弱。就在我以为自己快要胜利，快要把她从苏稳身边赶走的时候，苏稳出现了。

那时，我们一群人正在秦晚歌面前作威作福，她孤独无依楚楚可怜的样子让我得到了前所未有的满足感，我一步一步向她逼近，对她疾言厉色，要她滚出苏稳的生活。

她怕得流眼泪，语气里全是屈辱和不甘：“原来你接近蔺航就是为了报复我，我到底做了什么让你这么恨我？我跟苏稳在一起有什么错，你非要把我逼上绝境。”

泪水从她眼里流出，像是条汩汩的河流，“你有蔺航为什么要拆散我和苏稳呢?”

那一刻秦晚歌所有的悲痛都是我快乐的源泉，我踩着我即将胜利的步伐，高傲地向她炫耀：“我就是不喜欢你，就是要拆散你们，你又能把我怎么样？我还要告诉你得罪我你不会好过的。”

“原来这才是你跟蔺航在一起的真正原因。”

几米之外，苏稳失望又愤怒的语气传进我的耳朵。

我始料未及，茫然地呆在那里，看着他走过来，呵护着秦晚歌离去，未曾瞧过我一眼。

就像一场戏，一次就过，只是导演却没告诉我，接下来该做什么。

“我了解你，不会轻易跟一个人交往，只是没想到你会变成这样。”苏稳的话一字不漏地印在我的脑海里，我默默地听着，等待着他的数落，“我一直都在想也许你是真的想交朋友了，所以我没再打扰你，我给你许多的时间让你跟他相处，而你却用这些时间来找秦晚歌的不是，究竟她在哪里得罪了你，让你竟不顾我们的友谊去伤害她？璎珞，你告诉我，你怎么会变成这样……我原以为你是不一样的，可是你知道我看见你这样不择手段一次又一次的对付别人的时候，我有多失望吗?”

最后的苏稳像一个怒兽一样对我吼，无论我怎样解释也无济于事。只能看着他从我面前决绝地离开。

不是那样的。我说了许多遍，还是没能换来他的一个温和眼神。

桥下江里的旋涡像是猛兽一般，席卷了所有的东西，连强大的船只都害怕它，绕道而行。而我就是那个旋涡，亲手毁掉了一切。不是那样的，我并没有想毁了，我只是在争取我该争取的东西啊，为什么事情会变成这样呢?

天色渐渐暗下来，桥上亮起了灯，江上的夜晚风格外的大，无情地敲打在身上。苏稳，他真的不会再相信我了吗?

“都黑了，该回去了吧?”不知什么时候，蔺航竟然在我身边。看见他，我仿佛看见了救命的稻草，抓住他死死的不放。

“我真的错了吗？蔺航，我真的错了吗?”

“是的，而且大错特错。”

7. 苏稳真的就那么好吗

古人说，一招不慎满盘皆输。

而我就是那个愚钝的学艺者，在我同秦晚歌对弈的这场战斗里，我输得彻彻底底，没有给自己留下一点后路。

每一天我都在苏稳冷漠的目光里度过，看着他不屑一顾的眼神，我心如刀绞。我竟不知自己何时把自己变成了最讨厌的人。

时间匆匆忙忙，一转眼便是一个月。然而失败的我却再没有多的心思去理会他们之间是什么样的感情。我规规矩矩地上课，安分守己地宅在宿舍里，断绝了一切外界的交往，只是偶尔在蔺航的威胁下才会出去象征性的散散步。蔺航说我那样子很恐怖，就像没有了灵魂的空壳，他问："苏稳真的就那么好吗？值得你这样掏心挖肺?"

我不知道该怎么说，这世界上就是有这样的人，他不需要为你做什么，只是他符合了你心里最渴望的那一点点空白，所以你甘愿为他故步自封。

最开始一心要看我悲惨结局的蔺航在听到我的话后，他对我怒其不争的脸一下子变得黯淡无光。他说我这句话戳痛了他，他还说这世上就是有那么不知好歹的人，你为他付出所有，他当你是天经地义。

我在伤心之余还忍不住嘲笑他，"看不出来你还有那么不为人知的悲哀啊。"

他也不甘示弱，"我也看不出来你这样心如毒蝎的女人，为了爱居然会变得柔情似水，你现在的样子还真惹人怜爱。"

我呵呵地笑，醉意未醒地跟着蔺航胡说八道，然后我们就发狂似的倒着瓶子里的啤酒。

很多时候我都以为自己就会这样了，一个人带着对苏稳的思念做蔺航名不副实的女朋友，在以后的生活中平平凡凡地过。可是命运却连这样一个小小的愿望都不让我实现，让我在心如止水的同时遇上秦晚歌和另外一个男人在大街上亲密的接触。

我把它当做是我转败为胜的转机，我义愤填膺地跑去告诉苏稳，换来的却是苏稳更加厌恶的眼神，他说："蒋璎珞，你到底要做到什么程度才肯满意?"

只是一句话，我所有的努力白费了。

8. 我的真心换来的居然是笑话

后来的我再没有去找过苏稳，一个人若是不爱你，任你如何掏心挖肺也是徒劳。

人群稀少的校园里，我漫无目的地游荡着，一到周末就是我最难熬的日子，既不想出门也不想待在寝室里，所以就在校园里瞎逛。人们常说夜路走多了就会真的遇见鬼。我本不信，可现在我明明听到前面有声音，我害怕，但还是禁不住好奇走过去看。

秦晚歌亲昵地挽着那个陌生男人的手，在苏稳面前傲慢得不可一世。苏稳匪夷所思地望着他们，眼底有的全是失落和愤怒，他不像其他人一样不停地问着为什么，也没有大声地叫着他们从他面前滚，他只是安静地站着。

秦晚歌有些害怕，佯装着底气十足，“既然你看见了也不怕告诉你，你就是没有 David 好，我现在就是喜欢他。”

我想说苏稳原来你也有今天，只是却怎么也说不出口，我唯一有的便是心疼。苏稳转过身的瞬间我没来得及闪躲与他两两相对，他没有说一句话，拉起我的手飞快地离开。

“苏稳，你放开，我不是你发泄失落的工具。”我挣扎着，用力甩脱他的手。

“你就是这点好，什么事都能一眼看穿。”苏稳平静得让人有些心惊胆战，我发觉自己竟然太不了解他了。他继续说，“其实我早就知道秦晚歌现在有个男朋友，我只是不愿意拆穿她，我在等她自己觉悟，同时，也在观察你……”

许久，苏稳都没有说出后半句话，但是我知道。我从来都没想过我的感情居然是别人用来考察我的依据。那个人是我最喜欢的人，我的真心换来的居然是笑话。苏稳，你知道这是怎样的伤害吗？

我转身，愤然离去。

9. 我们终究太渺小

时间一天天过去，我还是没能从苏稳给的悲伤里走出来，也许真的是我太计较，在他一次又一次的解释中，我都固执地逃离了。我甚至害怕见到他忏悔的眼神。

校门口我又遇到秦晚歌，她还是那目无一切的高傲模样，踩着她的高跟鞋走到我面前说："想不到你还真残忍啊，苏稳都如此对你了，你还不原谅他。"

我本不想理她，可她的话让我不得不停下来，"你知道他为什么跟我在一起吗？那是因为我说我不会放过你，你以为找个蔺航就能斗得过我吗？他一开始是喜欢我，可是你出现他就变了，我怎么能忍受别人对我始乱终弃，所以只要他答应做我男朋友我就不会为难你。没想到你居然这么固执，早知道我就不跟他分手了。"

"我跟你有什么仇，你要这样对我？"

"什么仇？呵呵……"秦晚歌冷笑，漂亮的瞳孔里散发着醉人的光芒，"我们能有什么仇啊，不过是喜欢上同一个人而已，只是我们都太极端，用了最不能让人接受的手段，到最后却人人都受了伤。其实我挺佩服你，有胆量有头脑，什么事都能一眼看穿，只是我们在这里相逢却是个最大的错误，不过现在还好，我有 David，只是苏稳……算了，你去找他吧，好好跟他在一起。"

人山人海的大街上，我像个疯子一样的穿梭在人群里。我打苏稳的电话，他说他在街上，我就迫不及待地想见到他。最后，我气喘吁吁地找到了在马路对面的苏稳，我朝他喊，他转身，向我走来。

川流不息的车辆挡住了我们的视线，时间一分一秒过去，我焦急地等待着。最后，在离我只有几米的地方，我看到苏稳抱着倒在地上的秦晚歌，旁边是一辆停下来的小车，秦晚歌昏迷不醒。

10. 等待

这世界有多少事是我们不能左右的，又有多少事是我们无法看清的？在命运这个无所不能的强者面前我们终究太渺小。

抢救十多个小时后，秦晚歌没有了生命危险。只是这里的条件却不能让她受伤的脸恢复到最初的模样，所以，苏稳带着她去了北京，又或者会转到上海，或者更好的医院，直到能让她恢复容颜为止。

尘埃咫尺

波斯菊的忘我春天

■ 风为裳

1. 像波斯菊一样温暖的男生

九月，阳光水银一样落了一地。莫莫小病猫一样跟在老爸的身后走进了榆林一中。迎接新生的大条幅下，居然是清一色的波斯菊，白色、粉色、酒红色的小小的花朵像豁牙孩子的小脸，从花坛里杂乱地涌出来，盆满钵溢。一朵朵并不起眼，但是一簇簇在一起，便显出气质来了。纤弱的，却是决然的一种气质。莫莫轻轻地叹了口气，老爸听见了，回头看了她一眼，顿了顿，忍不住又嘱咐她一句：到这里，一切都重新开始，别有心理压力。

莫莫站在一丛波斯菊边上，停了好半天，默默地点点头。为了差的那一分，这个暑假，老爸跑断了腿，磨破了嘴，还从自己家里不多的存款里拿出了一万块钱交赞助，莫莫除了点头给老爸吃宽心丸之外，还能做什么呢?

教室很大，却仍是挤得一塌糊涂。这便是重点中学的特色吧。莫莫怯怯地站在门边上，不知该往哪里走。一个瘦高的男生拎着水桶进来，看了一眼莫莫，说：没找着座位吧？跟我来。

莫莫跟着男生走到教室倒数第二排，果然有个空座。莫莫掀开课桌，把书包放进去，坐下，前面只剩下黑压压的脑袋了。

莫莫又轻轻地叹了口气，有人敲椅子，她回过头去，又是那个瘦高的男生，他递过来一块小抹布。莫莫接了，把桌子擦干净，还给他，笑着说了谢谢。男生没说话，也只笑笑，牙齿白得像广告里的海狸先生。

上课了，老师站在遥远的讲台上，前面的同学如黑森林一样挡住了莫莫的视线。开始时，莫莫还伸长脖子努力地看清黑板上米粒一样的字，后来便放弃了，低着头，转着手上的圆珠笔，一圈又一圈。然后想起老爸的目光和那些钱，心里有些疼。

椅子背微微晃动了一下，莫莫转过头去，瘦高男生递过来绿色的笔记本。莫莫接过笔记本，说了谢谢，心里暖暖的。

笔记本首页上龙飞凤舞地写着“柏翔羽”三个字。笔记记得很干净，莫莫一笔一画地抄下来。

也许是因为喜欢那些在九月里忘我开放的波斯菊，也许是因为喜欢柏翔羽温暖的笑容，在榆林中学的第一天，莫莫并没觉得太孤单。

2. 喜欢一个人，就是在心里放了一粒种子

莫莫每天放学，都会在开满波斯菊的花园边停留一小会儿。波斯菊的花朵平淡无奇，颜色多是深浅不同的粉色，也有白色，七瓣或者八瓣，直白、害羞、简单地依次排列，边缘呈微微的锯齿状，像孩童换牙期新上来的一排可爱的小牙。圆珠形的花蕾呈半透明状，总是湿漉漉的。花茎修长纤细，却枝枝挺立。叶子琐碎，风吹过去，摇曳中，有一点竹林的联想。但莫莫喜欢，喜欢它们生机勃勃的样子。

有一天，柏翔羽骑着单车从莫莫身边过。骑出去好远，又折回来，站在莫莫面前，说：喜欢这花？

莫莫说：是啊，你没觉得它们很美吗？柏翔羽笑了，说：你没觉得你有点奇怪吗？

奇怪是什么意思？一个晚上，莫莫都在琢磨柏翔羽说的话。镜子里的莫莫脸上有淡淡的忧伤，仿佛是小小的还未开放的波斯菊，有一点点羞涩，有一点点不快乐。

一个晚上，莫莫都在准备明天的数学小考，可是那些正弦、余弦总是跟她捉迷藏，看了答案，简单得跟个屁似的。不看答案，想破脑袋也不知道线头在哪里。为什么非要学数学呢？为什么不能有爱因斯坦那样的脑袋呢？像柏翔羽那样保送上重点，或许还会保送上大学呢，那样老爸肯定天天站小区门口耀武扬威。中考结束那阵，老爸说见着熟人都得躲，生怕人家问到莫莫。

数学小考前，柏翔羽讲笑话：沙僧参加数学考试，监考老师盯着他脖子上的珠珠看了半天，冷笑道：嘿嘿！把算盘伪装成这样了，休想作弊，快摘下来。莫莫悄悄地笑了，把公式一笔一笔地写在课桌上。

莫莫不知道数学老师是学校里有名的“四大名捕”之一，眼睛比不过扫

描仪，也比得过老鹰。背着手在班级里转了两圈就发现了敌情。她铁青着脸指着莫莫课桌上的公式，说：你就是这样上重点的？你们可以花钱上重点，可以考试打小抄，还可以干什么？莫莫的头差点就低进了课桌里。

数学老师把莫莫的卷子揉了揉扔进了垃圾桶里。柏翔羽站起来，走出座位把那张试卷捡回来，抹平，放到莫莫的课桌上。莫莫睁大了眼睛看着比数学老师高一头的他。他说：老师，莫莫程度差，给她一次机会，她一定会赶上来的。

莫莫的眼泪扑簌地往下掉。那张数学卷子莫莫没答。下课时，柏翔羽说：你坐在后面，看不到黑板，不如我跟老师说把你调到前面去吧？

莫莫泪汪汪地看着柏翔羽，小声说：离你近一点，我会比较有信心。

柏翔羽居然也轻轻叹了口气，其实，数学并没你想象的那么难学。

走过那片波斯菊时，莫莫发现有的结了籽，小小的种子如一弯秀气的蛾眉。莫莫收了几颗攥在手里。心里甜甜的，喜欢一个人，就像在心里放了一粒种子，感觉真好。

3. 半透明的蓝色海豚挂坠里的秘密

第一场雪来得猝不及防，波斯菊还欣欣然开着，头上就像被抹了奶油，枝干却仍然直着身板。太阳出来了，雪化了，波斯菊就再也挺不住了。莫莫收了好些波斯菊的种子，用小纸包包起来。柏翔羽看了，笑她：不过是路边最普通的花，干吗宝贝一样？

莫莫很认真地说：我就是最普通的人啊，最普通的人衬最普通的花。柏翔羽笑了，拿出代数书，给莫莫讲例题。莫莫偏着头，却不听题，而是看柏翔羽大大的眼睛，长长的睫毛，长得真像潘玮柏啊。她问：你说有些人生来是不是就是要做偶像的？

嗯？柏翔羽愣了一下，然后笑了，拿铅笔敲了敲莫莫的脑袋，不听题，想什么呢，你？

柏翔羽讲完题，收起书本，说：笨丫头，可以陪我去商场买个礼物吗？

礼物？莫莫的心扑通扑通跳了起来，再过两天是自己的生日，难道……开学不久，柏翔羽帮老师整理过全班同学的资料，如果他想知道自己的生日，应该会知道……

莫莫红着脸点了点头。

走进熙熙熙攘攘的商场，柏翔羽拉着莫莫直奔卖水晶饰品的柜台而去。那些水晶做的小东西可爱极了。莫莫眨着亮晶晶的眼睛看着柏翔羽，王子灰姑娘的故事真的就要上演了吗？

柏翔羽拿了个水晶相框，问莫莫这个好不好，莫莫偷偷看了看标价签，好贵啊。她摇摇头，一眼看到那只半透明的蓝色海豚挂坠，她指了指，说：那个好漂亮。柏翔羽把海豚挂坠拿在手里，说：到底是女孩，选出来的东西都这样精巧细致。

莫莫的脸红成了一个西红柿。柏翔羽让营业员把海豚挂坠用有白色百合花的包装纸包上，上面还系了金色的丝带。

那天晚上，莫莫梦到波斯菊开得疯了一样热烈。莫莫穿着一袭白的公主裙站在花丛边上，头上系着小小的蓝色蝴蝶结。柏翔羽穿着欧洲骑士一样的铠甲站在她面前，单腿跪下，拉住莫莫的手，他说：我的公主……

莫莫醒了，满头汗，她清楚地记得梦里柏翔羽递给她的不是那只漂亮的半透明蓝色海豚挂坠，而是一束酒红色的波斯菊。

课间操时，莫莫特殊情况，没有出去做操。她站在讲台上擦黑板，听到走廊里有声音。是柏翔羽。莫莫走到门边，侧着耳朵听。

我记得你说过喜欢水晶的，特意选给你的……我为上次的事，再说声对不起……

一瞬间，莫莫好像明白了什么似的，泪轻雾一样蒙住了眼睛。原来，那水晶海豚不是买给自己的，柏翔羽不过真的是让自己帮了个忙而已。

两天后，莫莫在邻班女生向梅语的脖子上看到了那个海豚挂坠。向梅语是大家公认的校花。莫莫在心里笑话了自己一下：王子只会喜欢公主，白日梦总该醒了。

4. 躲进自己坚硬的壳里

莫莫重又变成了沉默少言的女孩。听到柏翔羽讲笑话，也板着脸不笑。倒是手里的数学练习簿一天天厚了起来，柏翔羽说得没错，那些题其实没有多难。

莫莫买了只小小的花盆，把波斯菊的种子种了下去。或者冬天，自己的小屋里也会有一簇波斯菊开出简单美丽的花来。

柏翔羽还会把自己的课堂笔记借给莫莫看，莫莫却指了指书包里的眼镜盒，笑着拒绝了。再几日，莫莫找了老师，把座位调到班级里最左边靠窗的位置，虽然仍是离黑板远，但是莫莫喜欢。

像一只笨笨的蜗牛，爬得慢，但总还是向前爬。莫莫把自己躲进坚硬的壳里，她只想快点高考，快点离开这座城市，去一个谁都不认识她的地方，然后慢慢忘掉柏翔羽。

老师开始对莫莫另眼相看了，在班里总拿莫莫给那些不上进的学生做榜样：你看人家莫莫花钱进来的，现在呢，比你们谁差啊？貌似表扬，在莫莫听来却比批评还难受。莫莫侧过身，会碰到柏翔羽亮晶晶的眼睛，他微笑着做 OK 的手势。莫莫慌乱地转过头，把桌子上的书本碰了一地。

下课，柏翔羽走过来问莫莫寒假有什么打算。莫莫淡淡地说：除了学习还能有什么打算？

柏翔羽碰了软钉子，嘿嘿地笑了起来。没发现你的脾气很大啊！

你没发现的事情还很多呢！

柏翔羽挠挠头：大小姐，我发现你们女孩就是翻脸比翻书还快。

莫莫冷了脸，说：你以为你是谁啊，你很了解女孩吗？

莫莫的期末考试考砸了。卷子上红红的一片叉子让莫莫的心都快承受不住了。

中午，莫莫趴在桌子上，或许自己根本就不是读书的材料，还不如早些去帮老妈摆那个水果摊子，也省了那一万块赞助费。

莫莫的椅子动了动，她抬起头来，擦了一下眼睛。教室里空空荡荡的，柏翔羽站在她面前。他递给莫莫一只纸袋，说：你不是喜欢波斯菊吗？波斯菊即使是遇到风雪，也不会趴下的。说完，给了莫莫一个背影，走掉了。

莫莫打开纸袋，里面是一块方格子手绢，一个波斯菊花的标本，在标本空白的纸上，柏翔羽写着几行字：

傻丫头：这是早准备好送给你的新年礼物。你一直喜欢波斯菊，可你知道波斯菊的花语吗？我特意上网查的，波斯菊的花语是永远快乐。

送你一块手绢擦眼泪，但是，你知道吗，你还是笑起来比较好看。

莫莫拿着那张波斯菊标本掉了眼泪，继而又笑了。

5. 像波斯菊把每个季节都当成春天

寒假，莫莫给自己制订了很详细的学习计划。戴着厚厚的手套在校门口跟柏翔羽告别时，她说：再开学时，我要给你点颜色看看。柏翔羽笑了，脸上泛起了一片阳光。莫莫瞪了他一眼，说：你不要动不动就耍帅好不好？

柏翔羽的手在太阳穴上比画了一下：遵命！然后又嬉皮笑脸说：天生丽质难自弃啊，要不然，我去整整容，弄得像芙蓉姐夫咋样？说完，真的扭了一下腰，来了个“S”型。

莫莫笑得很开心，单纯地做朋友，其实也挺好。莫莫想起那只水晶海豚心里还是隐隐作痛。

莫莫小花盆里种的波斯菊发芽了，长得纤细，叶子也很黄。莫莫小心翼翼地浇水，甚至还去买了一小包花肥。过年时，总会开出花来吧！

柏翔羽打来电话，约莫莫一起去滑冰。莫莫回头看了看老爸，老爸说：去吧，学习够辛苦的了。

莫莫一身红色站在了柏翔羽面前，整个人都傻了。柏翔羽的胳膊上挂着个女孩，那个女孩不是向梅语又是谁？

莫莫有一点点尴尬，说：我是想来跟你们说一声，我要去补……

补什么补？向梅语过来，拉住莫莫的胳膊，她说：我哥说你都快成书虫子了，难道你还真想当女博士啊？

你哥？莫莫转头看柏翔羽。柏翔羽跑到不远处去买糖葫芦，高大的背影像一株白杨树。

向梅语说：是啊，他是我姑姑的儿子。对了，那个波斯菊标本可是我帮他做的哦。莫莫大小姐，我哥好像很喜欢你啊，你不介意我当电灯泡吧？

莫莫的脸又红了，像滑冰场新挂上去的红灯笼。柏翔羽跑回来，问：哪有电灯泡，人家挂的是红灯笼。两个女孩齐齐地笑了起来。

向梅语说：莫莫姐，你要给我评评理，他把我的水晶船给弄碎了，结果就赔了我一只海豚挂坠，小气鬼！向梅语向柏翔羽做了个鬼脸。莫莫抬头瞅了一眼柏翔羽，正碰上柏翔羽的眼睛。他说：谁管你的事，莫莫，听说你从前练过滑冰，快教教我吧！

莫莫像只轻灵的小燕子，在冰场上飞来飞去。柏翔羽却像只大笨熊，摔了一跤又一跤。莫莫笑着拉住他的手：原来柏翔羽也有这么狼狈的时候。柏翔羽站起来，拍拍身上的雪沫，说：我还就不信了，不就是个滑冰吗？话音未落，整个人又山一样倒了下去。

莫莫和向梅语拍着手笑。

莫莫拉起柏翔羽，带着他在冰上轻轻滑。柏翔羽不好好滑冰，却说：莫莫，你知道你自信的时候多像一株波斯菊吗？波斯菊把每个季节都当成春天，所以它才开得那样轰轰烈烈……

莫莫刚想说“注意脚下”，柏翔羽就轰轰烈烈地摔倒了。

莫莫捂着嘴笑，谁让你抒情的。

那个新年，莫莫种的波斯菊果然开出了小小的花。莫莫站在那一小簇花面前，想起了九月榆林中学里的波斯菊，想起了递给她课堂笔记的柏翔羽。她给他打了个电话，她说：新年里，我会像波斯菊一样，把每个季节都当成春天，给自己希望，永远快乐，希望你也是！

莫莫听到电话那端响起了鞭炮声，还有柏翔羽快乐的喊声……莫莫快乐地笑了。

最失败的沟通姿态

■ 风为裳

一个学期下来，梁璐成了班级里最不受欢迎的人，用她自己的话说，那就是猪八戒照镜子——里外不是人。新学期伊始，梁璐的起点是很高的。顺利当选为班长，得到老师的信任，梁璐做事也算是认真负责的，怎么到头来，却两头不落好呢？

星期天傍晚，梁璐因为元旦文艺演出的事给同学打电话，左一个“我求你了”，右一个“帮帮忙吧”，可到头来，同学还是架子摆得跟大牌明星似的。梁璐一气之下，把电话打给了班主任于老师，一通牢骚，然后说辞职不干了。于老师说：“梁璐，你怎么能遇到一点事不想办法解决，反而要撂挑子……”

放下电话，梁璐的脸上挂了霜。老爸放下报纸，走过来拍拍女儿的肩膀，说：“小璐，你想过没有，大家为什么不愿意配合你的工作？”

梁璐噘着嘴说：“嫉妒呗，我们班那群女生，没什么本事，就知道背后捅咕人。”

老爸笑了：“我们的小璐不是一向有容人之量吗？今天怎么糊涂了，遇事应该先从自己身上找找原因啊！”

梁璐低下了头，眼泪吧嗒吧嗒掉了下来。

老爸抽了张纸巾递给梁璐，他说：“别哭，刚才听你的电话，爸爸大概听出一点你的问题，想听不？”

梁璐抬起头瞪大眼睛看着老爸。老爸在单位是做人事工作的，对人际关系很有研究，自己怎么就忘了求助现成的专家了呢！

老爸起身拿出一个平常培训员工的本子。上面有一单节上很醒目地写着一行大字：最失败的沟通姿态。

老爸拿了笔，写下了“讨好”两个字。他说：“璐璐，刚刚你给同学打电话，犯的就是这个错。”

梁璐有些不懂。老爸像培训员工一样给梁璐讲起了课。讨好、指责、打岔。这三种最常见的沟通方式老爸给梁璐讲了含义，然后他说："你自己找找例子，看看你有没有犯这样的错。"

回到房间里，梁璐坐在电脑前，对照着老爸的提醒，以这次元旦文艺演出为背景写下了自己在与人沟通时最惯常的三种姿态。写完，梁璐有些愣了，自己犯的错竟然与老爸归纳的三点惊人的一致。

第二天，把自己的例子交给老爸，老爸在每个例子后面都写了分析。

事件背景：元旦文艺演出，安排演员排练节目。

最失败的沟通姿态之一：指责。

任务布置下去一个星期了，文艺委员周轩竟然稳坐钓鱼台，什么事都没布置。这让我气不打一处来。找到周轩就横枪竖剑一通炮轰："你究竟是怎么做文艺委员的？有你这样拖拖拉拉的吗？人家三班的节目都连排了，咱们这边还没一点动静呢？"

周轩张了张嘴想辩解，终究一句话都没说出来。

倒是周轩后边的赵锐气鼓鼓地来了一句："班长了不起啊？周轩的节目表都排好了，今晚就开始练，急什么急？"

我一时无语。周轩不急，只冷冷地给了我一句："你行，这事我不管了！"

我气，少了你这臭鸡蛋我还不做蛋糕了。我来就我来。

老爸分析：指责的一方把所有过错都怪罪到另一方头上，丝毫不接受对方给出的理由。这样单方面的陈述，名为沟通，实则自己关闭了沟通的大门。弄得对方心灰意懒，根本不愿意跟你说话，哪还谈得上沟通交流？沟通从心开始。先听别人的解释，再说你的观点。这样做才是正道。

最失败的沟通姿态之二：讨好。

周轩撂挑子，我还真有点害怕了，万一这文艺演出弄砸了，我这当班长的可就丢脸丢大发了。于是，我决定学学刘备三顾茅庐，到处求爷爷告奶奶。"你穿这白裙子真漂亮啊，咱们班的节目就指着你呢，帮帮忙好不好？你负责的板报我都包了！"我说这番话时，刘洋洋的眼皮都没抬一下，只是慢悠悠地说："班长，你别这样现用现交好不好？一会儿是老虎，一会儿是老鼠，谁受得了啊？"

我气，我这样低三下四讨好她，她竟然蹬鼻子上脸。那些天，我就像是欠了班里每个文艺骨干八万吊钱一样，好话说尽，结果，人家的脸一律黑着，或者，找各种理由为难我。这不成心嘛。

老爸分析：讨好取悦别人，是有目的性的。这点别人当然会看得出来，这样的沟通方式，不真诚，太功利，别人先在心里筑起了一道防范的墙。你想攻进去，难着呢！不卑不亢，这才是你这时要沟通的方式。文艺演出是次机会，我把机会给了你，你好好想想，演不演，主意你自己定。分析利弊，远比求人理性得多。

最失败的沟通姿态之三：打岔。

我还没把文艺演出的事弄好，于老师就跟我商量怎么排顺序，弄服装的事。没办法，我只好顾左右而言他，一会儿说最近电视上的事，一会儿说学校里的值周生就看咱班不顺眼。几次三番打断于老师的话，于老师阴了脸，说："梁璐，你能不能专心点听我把话说完?"

老爸分析：打岔的人总是不断地在动，在讨论问题的时候企图分散他人的注意力，不能把注意力放在一个主题上，而是老找些无关的话题来逃避讨论。这让讲话的人觉得很不受重视，很反感，沟通就此关上了大门。

此时，应该开诚布公地把事情说明白，而非逃避。

梁璐认真地看了老爸的分析，又认真想了想自己在与人沟通时的心理状态，还真是有毛病。老爸说得对，找出症结就有得医，失败是成功之母，梁璐深呼吸了一下，走出家门，去找老师同学商量元旦文艺演出的事了。

这回，梁璐回家时，脸上笑开了一朵花。

有些幸福，要自己成全

■ 风为裳

我进医院时，芳子正在喝一碗鸡蛋汤，旁边站着紧张兮兮的梁家奇。芳子喝了两口就把汤撂桌上了，她说：你放这么多盐，想咸死我啊？梁家奇赶紧拿了暖瓶倒水，倒了半杯，折凉时，一不小心，水洒到桌子上，芳子烦躁地说：笨死你得了，倒杯水都不会。我接过梁家奇手里的水杯，折凉递给芳子。

梁家奇说要买间新房，宽敞些的，把岳父岳母接过来一起住。我说我住的仁和小区就不错。梁家奇叹了口气指指芳子说：我也说那不错，可是芳子嫌太闹。现在，什么事都得听她的。

芳子不高兴地把杯子蹾桌子上，恶狠狠地说：谁让你听了？你想听谁的话就找谁去！别着急，我就快让你称心如愿了。

梁家奇尴尬地说：你想什么呢！你得好好活，你在，咱家才能越过越好……说着，眼红红地转过身去。

芳子不再说话，半晌，她说：我跟薇说几句话，你去买个西瓜来。梁家奇得了令一样高高兴兴出门。

芳子的任性霸道和梁家奇的细心体贴我都很陌生。我认识的他俩不是这样的。

我跟芳子和梁家奇十几年的好友。当年，他们能结婚挺不容易的。

芳子的家庭挺复杂的，父亲有些权，跟一些女人勾三搭四的，后来姐姐也跟个已婚男人不清不楚。梁家奇家兄弟姐妹多，家穷。所以当初挺帅的梁家奇跟芳子好，就连我们一班好友都觉得梁家奇是别有用心。芳子家反对她找穷小子。梁家奇的父母也反对，他们相信不正经这种事随根儿，根不正，下面的苗肯定个个是歪的。他们说：咱家是穷，但穷得堂堂正正，不让人指着脊梁说话。可是梁家奇不信邪，他说：跟我，她不能。芳子不是那样的人。

梁家奇这句话，让芳子不惜跟家里闹翻不管不顾跟了他。

也许是因为家里那些不光彩的事，芳子进了梁家有些低眉顺眼，在公婆妯娌间，总是说得少做得多。在梁家奇面前，也是温良恭俭，把他里里外外收拾得周周正正。梁家奇在家不做饭、不洗碗，连洗衣机怎么开都不会弄。好几次我都训芳子，这样惯男人熊猫脾气，迟早是要惯坏的。

芳子笑了笑说：惯坏我也乐意，总得让他知道我的好。

可是那根刺还是有意无意横在那里。芳子的单位跟别的单位搞联谊，梁家奇找到单位去，当着众多同事的面骂芳子：你说，你是不是想像你爸你姐那样给我戴绿帽子？芳子给了梁家奇一耳光，她说：梁家奇，算我瞎了眼睛跟了你这个白眼狼。

那晚，芳子在我这哭得很伤心。她说幸福不能指着别人来成全，她说：薇，我很后悔我把梁家奇当成救世主，希望他给我幸福……

我以为，这次芳子的心真的凉了，他们的婚姻真的走到了尽头。

可那只是芳子的气话。或许每对夫妻都有我们外人所不能明白的情感纠葛。他的好，除了她，没有人明白。

第二天，梁家奇来承认错误，他说他跟同事在外面吃饭，同事跟他开玩笑说看到大姨姐在哪哪跟人开房，另一个同事马上说刚刚来时我还看到你老婆在跟男人跳舞……梁家奇喝着喝着就喝多了，昏头昏脑地冲进芳子的单位，他嬉皮笑脸地问芳子：我到底说啥了？听说你还打我了？

芳子默默地掉眼泪，梁家奇拿着她的手打自己的脸。

一通折腾，芳子又回到原来的生活里。一顿不做饭，都吃不上饭。几天不收拾房间，家里就乱得像个垃圾场。我说梁家奇你哪辈子修来的福，人家芳子原来可是大小姐的，现在桌上桌下伺候你。

梁家奇嘿嘿地笑，然后继续跟我家男人纵横时事，仿佛他们是手握大权的国家领导人。我悄悄指着梁家奇腰上红彤彤绣满福字的腰带问：他系这个？

芳子笑出声来，她说：本命年，我给他买的。

我撇撇嘴，我给我家的买，人家看了一眼直接扔垃圾桶里去了。气得我两天没理他。

芳子说：他这人好伺候，给什么要什么。

我叹了口气，都伺候成这样了，还这么满足。

然后芳子就病倒了。梁家奇眼泪汪汪地站在我面前，他说：林薇，不管多少钱，我都给她治，这些年，跟着我，我连片药都没给她拿过……

我的眼睛也湿了，原来她的好，他都记得。

芳子进手术室，梁家奇哭得不可遏制。一个大男人，突然变得像个六神无主的孩子。芳子的手术很顺利，大概因为病，脾气变得很躁，无论怎样摔打梁家奇，梁家奇都很好脾气。

他学会了做汤，尽管有时咸得像打劫了卖盐的。他学会用洗衣机，虽然把白衬衫都染上了色。他变得婆婆妈妈，他说：你伺候了我这么多年，现在轮到我还你了……

那天在医院里，芳子说：其实，我是故意向他发脾气的。我想这样，将来有一天，我走了，他才不会太难过……

我第一次替梁家奇说好话，我说：就是现在，你走了，难道他会不难过吗？

芳子，有些幸福需要自己成全。当时，你的好，他知道，只是他不肯表达出来。现在，他的好，你也知道，你却想着将来。幸福就是握在手里的这一刻。所以，芳子，好好地享受他的好，然后告诉他你爱他。

芳子的眼泪涌了出来。梁家奇汗流浃背地买西瓜回来，芳子吃了一口，她说：老公，这西瓜真甜。

我知道，那一刻，两个人的心都是甜的。

如果那天，你没降落在我胸口

■ 斐舟

1. M78 星云，没有别克

大三那年，我们寝室有个哥们叫猴子。他养了一只狗，那是一只有着褐色毛发，尖耳朵，在耳朵边缘有着齿状毛发的狗。他爱那只狗，胜过了爱自己，每天给狗洗澡，而自己却可以一个月洗一次澡。没过多久，那只狗死了，在路上被一辆卡车压过，司机因为发现撞到了什么，又倒车回来看了一次。当时那个画面惨不忍睹，我不忍讲述。那天晚上，猴子跑到甬江边，哭得撕心裂肺，我们看他哭了一个小时，实在想不出什么安慰的话，最后只能先回了寝室。他在两个小时后回来，然后告诉我们，他恋爱了。

那个女孩叫韵琪，看到她的时候，我就想到了那只狗，她的耳朵，和那只狗有着异曲同工的感觉，猴子的嘴巴总在她的耳朵边吐气若兰，他说他看得清那耳朵边每一根绒毛那齿状的边缘。我们都以为，他还是没有忘了那只狗，哪怕他爱上了那个女人。在我们还在犹豫着要不要把这个事情告诉韵琪的时候，猴子已经带着她开着他自己那辆破摩托外出，连续几个晚上都未回寝室。一个礼拜后，他虚脱而回，然后一个劲跟我们讲他和那个女人的巫山云雨。我问，那绒毛，你还看那绒毛吗？他愣了会儿说，毛，看毛绒毛，我只看毛。听了这么绕口的回答，我才确信，那只狗的存在真的已经消失了。我心里有种莫名的东西，好像被车来回碾过一样，反复的疼痛。

我拿出手机，跟小白发了短信：小白，老大感觉胸口很痛。怎么了。她回。我想是被什么东西撞了。没关系的，老大天不怕地不怕，地球上没什么东西能撞伤老大的。她在后面加了个可爱的表情，我可以想象到她此时躺在床上慵懒的样子。可是，小白她不知道，撞我的是一个来自外星的女孩，我翻着自己的口袋，在床头台灯下，仔细地数着一个又一个硬币，她不需要这个星球的水分，那不是她的生活。她需要的是一种特殊的养料，只能从外星

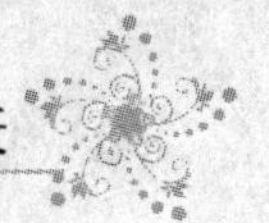

球买，我问她价格，她说要十万，给我一年时间。而半年已经过去，我存了几罐硬币和一张卡，但加起来的钱，还不够买猴子那只被压死的狗。

小白总是懒惰地找上我，说什么老大最厉害了之类的话，然后把她的论文推给我。对于小白或者她来说，我很容易收买，一顿晚饭或者下次的一顿晚饭。结果就这样，她欠了我下次以及下下次以及下下下次的晚饭，很快，就排到毕业以后了。我想要第一个下次，于是问她什么时候可以一起吃顿饭，结果她回答：下次。小白嘴里塞满饭，说，她真那么回答？我说是的。小白说，老大，你应该报复。我想了想，觉得小白说的很对。于是当又一次她热情地叫我写论文的时候，我发给她的两份稿子，每份有十页。第一份的每页上都只有一句话，请看下一页。第二份的十页，我还是正正经经写了论文。我想这是我能做的最残酷的报复。

结果，一个星期后，第一个下次出现了，她主动约我吃饭了。我记得当时猴子刚好带着韵琪进来寝室，韵琪穿着一件皮衣，我说你不热？猴子说我刚给她买的，两千多，我告诉她，要每天穿。韵琪点着头，我目不转睛地看她点头，那一刹那我真的想到了那只狗，她耳朵的绒毛确实如猴子所说，和那只狗有着如此相像的纹路。看到我要出去，猴子说有约会。我说是的。他说很好，回来给我带夜宵，要双份。这时候，韵琪已经坐在我的电脑前，脱了皮衣，穿着一件运动背心，一只手拨动着鼠标。我想到这个学期开学第一天，我也曾在她的寝室这样看着她。然而对于她这几个月，总觉得有一种说不出的变化正在发生。

晚饭吃得很愉快，我们谈了宇宙，谈了微积分，谈了法医学，最后谈到了论文。我们以一个非常和谐的方式结尾，我把口袋里的钱都给了老板，而她则给了我又一个论文题目，我觉得我们互不相欠，公平合理。

离开饭店之后，送她回了寝室，随后吹着口哨回家，志得意满。摸着口袋里找回来的几个硬币，我觉得我离目标又更近了一步，哲人说人生就是这样一步步前进的，我觉得这话说得很对，简直是太对了，我回头，估摸着自己已经走了多少步。

这时候，我看到一个很像她的女生，从她们那幢寝室楼下来，钻进了刚才我走过时看到的别克。我想那个人一定不是她，偶尔从外星来的人，也会和地球人长得有点相像。

凌晨三点多，我从噩梦中醒来，我梦到那只狗被人一遍又一遍地碾着，来来回回的倒车，前进，再倒车，再前进。直到它已经比地皮还要平整，但它的毛发，依然呈现出齿状的纹路，然后韵琪突然出现在我面前，嘶喊着：我就是死不足惜，那又怎样！那又怎样。我觉得我的世界颠倒了，混乱了，没有希望了。

我拿出手机，给小白发了个短信：小白，我想去 M78 星云。几分钟后，小白回了短信过来，她居然没有睡，最后面还是有那个可爱的表情。老大，下一次的约会，愉快吗？另外，为什么想去 M78 星云？

我回答：很愉快。因为那里没有别克。

2. 每条食物链，都是可怕的

猴子那天回寝室之后，脱了衣服就去洗澡了，洗完后居然还顺便把自己两个礼拜没洗的衣服洗了，拿到阳台上晾了，然后，搬了个凳子，穿着裤衩，坐在阳台上发呆。那是快七月的下午，空气闷的人心烦意乱，阳光也很猛。他就这么在阳光底下坐了两个钟头，直到看不到阳光。然后说，我想通了，我要对她负责。那时候，他和韵琪在一起才两个多月。我想不出有什么责任需要这么快负，因为我对猴子的能力充满信心，他不是那种做事情这么有效率的人。后来我才知道，他作了一个无比伟大的决定，他这个决定直接使地球上多了一条食物链。

快要期末考试的时候，是我最忙的时候，不是忙着考试，而是忙着帮她写论文。她非常善意地提醒我，后来给的那几个论文不写也没关系。我表示了解，但也恰恰因为我对于那些论文的东西太了解，不写不足以一抒我满腔迸射的思想火花。小白说，你最近每天都闷头写论文，你不怕走火入魔啊。我说，我不怕走火入魔，我只怕走火。

最终，我没有走火，但是差点走火入魔，奋战了三天三夜后，论文全部写完，她也顺利地完成了这些课程的期末论文。她说，这一次，我们一定要好好谢谢你。我当时怀疑自己的耳朵，她居然说的是这一次，真的是这一次，而不是下一次，或者总有一次。是那听来无比亲切的这一次，而且很快，这一次在第二天就来到了。

我还跟小白说，我就说，这一次，总会来得很快的。因为是这一次嘛，小白傻笑着，然后又想起什么了问，那我的论文呢。我说，下一次。

然而，在我兴致勃勃去赴约的时候，才发现我听漏了一个字，她说的是我们，而不是我。她全寝室的人都来了，我怀疑她为什么没叫上管寝室的大妈。然后她跟我说，其实后面二十多篇论文，只有三篇是她的，其他的，全是她的室友的，我帮助她们，顺利渡过了难关，我是一个好人，而且还是个好男人。我当时很有股吐血的冲动，那几个人都在我面前笑着，说着感谢的话，用五大三粗的手，夹着我为她点的菜。我突然觉得自己只是一条虫，而她们是各色各样，肥瘦不均的鸡。我怀疑她为什么不吃了我，后来想想，也许那个星球的鸡并不吃虫，她们只是玩虫，一遍又一遍，玩到那虫都发誓下辈子再也不做虫了，就用她们的最新科技，满足那只虫的愿望，让他下辈子不再做虫，而做炸蚕蛹。那不是虫，那是菜。

当然，最后照例还是我付了钱，我拿着找剩的硬币，来到游戏机房，打飞机，打到手抽筋。而且，就是不射，怎么都不射，让别的飞机不停地射死我 。我这样告诉小白。小白说你怎么说这么黄色的话。我觉得这一点都不黄，只不过有点暴力。当然，小白认为，在一开始，我就应该拍拍屁股走人，就不应该和她们吃饭，还付了账，她说我玷污了好男人的形象。

可是，好男人的特点，就是没有形象。

猴子顺利地促成了这样一条食物链的诞生。他帮他的现女友韵琪打掉了孩子，还帮韵琪的前男友付了费用，然后不久又分手，现女友变成了前女友，然后又帮前女友的现男友找到了工作，帮他赚到钱，再打掉了不久之后又成为前女友的韵琪的下一个孩子。

不得不说，食物链的复杂，很多生物学的学生估计学四年都无法解释清楚，幸好我们有食物链的权威——斗兽棋。而猴子，应该就是里面的大象，他看起来威猛，却什么都不吃，他不怕碰到老虎，却怕遇到老鼠。

事实上我很难想象，在下次，以及下下次，他们这纠葛的食物链的上下线见面的时候，每个人心里是怎样的滋味。不过正如我们亲眼所见的一样，每一条食物链都如此不可思议地存在着。

而我则在那，不知羞耻地存着每一个硬币，以期待它们可以生出更多的硬币，却不知道，这样不叫生产，这样只是难产。我就这么难产了两年，然后她笑盈盈地从我眼前走过，说，你还是没有能够准备好我所需要的养分，所以为了生存，我必须离开。

这一次，她离开的时候，交通工具是沃尔沃。

我只看到那烟，和那烟上面的车牌。我追赶不上它的速度，也追赶不上她的速度。我突然开始慌张，如果靠我存硬币的能力，我这辈子唯一可以做到的就是打飞机，打到手抽筋。

3. 落地，关机

快暑假的时候，天气变得更热，小白开始窝在寝室不再外出，所有的日常生活都以一种山顶洞人的方式完成，当然是有电脑、有空调的山顶洞人。

有时候我会给她送点东西，比如早饭、中饭或者晚饭，总之和饭有关的东西，她还是会接受的。不过她不会从六楼跑下来，而是从六楼用绳子吊着送下个篮子，让我将东西放在篮子里，再提上去。在那一次为她放上考试提纲的时候，我第一次抬起头，看她探着脑袋拉着绳子的样子。我突然想到她从天而降，落在我胸口的那次，明明不是同一个人，却突然出现奇怪的重叠，然后她的声音在我耳边响起，你在干什么。

我还没从刚才仰视她的错觉中回过神来，无法将一个正从外太空降落的公主这样突兀地着陆。我觉得至少应有一个鲜花簇拥，芳香四溢的欢迎仪式。可是这时候只有那吵个不停的知了，还有一个叫卖着西瓜的大妈。

我买西瓜。然后我开始挑西瓜，我买了个送给她，然后给自己买了两个，然后送她回寝室，顺便给她修了电脑，然后出来的时候，带回了两袋西瓜皮。我不舍得丢，带回了寝室，放了一个礼拜后才丢进了垃圾桶。小白一直问我为什么，我没说那是因为我觉得这是我仅有的自尊。我只是在作一个决定，丢弃自尊，还是丢弃一个梦想。

打了个电话回家，无意中说起了西瓜，却被老妈嘲笑了一番，才想起当年在我们村里，我号称瓜田收获者，其知名度颇高，简直可以和麦田守望者相媲美。可是现在我多了个自嘲的理由，因为我不再是瓜田收获者，而是瓜皮收获者。

我看着镜子，却看到猴子在我背后挤眉弄眼。

你在难过？他说。

我却发现我回答不出，憋了半天回了句，超，你，好吗？

猴子当然也不好，那个女人打电话来说，她有了孩子，需要钱。猴子然后为此奔波。我以前觉得一个男人可以拿出一大把钱，然后毫不犹豫地给一个女的去打胎，这本身是一件壮烈的事情，可是当那个男人，付钱打的是别人的孩子时，我觉得猴子其实可以直接去做烈士了。

那天晚上付完钱回来后，我陪着猴子从寝室走到江边，然后听着他在那哭得歇斯底里，和那条狗被撞的时候一样，所不同的是，这次我没有先回去，而是一直在一旁默默坐着，抬头看着天空。

那天她曾从天而降，轻轻撞进我的胸膛，我以为那是来自外星的馈赠，却没想到会这么和她水土不服。我拨了她的电话，思考着该怎么跟她讲述现在的心情，旁边的哭声让我心烦，但更让我心动，我知道，我必须有所行动，挽回我仅有的但已失去的尊严。

然而她的手机却已关机，我猛然想起昨天她已经开始了她的暑假，那段不属于我的时间。她真正的落地了，在这个星球上落地了，而我却开始轻轻飘起。

回寝室的路上，我搀着之后喝得烂醉的猴子，我给小白发了短信，叫她开下灯，到阳台来。然后我就这么安静地坐在地上，抬头看着小白寝室的灯光亮起，然后一个穿着睡衣，不甚清晰的身影在阳台上冲着地上张望。

胸膛，突然和那次看到她时一样，一阵疼痛。

关机。

爱的地址，没有长期有效

■ 泪川儿

一

男孩儿和女孩儿是高中同学。由于个子高矮都差不多，他们总是坐在一起，也做过同桌。

女孩儿多愁善感，男孩儿活泼开朗。女孩喜欢看课外书，最喜欢的是三毛和张小娴。早读老师不在时，她就绘声绘色朗读起来。男孩儿就盯着门口。看到伤心的地方女孩儿就会流泪，男孩儿就会想方设法地逗女孩儿笑。

男孩儿总是第一个看女孩儿在校文学刊上发表的文章，夸她写得好，女孩儿甜甜地笑了。女孩儿喜欢上了班上的一个男同学，男孩儿就会帮着给那个男同学传话。女孩儿也帮忙给男孩儿喜欢的女同学写信，把信交给那个女同学。

学校开运动会时，女孩儿都会参加长跑。女孩儿跑时，男孩儿也会跟在圈外带着女孩儿跑，女孩儿下来，男孩儿就会把早已准备好的水给女孩儿喝。

女孩儿得奖了，女孩儿会把奖的笔记本给男孩儿。在笔记本第一联的通迅录上写上自己的一切。并在住址后备注上“长期有效”。高二下学期要分班时，女孩儿决定选择文科。男孩儿说，我也想选择文科，什么 CO_2 了，什么沉淀，溶解了，一窍不通。可我爸非要让我选择理科，说学文科没用。

他们在一起照了一张合影，那时前一天刚下雨，第二天天空像水洗过一样明亮，他们两个都穿着校服，站的很近，胳膊有点挨着胳膊，手也都自然地放在上衣边上。

照片洗出来了，同学们都纷传着看，都笑着说，他们两个的手也放在一起，看起来像要牵手。

男孩儿和女孩儿没在一个班了，但为了高考，他们都报了美术班。男孩

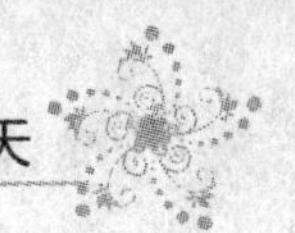

儿的画会常常受到老师的表扬，女孩儿郁闷自己为什么总是画不好时，男孩儿就会指导女孩儿。

男孩儿画水彩画会把颜色混淆时，女孩儿会细心地给男孩儿说每个色彩。素描课时，同学们都会轮流当模特，那天，轮到女孩儿当模特，男孩儿和其他同学都来画女孩儿。休息时，女孩儿看着同学们画的自己。其他同学都把女孩儿的嘴巴画的是张开着的，还露出了牙齿。只有男孩儿把女孩儿的嘴巴画的是闭着的。女孩儿看着男孩儿的画，心里安慰了许多。

有一次晚自习，男孩儿的父亲来到学校，在画室里边浏览边说："你们这些孩子在学校不好好学习，拿着你们爹妈的血汗钱在这里涂涂画画的。"男孩儿一直跟在后面，像个领导。同学们都哈哈大笑。

只是，女孩儿有点担心，刚还和男孩儿在一起画画，不会看到像同学一样误会吧？以前听男孩儿说，他爸妈就是在学校认识的。男孩儿不好意思地把父亲拉走了。

然而高考的时候女孩儿没有考好。考完试那天晚上，男孩儿拉着女孩儿去了网吧上通宵。男孩儿教女孩儿玩游戏，女孩儿和男孩儿一起笑着看电影。女孩儿没有说任何有关考试的事情，男孩儿也没有问。

女孩儿没有上大学就出去打工了。女孩儿听同学说，男孩儿在武汉上大学。当时没有电话，也不上网，男孩儿和女孩儿就失去了联系。

二

一晃十年过去了，女孩儿结婚了，有了孩子。没事就在家上网。女孩儿无意间在朋友网上看到了男孩儿的名字，也看到了好多其他的同学。女孩儿忙着加为好友。这时，有人对女孩儿说："你好。"

女孩儿也回了："你好，你是？"

对方说："晕，你加的我，你不知道我是谁啊？"

女孩儿笑着说："对不起，刚加的人太多了，哈哈。"

男孩儿说出了自己的名字。

女孩儿很高兴也很意外。

男孩儿说："你现在在哪高就啊？"

女孩儿说："我啊，在家带孩子。"

男孩儿说："啊，你结婚了，还有了孩子？这么快啊？"

女孩儿说："我都二十八岁了，不结婚还嫁得出去啊？你呢？结婚没有？"

男孩儿："没呢，女朋友都还没有，光棍一条。"

女孩儿说："骗鬼呢？你没有女朋友？排着队，你还在挑吧？"

男孩儿发了一个害羞的表情，说："你给我介绍一个。"

女孩儿对男孩儿的话有点半信半疑。女孩儿问："那你哥结婚没有？"

男孩儿说："难得啊，还记得我哥啊。"

女孩儿发了一个调皮的表情。男孩儿和女孩儿谈起了以前的同学，有同学走到一起结婚的；有没有结婚的，还有其他的同学……

女孩儿笑着对男孩儿说："你追某某同学呗。对了，你们也做过同桌。"

男孩儿说："她也还在挑。"

男孩儿说了他的工作，说是常出差。

女孩儿说了自已的老公和儿子，说是在城里买的房子。

女孩儿和男孩儿没有留电话。女孩儿和男孩儿都想起了十年前对方的模样。

女孩儿还是天天挂 QQ，男孩儿可能工作忙吧，总是天天不在线上。女孩儿只看到男孩儿更新的个人签名："先河南后湖北"。

有一天女孩儿做了个梦，梦到了男孩儿。女孩儿很想对男孩儿说，可女孩儿等了两天，也没见到男孩儿上线。

过完年，男孩儿又更新了个人签名："万象更新"。

女孩儿一直想找个同学问个事，看到了男孩儿在线上，就说："你好，在吗？"

男孩儿说："你好，呵呵。"

女孩儿说："某某同学和某某同学是在一起吗？"

男孩儿说："是，那有什么意外的？另某某和某某不也是结婚了嘛。"

女孩子说："有些觉得正常，可有些在一起有点意外。你什么时候结婚啊？"

男孩儿说："还早着呢，现在女的要求太高了，先挣点小钱，媳妇慢慢找了。有房子，五年前我都结婚了！你给我介绍个？"

女孩儿有点相信男孩儿说的话了，跟男孩儿开玩笑说："看来你还留恋五年前的她啊，就是给你介绍了也进不了你的心。"

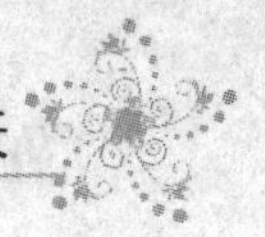

男孩儿发了一个龇牙的表情。

女孩儿说："我给你介绍一个哦?"

女孩儿等了好久，男孩儿才说："那是必须的。"

女孩儿笑着说："看来你犹豫了好久?"

男孩儿说："不是，刚有事。"

女孩儿说："她是个导游，长得漂亮，人品也好。跟你蛮合适的。你们聊着吧，我没有跟她说起你，你也不要提起我，否则，一辈子不理你的。"

男孩儿说："条件这么好啊，怕别人看不上我啊?"

女孩儿说："你的自信哪里去了?"

男孩儿说："受挫折打击太多了，没有自信了。"

女孩儿说："理解，都从那里过来的。"

男孩儿说："呵呵，看来你经验丰富啊?"

女孩儿发了一个调皮的表情。

男孩儿说："我是陌生人，聊了几句，她就会不理我了。"

女孩儿说："我怕她有负担，我希望她和你都能找个好人，生活幸福。"

男孩儿说："哦，感谢感谢。你吃饭没有?"

女孩儿说："还没有说呢，都要请我吃饭啊?"

男孩儿发了一个龇牙的表情就下线了。

三

正如女孩儿想的一样，可能是两个人都去过很多地方吧。男孩儿和她发展得很快，也见面了，两个人也很满意。她就带着男孩儿回老家了。

回家的路上，男孩儿给女孩儿发信息说："你空间里描写的这里，很真实啊?"

原来，男孩儿看了女孩儿写的日志。女孩儿笑着说："不过，也很美是吧?"

男孩儿说："是，你不是当时天黑没有看到吗？我可以给你解说。"

女孩儿说："不用了，下次我亲自去看。"

男孩儿说："我当你导游吧?"

女孩儿说："小样，现在就卖弄起来了。"

男孩儿说："她当我的导游，我当你导游，你当你儿子的导游啊。"

女孩儿发来一个调皮的表情。

男孩儿笑了。

她问道："你在和谁聊天啊？"

男孩儿说："一同学。"

她问："你联系的同学还多吗？"

男孩儿说："哦，不多，就一两个。其他同学都不联系了。"

她说："我也是。"过了一会儿，她突然问道："我嫂子，也是你们一个地方的，好像和你一样大。你们不是同学，没有见过吗？"她说出了女孩儿的名字。

男孩儿想起了女孩儿的话，就说："我不认识。一个地方有好多人，也有好多学校。我当时在一中。"男孩儿故意把学校说成其他的。

她相信了男孩儿的话。

有一个星期天，女孩儿带着儿子到火车站看火车。男孩儿出站时，一眼就认出了女孩儿。女孩儿也看到了男孩儿。两个人就聊了起来。这个场面被在一旁的她看到了，两个人一看就是很熟悉的关系，她知道男孩儿欺骗了她。她看着男孩儿抱着小孩子和女孩儿一起去了车站旁的商城。她给男孩儿打电话说："我有事不能去接你了。哥打电话让我们晚上到他家吃饭。"

女孩儿接到老公的电话，知道了男孩儿和她要到自己家。

晚上，她已早早来到哥家了。看到男孩儿和女孩儿一起回来时，女孩儿看到她有点不高兴的样子说："我们是在楼下遇到的，他说要到我们家，我才知道。"男孩儿也笑着迎合道。老公和男孩儿打了招呼，问儿子："你的玩具是谁买的？"儿子说："是叔……"叔还没说出口女孩儿就说："妈妈，是在叔叔那里买的。"她看了看男孩儿看了看女孩儿，心里都知道，但想不通为什么要这样隐瞒？女孩儿当着她和老公的面，说男孩儿不错，说男孩儿和她蛮相配的。她只是一声不吭。

要睡觉时，男孩儿给女孩儿发信息说："你不是说，你还留着我送你的生日礼物吗？我在你家怎么没找到？我想看一下当时我送的是什么样子的，有点模糊了。"

女孩儿笑着说："我什么时候说还留着了？"

男孩儿说："你上次在聊天中说的。"

女孩儿想可能是说过这样的话吧。女孩儿告诉男孩儿：“其实，当时收到时打开包装里面就有点碎了。没跟你说，心想，当时，你也是不知道的。没事的，蛮好看的。”

男孩儿发了一个惊讶的表情。说：“下次再赔你一个。”

女孩儿说：“不用了。”

她一直没有问男孩儿，只是默默地观察着男孩儿和女孩儿。

四

有一天，她看到女孩儿戴着和她一模一样只是颜色不一样的丝巾时，她实在忍不住了，拉着男孩儿就到了女孩儿家。她当面质问着男孩儿和女孩儿。女孩儿的老公也很诧异。看着哭哭啼啼的妹妹，忍不住就给了女孩儿一巴掌。

女孩儿哭了，生了一场病。男孩儿也很难过。男孩儿给她看了他们的聊天记录。给她讲了男孩儿和女孩儿之间的事。

男孩儿和她结婚了。

女孩儿笑着对男孩儿说：“对不起，都怨我。”

男孩儿笑着对女孩儿说：“对不起，都怨我。”

方小鱼是不是木木的爱人

■ 简白

一

方小鱼曾问木木，为什么把贝壳贴在耳畔能听见大海的声音。

木木告诉方小鱼，那是因为贝壳是大海的爱人，离开了大海，大海日夜呼唤。

方小鱼很喜欢木木这个回答。既带着淡淡伤感又充满温暖诗意。她后来问过许多其他男孩子同样的问题，可他们不是把那声音解释为血液流经耳朵在贝壳里产生的回响，就是说成某种噪声的共鸣。

这世上大概只有木木一个人会告诉方小鱼贝壳是大海的爱人。

想到这里，方小鱼放下行李，掏出手机给木木发了一条短信。她说，我要走了。木木没有回答。

机场的广播反复播着，CZ6562 次航班准备登机的消息。方小鱼叹了口气，拨下手机里的 SIM 卡扔进边上的垃圾箱。

有些人即便怀着满腔热情而努力，无奈情深缘浅，终究无济于事。

系好安全带，她在玻璃窗上画了一个哭脸。邻座的男生用奇怪的眼神打量她。

她对他笑了笑。

这座海平面城市终于要以这样的方式渐行渐远。她俯瞰于上空，朝着他的方向说，从今以往，毋复思念。

她的眼圈红了。

二

一个人要把暗恋坚持八年并不是件容易的事，方小鱼也觉得自己这种态

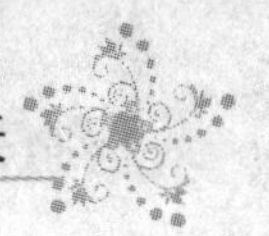

度实在匪夷所思。她复读了两年才考来这座城市，在上吐下泻和古怪的方言里坚忍得像一棵树，她尽可能地以为自己是刘胡兰，爱情是她必须捍卫的革命。然而，就在她千辛万苦准备迎来曙光，却在学校被一个陌生女人拦住，对她软硬兼施，嘤嘤哭泣，她的信仰崩塌了。

那女人是木木的妈妈。有着中产阶级妇女标准的打扮，剪裁合身的连衣裙，小巧精致的阳伞，茶色的墨镜，低调好牌子的高跟鞋。

她在方小鱼上课的教室门口等她，一下课就拉住了她。

她带方小鱼去星巴克喝咖啡，和颜悦色，动情晓义地劝方小鱼离开他。

她对方小鱼说，她会毁了木木的前程。差距太大，将来不会幸福。

她对方小鱼说，她其实已经给木木找好了对象，家庭清白，父母双全。

她还对方小鱼说，你要是真的爱他，就应该替他着想。你那样的情况会拖垮他。

方小鱼望着眼前这个女人惶惑不安，她甚至还没来得及对木木说她喜欢他，那心思就已经昭然若揭地遭到了强烈反对。

他是怎么想的?

她其实并不敢知道。

那天晚上，方小鱼还是答应了女人的要求，这答应把自己吓了一跳。她从小姑娘长成大姑娘，从有阳春白雪的城市搬到了四季暖昧的岭南。这八年来她心心念念想着的只有一个人，就是木木，然而不等终局却要退场，竟还莫名轻松。

看来，这世上最痛苦的事莫过于得不到回应的爱情了。

她不想痛苦。要做先转身的那个。

临行前，她带走了木木曾经为她画过的一幅油画，名字叫《少年》，一并带走的还有一张六万块钱的存折。木木的母亲给她的，木木的母亲说：“我知道你不容易。”她咬了咬嘴唇就收下了，清高需要资本，她没有，她还得生活。

三

等木木发现方小鱼不见已经是第二天中午，他在画室里吹空调，看着隔壁附中放学的孩子想到了方小鱼，他拿出手机给方小鱼打了一个电话，约她一起吃午饭，结果，方小鱼的手机是关机的，他打了好多个，始终不能接通。他这才想起方小鱼昨天发了一条没头没脑的短信给他，说要走。

这是方小鱼第一次失踪，也是最后一次。他跑到宿舍去找她，被告知，她退学了。唯一留下的是一只叫做哥伦布的巴西龟。他当年送给她的礼物，巴西龟的背上还绑着一条红绸带。木木便把它抱回了家。

哥伦布在木木家里情绪低落，它拒绝吃任何东西，趴在盆子底部不动弹，木木问哥伦布，你是不是在想你的主人方小鱼？哥伦布把头埋进水里吧嗒吧嗒地张嘴。无限忧伤。

木木叹了一口气，八年足以教会一只爬行动物想念，更何况是人？

他用画笔画了一幅方小鱼的肖像贴在哥伦布的盆子里，哥伦布看了看，竟真的开始吃东西。他又画了一幅肖像贴在自己卧室，不过，这并没有让他高兴多少。

方小鱼的舍友对木木说，方小鱼临走前见过一个女人，那女人穿连衣裙，撑阳伞，戴茶色墨镜。

木木知道，那女人是他母亲。她赶走了她。这份内疚让他在郊区、周边城市，甚至她的家乡疯狂地找她，可是这么大的世界，如果一个人不想让另一个人找到，无论如何是找不到的。她连家乡的房子都卖了。

木木对母亲说，你怎么能这样呢？她还是个孩子，你让她退了学去哪里？

母亲说，她都已经二十一岁了，她走时拿了我六万块钱。她怎么会还是孩子？

木木哑然。

是啊，她都二十一岁了，她还懂得走了要拿些补偿。

从那天起，木木慢慢开始接受母亲给他安排的相亲。

这世间的感情一旦扯上钱，都会让人失望吧，哪怕只是这样一段算不上什么爱情的感情。

一年之后，木木结婚了，新婚宴上，新娘要木木给她画肖像速写，他拿着炭笔涂涂抹抹，可画出来竟是方小鱼的样子，大家笑他画得不好。

木木说，我喝醉了，然后趴在桌上呼呼大睡。睡梦中想起第一次见到方小鱼的情景。夕阳暮色里一个纤细颀长的小女孩。

是啊，他甚至都没来得及对她说他爱她。

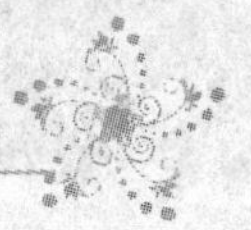

四

木木第一次见到方小鱼的时候正好二十一岁，当时方小鱼还只是个十二岁的孩子，对于一个二十一岁的人来说，当然不可能喜欢上一个十二岁的孩子，不过出于某种职业的敏锐，木木走到了方小鱼跟前。

那天方小鱼穿着一套杏白色校服，胸口领结随着走路摆动，她低着头，夕阳下，身影被拉得很长。就是那种落寞的神态吸引了木木，他觉得她可以做他的模特。于是他上前跟方小鱼搭讪，琐琐碎碎说了很多，直到方小鱼抬起脸时，他才发现，她原来一直在哭。

木木问，你为什么哭？

方小鱼不回答，眼泪还是吧嗒吧嗒往下掉。木木慌张地从包里拿出一张餐巾纸。方小鱼接过来擦。那天木木一直陪方小鱼走到了她家门口。道别时，方小鱼才抽抽噎噎地答应做木木的模特。

他们约好第二天见面。

第二天方小鱼来的时候梳着齐刘海，麻花辫，眼睛有一些轻轻的水肿。却因为水肿，更显出纯净忧伤的美感。木木注意到她的右手臂上缠着一圈黑纱。想问，却没敢问。

后来木木才知道，方小鱼在那天成了孤儿了。

她的父母借了一大笔钱跟着蛇头偷渡，结果却杳无音讯，直等了两个月才传来消息，说他们在远洋的船上被活活闷死于货舱。

钱没有了，还欠了亲戚朋友一大笔债。家具电器被搬得一干二净。这伶仃的少年就在放学路上哭泣。

具体欠了多少，木木不知道，方小鱼也没说。

不过，从那天起，方小鱼跟上了木木，对木木而言，他多了一个免费模特，对方小鱼而言，却是整个绝望的夏天里唯一一丝慰藉。一个模样成熟的男孩子愿意带着她吃饭，和她说话，逗她玩笑，甚至在画纸上画她的模样。有什么比这更好？

那幅画完成的时候已经入秋，画里的方小鱼扎着麻花辫，刘海平平的盖在眼睛上方，那幅画的名字就叫《少年》。

五

木木毕业回家的时候方小鱼去车站送他，她跟木木说，她很喜欢他。木木说，我也很喜欢你，方小鱼说，不是那种喜欢。木木笑了，木木说，你还是个小孩子。你要哪种喜欢。方小鱼说，就是那种喜欢。

那天方小鱼执意要木木答应等她长大一点，见到她再决定对她是哪种喜欢。木木被缠得没办法，只能说好。然后，方小鱼就满意地走了。方小鱼此后开始学起了画画，拼命追赶木木的步伐。

八年后她来到这座城市。

方小鱼来的时候木木开车去接，她提着大包小包，他发现她长高了，不似小时候那般纤细颀长，有了曼妙的身段。她发现他变得更加成熟，穿衣风格也温文尔雅。她亲热地走过来，他本想给她一个拥抱，又收了手，时光对少女的雕琢让他有些尴尬。两个人找了小酒馆吃吃喝喝。有一搭没一搭地聊着。然后一切就又恢复到了从前模样。

方小鱼开始跟着木木。一起吃饭，一起玩乐，一起画画，一起参加周末的短途度假。他们的样子俨然情侣。不过木木始终没说什么。方小鱼不知道木木喜不喜欢她，木木自己也想不清楚，他陪她度过了少年时代的伶仃，可他总觉得当年遇见她的时候，她还太小，虽然算算两人的年龄也不过就差了九岁。后来木木常常在纸上画方小鱼，家里摆着一幅又一幅，直到母亲警觉起来，母亲说，那样的女孩子，会把你拖垮。她欠下的钱总是要还的。

木木没有理会，如果他是爱的，钱有什么关系？只不过他还需要一点时间思考。没想到母亲会捷足先登。他甚至都还没说过他爱她。

六

CZ6562 次航班的目的地是西安，方小鱼把家里的房子卖掉后，偿还了部分债务，她带着六万块钱来到西安，在书院门附近租了一个小店，卖画。卖自己的，也卖别人的。

西安的天没有漂亮的蓝色，但城楼上响起的撞钟声却常常能给方小鱼带来平静，她在小店的门口摆上那幅《少年》，出乎意料的是，有很多人都能认出画中的女孩是多年前的她。齐刘海，麻花辫，他们说，老板娘，你没有怎么变。方小鱼便笑，老了，老了。当然，那幅画她是不卖的。

方小鱼也画肖像，不过画来画去总是喜欢画同一张脸，同一张脸的童年，同一张脸的少年，同一张脸的青年，同一张脸的老年。她凭印象，凭想象，把那些她错过的时光全部铺张在纸上，偶尔竟也有人认出来，说，老板娘，你画的是同一个人！方小鱼就点头，方小鱼说，我画的是木木。虽然没有人知道木木是谁，但有很多人喜欢方小鱼的画。她的生意越做越好，在当地慢慢小有名气，五年后她还掉了父母欠下的全部债务，还剩六万，是木木的。她想当面给他。

她用了很多时间去参加各地的画展，希望创造一种相遇的巧合，可每每错过，她想，也许这就是缘分，她再也见不到他了。

直到有一天，她在自己店门口啃苹果，听见一个背着背包的女游客在喊一个小女孩的名字为止，那小女孩叫做木小鱼。跟她的名字那么相似，小女孩跑到店里，指着她的画说，阿姨，你画上的人好像我的爸爸。然后，方小鱼就看到了门口站着的木木，他盯着《少年》良久。他抬起头看见方小鱼那双十年如一日的美丽的眼睛。

他想起一首诗：

也许，我们的心事总是没有读者。

也许，路开始已错，结果还是错。

阿兰曾奋不顾身找过你

■ 夏桐

1. 裙子

这是旅途的第几天?

我在日历上打了个红色的钩，用力地、深深地。却忘记从这段旅程的开始，离开一切熟悉的人和事，已经多少天了。

窄小的出租屋，墙上甚至没有钟来陪我数寂寞。潮湿的地板，红色帆布鞋就随意扔在那。一只朝上，一只歪到一边，有点狼狈的模样。

说不清楚的颓废感，还有一脸回避一切，再也与世无争的死样。我相信，这才是最真实的我。

眼里含着莫名其妙的泪花，心里说不清的突然冒起的忧伤。门外突然传来“吱吱嘎嘎”声，那是房东的大拖鞋踩着旧木地板发出的声响。

我一惊，从堆满杂物的小床上跳起来。在房东还没进来之前，我抓起背包，从她的反方向逃走。我似乎还听到老太太在身后愤怒的尖叫。

房租没着落，失去住处的我，更显狼狈加颓废。逃出来，只带上一些简单的日用品，简单的几件衣服，还有自己。

夕阳还没落山，我继续漫无目的地在水泥路上走着，红色的帆布鞋踢起地上的积水，鞋尖落下一片污渍，我思考今晚是睡在公园还是天桥底下。

“我美吗?”声音又细又轻，还带着一丝不确定的胆怯，钻进我的耳朵。

我循声望去，一家服装店的大镜子前站着一个女孩。

蓝裙，蓝鞋，蓝项链。望着镜中的自己，绯红的脸，莫名的兴奋和满足，还有羞涩。

“很美！很美！Very beautiful!”我夸张地尖起嗓子叫，对女孩扬起了手。

呵呵，蓝色碎花裙，有点俗气。

女孩愣住了，紧接着脸更红了，像两朵橘红的云彩。

在我下一句话出口前，她便转身飞快跑走。

我对着那个女孩刚刚照着的那面大镜子，看着镜中头发蓬乱，邋邋遢遢的自己，脸上还挂着恶作剧成功后得意的坏笑。

夜晚，我找了一小片较为干净的草地，扬起随身携带的小被子。把自己身边所有乱七八糟的东西一股脑儿塞进背包里，怕冷似的钻进薄薄小小的被窝。

还好，还没到盖报纸的地步。还好，这个天桥底下还算干净。

“那个……”身后传来一个熟悉的胆怯的声音。

是白天的那个蓝碎花裙女孩。

这回轮到我愣了愣，但很快又潇洒地对她挥手：“嗨。”

“哦……那个……”她继续胆怯地红着脸，眼却奇怪地看着我的红鞋。

我故意晃了晃自己的脚，说：“蓝碎花。呵呵，我们还没知道对方名字前，可以先叫我‘红布鞋’。”

她被我突如其来的绰号吓到了，轻轻皱眉，好像不太满意。她说：“哦，我现在就可以告诉你我的名字，我叫阿兰。”

“是‘蓝色’的‘蓝’吗?”我有点自讨没趣，翻起身来看着她的眼，问道。

“哦，不对，是‘兰花’的‘兰’。”

“好吧，阿兰，”我说，“正式介绍，我叫江悦，‘愉悦’的‘悦’。”

“哦? 哦……”

“拜托，小姐! 你每句话都要说‘哦’吗?”我白了阿兰一眼。

“哦……不对。好，江悦，我有事想问你……”

总算结束一段极没营养的对话，进入正题。

“你就住这?”

我重新打量了一遍眼前这个女生。白天的那身蓝已经换了下来，但一看就知道是那种娇贵的女孩子。

所以，我还想吓吓她。

“对啊，那又怎么样?”

“所以说，你是流浪汉?”她的眼睛很好玩地眨了眨，说不清那眼神里掺和着的是怜悯还是莫名其妙的兴奋。

“说好听点吧，是旅者，”我想了想，又说，“不过说是流浪汉也没有错。”

接着，我夸张地笑：“哈哈，小姑娘，你不怕我把你拐带走?”

“不介意的话，可以到我家过一宿。”她好像没听到我的话，转身头也没回地径直就走。那样子居然是得意的肯定的，肯定我一定会跟上来。

好吧，这次她对了，我的确跟了上去。我不是那种固执而死要面子的笨蛋，天上掉下的馅饼，不要白不要。

“阿兰，你对每个陌生人都那么好?”

“不是。”

“那为什么……”

“我只是需要你帮我一个忙。”

“什么?”

“到时你就知道了，跟我来。”

我不再说话，跟在阿兰的身后，在黑夜的路灯照射下，踩着她的影子走。

我猜得没错，阿兰的确是个家境不错的女孩。只见她绕进一条小巷，把我领到一家挺高档的旅馆前。

她一打开暗红的雕花木门，就用那柔美的声音唤了声：“妈妈，我回来了!”

一个非常圆润的妇人从服务台探出身子来，立刻笑成一朵菊：“小兰，今晚睡八号房还是七号房?”

我吐了吐舌头。刚进来时，我还看到这妇人在服务台后玩着自己脖子上那串粗粗的珍珠项链。

“哦，先给她安排吧!”阿兰把我往前推了推。

妇人对我有礼貌地笑了笑，便低头在抽屉里找房间钥匙：“阿兰的朋友?姑娘你住三号房吧，那里刚打扫过，白天阳光也充足……”

她们越是这样客气我越是紧张：“不用太讲究，我还没谢谢你们的照顾呢……”

“姑娘你在我们这不用太客气，”妇人的笑容依然礼貌和灿烂，“阿兰的朋友就是我们最尊贵的客人，你不要太拘束，把这当成自己家就好。”

阿兰没说什么，把我领进三号房间。她从大衣柜里拿出棉被和枕头，帮我整理好床，就要离开："早点休息。"

"等等！"她关门之前，我叫住了她。

"那个……你回家了？"我问。

"不，我就在你隔壁的二号房。"

"你不回家？"我看着门边的阿兰。

"我就住这，每天换着客房睡，像个永久性的房客。"她笑。

"哦，"我不敢再问下去，便转移话题，"我身上只有一点钱，可能交不起住宿费。"

她眨了眨眼，认真地说："不需要，如果你愿意，你可以免费住到你离开这里。不过，你要帮我做一件事。"

"什么？"

"现在还不说，反正对你本身无害。好了，晚安。"

她又故作神秘，把门轻轻关上。

算了，好奇不是我的性格。反正对我无害，也可以让我有个免费住处，何乐而不为呢？我喜欢谜底到最后一刻浮出水面的感觉，等到她需要帮助那时，我再伸出手应该也不迟。

房间很整洁，还有一台电视，灯光也明亮。最重要的是，墙上有一个深褐色的钟。我喜欢钟表，还有深褐色的东西。

每一刻，我都看着时针分针秒针重叠又分离，分离又重叠。而自己像一座雕塑，呆呆立在那里，一动不动。

跌入回忆的深渊……

那笑靥明亮得像阳光，晃动在我的眼前，我甚至还感受到他温暖双臂紧抱着我。我总想，如果这是一场美梦，我愿意永远不要醒来。

但你说你要陪我数时间，为什么现在只剩下我一个人？

但你说你要陪我去旅行，为什么奔波之中只有我一个人的足迹？

但你说你爱我永不变，海誓山盟的天长地久，离我到底还有多远？那么现在，会不会已经成为了别人的天长地久？

而我，还在被你牵过的手掌镌刻上两个名字，你和我。

而你，是不是该忘记生命里出现过一个叫江悦的女孩？

我终于知道阿兰要我帮的忙。

那天我看到了那个男人。干净的下巴，眼睛是刀刻的一般深邃，乌黑的短发刚过耳朵。阿兰看他的眼睛像星星，滚烫而发亮，嘴角还不经意地向上扬起。

“早安，温先生。”

我清楚看见，阿兰跟那个男人说话时脸蛋微红。

男人礼貌地点点头，笑着说：“小兰，你不用太客气，叫我温景然就可以了。”

“好的，请问需要点些什么？今天的午餐我们有新鲜的鲫鱼……”阿兰的笑容异常甜美。

“那来份鲫鱼汤，还有一小份豆角吧……”温景然依然很礼貌地笑。

阿兰迅速写下，刚把纸条交给厨房，就把我拉到角落。

“江悦姐你看到了吧？你猜你猜，温景然有多少岁？”

阿兰咧开那抹了橘红唇蜜的两片花瓣一样的唇，神情满足地像足了个孩子。

“二十三四岁吧……对了，你要我帮的忙是不是跟他有关……”

“对，我要你帮我缝制好一条裙子，在温景然离开这里之前！”她把我的手捏得更紧。

“为什么要我……”我疑惑了。

“因为我知道你是个缝纫师！”

像被什么猛烈撞击了下，我愣住了，但又逞强一样故意昂起头：“开玩笑，为什么我是个缝纫师？”

“因为这个！”她声音分贝提高，从身后翻出一条白纱裙。我心跳停了半拍，立刻有蒙上眼睛的冲动——那是我这几天来最不愿去面对的东西！

“我那天在天桥底下看到你的时候，”阿兰深吸了一口气，“你就在那里缝这条裙子。那时你十指麻利，针线在你手下行云流水般。我一看就知道，你不仅可以说是一个心灵手巧的姑娘，你简直就是个缝纫师！”

“不准再说了！”我跳起来，想用手捂住阿兰的嘴。

阿兰躲开，大喊：“你就是！江悦姐你就是！”

“好，我流浪前的确是镇上最优秀的裁缝。但现在已经不是，完全不是！”我算是认输了，但更加激动和愤怒起来，用力夺过阿兰手中的那条白纱裙，转身要走。

阿兰灵活地蹿到我跟前，拦住了我，问：“可以告诉我原因吗？”

“不要。”我别过脸去。我紧紧抱着那条白纱裙，像是怕被别人抢走一样。

“你不愿意帮忙，难道连原因我都不可以知道?”

空气凝结了那么一两秒，我决定退让一步，语气平静温和了些，回答：“好吧，是为了一个人。他说想要一条我缝制的白纱裙，看我穿上，当他的新娘……”

“哇哦，好浪漫……”阿兰又露出小孩子般的神情。

我略带苦涩地笑了笑，继续说：“刚开始，我也觉得很浪漫。可是我们那时还太年轻，擅自就决定了所谓的永远。而那个人，早已经离开了我。”

“哦……对不起。”阿兰立刻抱歉地说。

“他离开后，我依然缝制着这条白纱裙，我还傻傻地想，等到完成的那天，他就可以回来找我……”我的手把白纱裙拽得更紧，尽力把眼泪藏到眼睛后面。

“现在，也不需要了。”我故作坚强地擦擦眼。

“不对啊，”阿兰微笑着，像在安慰我，轻轻帮我将半成品白纱裙高高举起，“很美了，你一定是个很棒的缝纫师。”

“谢谢你，”我笑了笑，问，“现在你告诉我，我要怎么帮你?”

阿兰先愣了愣，但立刻又兴奋地说：“我、我要一条碎花蓝裙，要比那天穿的那条还漂亮!”

“好吧，我答应了。”

2. 寻爱

“早安。”阿兰推开我的房门，手里捧着一杯香浓的咖啡。

我满脸疲倦，停下手中的活，对她笑了笑，接过咖啡。

“这东西不好喝，”阿兰皱了皱眉，“看起来像墨汁，味道像中药。”

“呵呵，以前喝惯了，现在就每天都要喝上一杯，像中毒一样，戒不掉了。”

阿兰被“中毒”这个词吓了一下：“那你以后别喝这东西了！看，你的黑眼圈又重了。明天早上起，我送早餐和豆浆上来，不要再喝这个了!”

她说完，把我手中的咖啡杯夺了过去，神情认真且严肃。

我对她的大惊小怪和那说不清的关心有点反感。但是戒掉咖啡，可能也能更好戒掉某段回忆。我便沉默，算是答应了。

阿兰下楼了，我继续自己的工作。缝纫机的声音嘈杂作响，针线缝密，我抚摸起桌上那块深蓝碎花布。

那时，他的咖啡店就紧挨着我的裁缝店。

那年深秋，他的脖子上裹着好看的深褐色围巾，在店前阅读着一本书，坐在椅子上时不时啜饮一口杯中的咖啡。

他突然抬起头，好像注意到我在看他。我立刻红着脸别过头去，再转头，他举了举手中的书，礼貌地笑着，跟我打招呼。

我看清了，那本书是《傲慢与偏见》，也是我最喜欢的书。

很年轻时的我，甚至天真地希望，自己能有一段像达西和伊丽莎白那样的爱情。虽然这段感情路途有点坎坷，但排除一切傲慢和偏见，见证了对方最透彻的真心，结局是幸福美满的。

我便也对他微笑。我们的礼貌友好，和别的普通邻居没有一点差别。

直到有一天，他路过我的店门口时，怀中纸袋里的苹果掉了一地，他慌忙地蹲下来捡。

“给。”我右手心躺着一个漂亮的青苹果，递给他。

“哦，谢谢。”他接过青苹果，报以我一贯的微笑。

我正转身离开时，他叫住了我。我回头，青苹果在半空划过一道优美的弧线，落进我的手中。

“送给你。”他扬起嘴角，露出洁白的牙齿，笑容好似蓝天白云。

于是，我们开始相知相识。

我送给他一件我缝制的深褐色衬衫，他用每天早晨一杯咖啡来报答我。

他的咖啡没有加多余的糖和奶，却沉淀出咖啡最本质的苦涩和香醇。像着了迷，也更像中毒一样，我离不开他的咖啡，还有他。

我们聊很多，聊工作，聊家人，聊朋友，聊达西和伊丽莎白，甚至，聊对方曾经的爱情。

然后，我们相恋了。

我们都是有过不同故事的人，所以都小心翼翼地呵护这段感情。他会在林荫道牵住我的手，会在冬天里陪我看雪，怕我冷着似的把我抱紧。

这段爱情像水一样温柔渗入我心，虽然不轰轰烈烈，但足以让我陶醉和无法割舍。

可我那时还天真单纯着，还不知道，我们的爱情是如此的不堪一击。

春天到了，我正给自己缝制一条深蓝的碎花裙，希望能让他赞叹我的美丽。我换上了裙子，像一只蝴蝶一样，轻盈欢快地去找他。

摁响他店门的门铃前，我抬头，看见阳台上那个熟悉的身影，怀里是一个陌生的女孩，那女孩笑了，笑得像朵花那样美丽和甜蜜。而他，像当初紧搂我一样，搂着我之外的女孩。

他不是个普通人。他在英国留学过，他家境很好，身边围着他的女孩一大堆。这是我早就应该清楚的。

不合适，所以选择了背叛。只持续一个冬季的爱情故事，被宣告结束，主角应该学会抽身离开，然后淡忘。

而那一年，我仅有十九岁。

阿兰穿上了那件深蓝碎花裙，脸因激动而通红。

“天哪，太美了！江悦你是世界上最棒的裁缝！”

我只是笑了笑。那抹深蓝和阿兰天衣无缝的吻合，让她们都有一种无法忽视的美。

“妈妈，我走了。”阿兰像只蝴蝶一样轻盈欢快地跑出旅馆。

“江悦姐，你快点！”她飞奔的同时，不忘回头催促我。

“停！停！停！”我气喘吁吁，连喝了她数声。

阿兰终于站住了，回头不解地看我。

“为什么我要陪你去？”

阿兰的脸立刻变得绯红，回答：“我有点害怕……”

美丽的、蓝裙的阿兰，紧紧抱着怀里的东西，红着脸低头看自己的鞋尖，话里透出点胆怯又兴奋的味道。

面对如此矫情的行为和语言，我只能无奈，拉起这个孩子，继续飞一般地在街上奔跑。

看看那同样在飞奔的背影，那点缀阿兰的那抹深蓝，我的心不争气地纠缠成一团。真像啊，真像啊，这裙子跟我最后一次去找他时穿的那条简直一模一样。

到达东街的那栋小别墅前，阿兰鼓足勇气摁响了门铃。

“下午好……温景然先生。”

“是阿兰啊，请问有什么事吗？”温景然依然是绅士般非常礼貌地微笑。

“这个……是我给你的，”阿兰把手中的盒子塞给温景然，脸因害羞变得通红，“请你收下！”

温景然还没有任何回复，阿兰就拽起我飞快逃跑。

盒子里，是一只深蓝色的瓷杯子，这礼物的含义是“爱你一辈子”。

温景然是个聪明人，阿兰相信他会懂的。

可是我们的预料似乎出了差错，两个星期过去了，温景然没有任何回应，甚至没有再来阿兰家的旅馆饭店。

阿兰一天比一天沮丧加泄气。日渐消瘦的她，头发披散着，衣服乱穿，赤着脚坐在地板上，一边咕哝“他一定拒绝了”，一边抚摸那条和她天衣无缝的深蓝碎花裙。

对这个固执的孩子，我心痛了。我抱住她，说：“你都一天没吃东西了……乖，下楼吃点什么吧，今晚有你最喜欢的酸菜面。”

她轻轻推开我，双眼是黯淡的，像没听到我的话一样不做回答。

我忍受不住了，用力地敲温景然别墅的门。

过了半分钟左右，开门的是一个妩媚的女人。她语气柔和：“请问您是……”

“我找温景然。”我没心思揣想这女人是谁，就对屋里喊，“温景然，你给我下来！”

女人吓得退回屋里。温景然立刻从二楼小跑下来，见到我，依然风度翩翩：“你好，这位小姐我记得你，请问找我有什么事？”

“我知道你懂那礼物的意思，可是为什么要拒绝阿兰？”

话音刚落，温景然脸便开始僵硬：“因为我无法接受她，但我又不想伤害她。”

“为什么？你知不知道阿兰喜欢你？你知不知道阿兰为你付出了多少勇气？你知不知道现在她很沮丧很伤心都快疯掉？你知不知道知不知道知不知道！”我激动起来，像疯子一样大喊大叫地说了很多句“你知不知道”。

他拍了拍我的肩，像是要平定我的情绪，语气依然礼貌地温和着：“请帮我转告阿兰，我们不合适。而且我已经有心爱的女人了……”

“什么？”我惊讶地瞪大了眼。

“我下个星期就要结婚了，所以我不能接受阿兰的感情。”

我愣了，身体微微颤抖着，指了指屋里，问："那么，刚刚那位，是你的未婚妻吗……"

他只点头，不说话。

"好的，我会帮你转告阿兰的。"我咬着嘴唇，转身要离开。

我听到温景然在后面用很轻很轻的声音说："谢谢。"

我的脚步沉重着，已经没有力气和勇气走回去。我为那个叫阿兰的孩子感到深深地沮丧和悲伤。

阿兰终究知道了这件事。

她呆呆地坐在阳台上，抬头望着那没有星的夜空。我看不清那眼睛，是不是绝望的黯淡和无神。

"人有一颗心，却有两个心房，一个住着快乐，一个住着悲伤，"我在她身旁坐下，也看夜空，"所以不要笑得太大声，小心会吵醒隔壁的悲伤。"

"这话算是安慰吗?"阿兰勉强地挤出一丝笑容，看起来却很忧伤。

"算是吧。而我就是不小心吵醒了悲伤的人。得到一份无法割舍的爱，却注定无法永久性保存，所以一直在逃。"我也笑。

"哦，那爱情都是那么不堪一击啊。"淡淡的月光，洒在阿兰苍白的脸上。

"你对他呢？也因放弃所以想离开了吗?"

"或许吧。"

我拍拍阿兰窄窄的肩："现在可以告诉我，为什么一定要深蓝的碎花裙了吗?"

阿兰看了看我，眼神变成我熟悉的认真。

"我本来以为自己还不会深爱上一个人的，直到遇到他。

"那是他第一次来我家的小餐馆，给他送菜的时候，他手中的茶杯被我一撞，杯子在地上摔成粉碎，而我的连衣裙被茶水弄湿了一大片。他立刻掏出手绢给我擦，他不停说对不起，还说一定会赔一条新裙子给我。

"他抬起头，我们的目光撞在了一起。他的眼睛是深邃而温和的，直印我内心最深处。我想，我就是在那时候爱上他的。

"他真的送了一条新裙子给我，蓝碎花的，他说他喜欢穿蓝碎花裙的女孩。可是他送的那条裙子被我弄丢了……他只是个旅客，在这里的时间已经不长了，我就迫切找一条最美的蓝碎花裙，在他走之前给他看最令他喜欢最美的我……”

温景然婚礼的那个晚上，小镇依然是寂静。但这世界的某一处，一定在华丽明亮的灯光下，是紧紧相拥着的洋溢着幸福笑脸的新郎新娘。

我把那条完成了的白纱裙送给了温景然的新娘。我不知道自己算不算已经放下了所有曾经放不下的，因为对于那个他的背叛，我已经望不见，也不再渴望他的天长和地久。而剩下的这份最后的纪念，不如就让它去见证和守候另一段幸福。

阿兰穿上了那条蓝碎花裙去参加温景然的婚礼，依然轻盈得如一只蝶。她说，这是她深爱过的最好的证据。

我终于结束了旅程，回去那曾生活的城市。面对那段再也回不去的爱情，不再不够勇敢。我给阿兰的信只有一句话：十九岁阿兰请继续奋不顾身地去寻梦寻爱。

华发无痕

当沉默染上了寂寞的瘾

■ 吉尔加

一

自动售卖机中发出一声哐当的脆响，我俯身取出红色的可乐罐，轻轻掰下拉环，便有气体嗞嗞的响动着，不可遏制地溢出，前仆后继。猛猛地灌了几口，直到觉得心脏的跳动变得冷静，便左右地甩了甩因骄阳下产生的汗液黏在额前和两颊的几绺发丝，穿过马路。

这个城市，好大。

红豆丸子的纸盒，吃剩的红枣蛋糕两份，冰激凌桶，草莓味。

当太阳下沉到城市以下，阳光仿佛被折断，在城市上空以可见的速度转行，我怀抱着这些东西在街边的长椅上蓦然醒来，傍晚刚刚是恰恰来了。街上笃笃的脚步声仿佛是在一瞬间被抹净，变得空寂。我只是默默地拖着身子，跐着墙角而过。一阵风起，被丢弃在长椅上的食品包装扭捏着向前进了几步，在长椅的末端悬挂着的岌岌可危的黑色耳麦，也随着啪嗒的响声之后落在了黑色更加浓密的长椅之下。

一周前，我深夜逃出那令人窒息的拥堵的家，搭上了小城凌晨两点通往这里的列车。随着行程前列车悠长的啼鸣，我望着深不可测的黑夜里的点点灯火，干巴巴的眼里突然就湿润了。十一个小时的车程里，我不停地吞咽下了十几桶泡面，胃里稀烂的东西让我止不住的作呕。猛然间想起，他们一定还在小城里急不可耐，寻寻觅觅，以为一向乖巧的我不会做此大胆的决策。想到这些，让我的身体一阵无力，便瘫软在列车的座铺上，沉沉地睡去。

街角，商店的玻璃在黑夜里如同一方毫无波澜的汪洋，在我的瞳孔里不自觉的泛滥，我猛地吸了吸鼻子，查看自己随身的物品。

一个沉重的黑色的巨大的画夹，里面汇集了我三年来所有的孤独时的写照，每当十二点的时间在时钟的铮铮声中被一笔带过，我挣扎着从书桌前爬起，在堆积如山的功课和刺眼的荧光灯下，仿佛一个被生生从蚂蚁洞拉入地狱的虚渺的灵魂，那种挤压和撕裂感的疼痛难以言喻，那种恍然隔世的身处地狱的罪恶感亦复如是。于是，每当我握紧轻飘飘的笔杆，在纸上描摹，在强烈的困欲中挣扎的时候，画出的总仿佛是介于梦境与现实之间，无论哪一方，也无法超脱。

剩余的，便是不到四千元的现金和一张存折，存折是妈妈为自己积攒的学费，我只依稀记得，密码是我的生日。

爸爸是个赌鬼。总是在深夜里破门而入，每夜我被那摔门声惊醒，在他久久地叹息、抱怨和破口大骂中变得夜不能寐。满身发苦的烟气席卷我的鼻孔时，我感到我的肺已经不能自由的收缩自如，胃里像被冰冷铁棍一顿翻搅。

他说，要不是因为我，他早和那个臭娘儿们离婚了。这时候的我，是最想破口大骂的。但是，我不能。我只能把他放到卧室里熟睡的妈妈身边，让他入睡。

关上门，我的小屋里终于寂静。这时候，我总是看着黝黑的夜里闪烁着的星星，联想起一个个冗长的梦境。

次日，卧室的争吵终归是响起来了，我听到妈妈带着哭腔的抽搐着的声音说道，如果你担负不起这个家的责任，那你就对我和孩子放手吧。

什么啊。是啊，算什么。不得不说，我瞧不起母亲这般小女人的语气。这不是言情剧，这是生活啊。最终，这日复一日上演的情节还是平淡无奇地收了场，他们没有如同我期望的那样离婚，反而母亲却笑着替父亲端上了饭菜。而我始终是没有享受过母亲这样的待遇，除了父亲再次伤了她的心时，才会在那短短的几日里，守着我，期望我可以偿还她一个生活。

这是我离家后第一次如此放纵地哭，街角与街尾仿佛都已充斥满了我震颤着的嗓音。

过客的车辆本身便是毫无生命的铁盒子，他们不会同情街边的失魂落魄的女孩。在地面上投影的一条条车灯在我湿润的眼眶里像发着白色光芒横行的幽灵，是我心中被包裹了一层层的恐惧霎时间被剥离出来，剥夺掉我身体里红色血液的温度，然后开始在心脏里泛滥。

二

早晨九点的时候，我守在了书城里一家画室的门口。手里握着一个刚刚在路边买的鸡蛋煎饼，但我已无心咀嚼。画室的主人还没有来，我仔细地打量着遮挡着窗户的貌似是手缝的碎花布窗帘，像是在打量白色盘子里小糕点一样，这让我更加对手里的煎饼失去了胃口。

令我震惊的是，等了不过一会儿，画室的门突然从里面咔嚓的响了一声，开了一条缝，紧接着那条小巧的窗帘被拉到了一边，衬在玻璃底下的变成了一张甜美的脸，两侧的头发散散地扎在脑后，其余散落下来的头发也仅仅及肩头。也许是见到了在屋外暗暗出神的我，她哗啦一声推开窗户，冲着我招手。

这突如其来的懵懂让我险些忘了这次出行的目的，我应邀走进她的画室，与大街上明显不同的温度和气味开始刺激着我的触觉和鼻孔，让我鼻子一酸，险些落泪。画室里唯一的一盏灯光是纯粹的白，灯光的边缘沿着两个角度而下，把最中间的画架照得清楚并使我眩晕。

走在我前面的她突然停住了脚步，红色的裙子显得很美好，我突然想起我曾很爱这种颜色。从地平线上跃起，久久难以退出视线的颜色。她突然咯咯地笑了起来，拍了拍我的肩膀，说道："你很像小时候的我。"

说完这句话，她便不留痕迹的走开，去收拾散落了一地的画稿。我的视线一直凝聚在她的背影上，突然觉得，她的样子也不过是个学生，年龄也不会超出我三岁。

"我叫高努努，你叫什么名字？"此时她正在费力地收拾着躲藏进死角处的画稿，声音一顿一顿的，让我不禁想起了某种可爱的生物。

"徐宁。"

"这样啊，这样啊。你参加过高考了吗？"她向我发问着，却自己先咯咯地笑着，抱着一大沓纸倒在了角落的沙发床上。

可能是出于天生的防备心理，我借机来隐藏自己的真实年龄，答了声是。她却毫不介意地拍了拍我的脑袋，说道，"是啊，可是你看起来太小了。"我如同受到重锤的敲击浑身颤了一颤，她却如同有预谋似的又笑了起来，眼角都挤出星星点点的泪花。

“我啊，有一个很大的梦想。”她又接着说起来，并用手毫不嫌夸张地比画着，“为了这个梦想，我抛弃了一切。但是如今想起来，却怎么都后悔不起来。”

她又伸手弹了弹我的额头，问道，“你呢，小不点。”

仿佛是从我的眼神里读到了我并不喜欢这个问题一样，她毫不含糊地转移了话题，搬弄着我刚刚立在一边的画夹说道，“小不点，你为什么会来这里，是要卖画吗。”

“是。”我答道。

“你喜欢这里吗?”

“喜欢。”

“那你有钱吗?”

“有。”

话刚刚说到这里便戛然而止，她捏了捏我的脸才接着说道，“那这个画室让给你好了，在我走之前租金算一人一半。”

“这里虽然有点小，但不是很贵，生意有时候很好，有机会还可以被联系去画广告画……”她的音调在琐碎的语言里终于沉下去，然后翻起了一个巨大的波浪——我听到她的哭腔，取了抽纸盒里的纸给她。

“等到秋天开始的时候，我就要去念书了。”顿了顿，她又补了一句，“去学医。”

她蜷缩在沙发床上，我只好等待她调适出笑容。突然想起了她那句“你很像小时候的我”。突然觉得自己的心也许已经蔓延了很远，在足够遥远的宇宙的边缘，与吮吸着时空的黑洞擦肩而过，奔向另一个尽管我如何寻觅也无法翻出的地域。

仰头望着灯光，那发白的能量正一点点刺激着我的大脑，逼迫它走马灯花地观看那陈旧腐烂，发出阵阵异味的记忆，那些感触就一次次顶撞着我的眼球，迫使它流淌下发热的液体。

三

租画室并不是我的本意，但在这里躲避过这个夏天，正恰恰扳开了我内心深处的某个契机，让五颜六色的染料喷涌而出，在白茫茫的一片中，涂抹

出了我要走的方向。

她开始没日没夜地画画、上色，然后将一纸一纸的漫画丢在地上，隐约中我却觉得，也许她讲了一个我十分熟悉的故事。如同第一次读《海的女儿》时，我捕捉到了相同的悲伤。那么，你是否也喜欢这个故事呢。我望了望她刚刚入睡时欣然翘起的嘴角，挑了几幅自己的画，想了想，让它们坐落在了墙面并不显眼的位置。

正在此时，门被呼啦一下推开，一个高大的男生跻身进小小的画室里，他戴着一顶黑色的鸭舌帽，穿着白白的T恤，背着一个被洗得发白的书包。刚一进来，目光便直直地落在我的几幅画上。

我用世界上最为不解的目光尾随着他，他笑笑，露出好看的牙齿，用了然于心的语气说着，他说，“我经常来这里。”说罢，我才发现，他是拎着一袋很鲜艳的红色苹果来的，并正在小心翼翼地将它们放在桌子上。

于是心里莫名地泛起一股心酸的熟悉感，仿佛时光刷刷的往前翻了那么几页，仿佛我是十四岁那年扎着小辫的少女，看到了一个拽小子给她的那颗苹果。

是他，还是那苹果？

男生向画室里瞅了瞅，看到了还在熟睡的她，便尴尬地笑了笑，对我说道，“等努努醒了，就说我来看过她，还有，我们社团招募的宣传画也拜托她了。”男生走的时候，对我眨了眨眼睛，顺手带上了门。一直以为做什么事情都可以不动声色的我，竟僵滞在那里回不过神。

是的，时光，被翻回去了好几页。

我坐在椅子上一杯一杯的喝水。

她在临近黄昏的时候醒来，问我有没有吃的。我看了看表，八点半，突然胃中一阵绞痛，抠紧椅子上布料不说话。她眼尖地看到了桌子上的苹果，抱过去哗啦哗啦的在水下冲洗，我依旧坐在椅子上，说道，“你男朋友送来的果子，他管你要宣传画。”摸了摸自己的心脏，——哦，我亲爱的孩子，你是多么的不善言辞。

她很快就捧着水果盘跑来，里面堆满了鲜艳的果子，我突然想起了另一个童话，白雪公主吃了王后的苹果而久久的沉睡。也许我是公主？哦不，我只是爱上过一个王子。虽然他的脸孔早已在我的脑海中荡然无存。

我怀着赴死一般的心情咬下了那颗苹果，隐约中听见她念着男朋友两个

字笑得天花乱坠。

那晚，她果真认真地画起了那幅所谓的宣传画。我也是闲来无事，偶然端起了水粉板，于是，在那夜里突突跳动的灯光下，我一点点地在纸上涂抹颜色，突然觉得自己出了一身细密的冷汗，像殷实的冬天里雪花拍打在脸上，一点点抽取我的热量。

想到这里，我又禁不住犯困，记忆在眼前不停地翻滚着，洒落出那个关于地狱的片段，刹那间像毒药一样侵入到我的肺腑，于是，我感到我的灵魂怀抱着这个已经腐烂的身体，扳动那僵硬的手指，在纸上继续涂抹出线条。

四

我抱着刚刚买的一箱泡面走向书城四楼的那间画室，还没走近门口便听到房间里锅台上的开水泛滥的声音，便急匆匆地撞门而入，却看到她和他。她正端着一小盒看似很精美的糕点，糊了一嘴的奶油。

我有些无所适从地站在门口，竟忘了去关火。他却两步跨上前去，拔下插头，把开水咕噜噜地灌到保温瓶里，然后走近我，不知从何处变出了一盒精巧的糕点，说道：“女孩子经常吃泡面可不好，这是替你准备的，来时看到你不在还觉得可惜呢。”

她在一旁用纸巾捂着嘴，咯咯地笑着。

我带着一种懵懂的情绪接下了这份廉价而甜美的礼物，事后的我是这样认为的。而当时的我陪衬着虚假的笑脸逢迎这二人围在桌边坐了很久，直到他将目光停留在了昏暗角落处的一幅画，是我昨晚绘制的那幅。

我以为我对于怀念过去所得的结果是有所不耻的，但次日清晨却惊恐地看着画上的女孩，觉得她的眼神可以穿过我的瞳孔，将我的身体刨成两半，所有的一切都被一览无余。

是的，我在害怕着过去的自己，那个单纯的小姑娘让我觉得现在的自己浑身窝藏着耻辱。是的，我抛弃了责任、亲情和爱，只为求得一丝安宁。

“我想卖掉那幅画。”我闭上了眼睛，含住眼眶里涌上来的热泪。

“那么，请问亲爱的小姐，底价多少呢。”

“一元，如何?”

他卷起那幅巨大的宣传画，以及踩着凳子摘走我那幅水粉画离开时，我的耳朵终于不再嗡嗡乱响，泪痕干涸在脸上，使我感到表情僵硬。桌子上摆着一张绿得刺眼的人民币。

她替我拿了热毛巾，我胡乱地擦了脸，倒头就睡。深夜里突然有强烈的寒意袭来，摸了摸额头，竟全是冷汗。画室里的灯已全灭，我踉跄着爬起，摸索着那块小小的手机。荧光屏直刺得我眼睛生疼，我觉得我的手在不听使唤地抖动，久久才按下了那个接听键。

“宁宁！你知道你在干什么吗！你爸妈找你都快找疯了！喂？你在听吗？”

宁宁。宁宁。他还记得我。他还记得我。

我笑着笑着就突然鼻子一酸，眼泪扑哧扑哧地就落了下来。

“喂，不要说话，听我说。”我紧紧地攥着手机，觉得细腻的颜料正在心头里滑动，互相交错出新的色彩。

离你的永远有多远

■ 清水亲肤

1. 我想带你环游世界

我周末回家时，他正在看电视上的旅游节目，表情平静，眼神复杂。这是他的兴趣所在，也是他多年来的习惯。我看着他，忽然之间明白了他眼神里所蕴涵的东西——那是一个在小城生活了大半辈子，渐渐老去的男人对远方的渴望与憧憬。在他过去 59 年的人生里，去过的最远的地方是西安，为的是看望住在姑姑家的奶奶。

我还记得那次他去西安回来后，语重心长地对我说，一定要好好学习，才有机会走出去，到更远的地方去见识更大的世面。

不久后，我在电话里听奶奶说，远嫁新西兰的表姐快回来了，回来后要带着姑姑到马尔代夫旅游。

我几乎能想象到姑姑一脸荣耀地跟他说这些话时，他脸上是怎样的表情。他会为姑姑感到高兴，他也会羡慕，但也仅仅是羡慕。他说过，各人有各人的命，各人有各人的生活。他一直在努力地过着自己的生活，尽量不去给别人添麻烦，即便是自己的亲姐姐。当初奶奶去姑姑家住，也是奶奶和姑姑一再坚持的，为的是让我们的生活可以轻松一些。

我将书包扔到沙发上，凑到他跟前说："哎，爸，等我长大了带你去环游世界怎么样?"他的眼睛一下子就亮了。我的心里也一片明媚。

在我的记忆里，他极少笑，身体的常年羸弱和生活的艰难使他的心情总是有些压抑和沉闷。只有在我取得好的学习成绩时，他的脸上才会浮现出浅淡的笑意。

看一看外面的世界，是他此生最大的愿望，深埋于心的愿望。而我的愿望则是为他实现愿望。

2. 你是我最亲的人

我与他没有血缘关系这一事实，早在我七岁的时候就知道了。

那年春天，我和镇上的一群小孩一起跳皮筋。突然有个男孩问我，季子月，你爸妈为什么不要你了？我愣在当场，完全不知道他在说什么。

“你们家缺少‘妈妈’这个成员你不觉得奇怪吗？”关于这个问题我从来没想过，也毫无意识。

“妈妈”这个词在我脑子里一点儿概念都没有。我心里充满了问号，于是丢下小伙伴跑回家准备找他要答案。他不在，他到邻村的集市上摆摊还没回来。

等到晚上他回来，我却已经把白天发生的事情忘到九霄云外了。

直到读了小学三年级，有好奇的同学问我想不想妈妈，周末为什么不去外婆家之类的问题，我才第一次跑到街口缠着正摆摊的他，要他带我去外婆家找妈妈。他骗我说外婆家离这里特别远，要等放寒假了才能去。

为此我兴奋了好几天，盼着寒假快点儿到来。那时离寒假还有八九个月，似乎不到两个星期我就再一次忘了关于“妈妈”这回事。再次想起来，已经是好几年以后。我想是因为我从来不曾拥有过“外婆”，也不曾拥有过“妈妈”，所以她们都不会住在我的记忆里。能够永远被铭记于心的人，一定是曾在自己的生命里长久地根深蒂固地存在过，而后离开了，不见了。

关于我的身世，后来我听到过几个不同的版本。有人说我是他从邻镇抱养来的；有人说是姑姑在车站发现了被遗弃的我，于是抱回来交给已过不惑之年却还没有结婚生育的他来抚养……

无论是哪种情况，对我来说都不重要，我只知道他是我爸，我是他女儿，我们是彼此在这个世界上最亲的人，我们相依为命，我们相亲相爱。

3. 从此温柔地对待你

我们终于因为“亲生父母”这件事闹得不愉快，是在初二那年的一个夜晚。

五一放假那天，我去了家在县城的一个同学家，当时我想第二天就回去了，就没有给他打电话。还有一个原因是，我每次给他打电话都要请邻居转达，太麻烦了。

第二天我回到家的时候，天已经黑了。我提着从同学家拿回来的小零食和漫画书，心情愉悦地推开院门喊他。他从屋里出来看到我，上来就是一通训斥。

我长这么大他几乎没有对我发过脾气，我被他宠坏了，脾气骄纵的我不容别人批评我半句。所以面对他的训斥，我没有立刻俯首认错，而是一脸倔强地反驳他："你瞎操心，我又不是三岁小孩!"他气极了，伸手在我的后脑勺上狠狠地打了一下。

我气呼呼地瞪了他一眼，转身准备走，他喝住我："干什么去?!"我赌气地说："你对我不好，我要去找我的亲生父母!"

"你去吧，现在就去!"他说完就回屋了，坐在椅子上看电视。他背对着我，我看不到他的表情。我心虚地嘀咕："谁叫你先训我的，我又没做啥坏事。"他仍是一动不动地坐着，不理我。

我站在那儿，抬头看天，天上星星很亮，很多。我真羡慕它们，有这么多伙伴，我觉得自己很孤独。又站了一会儿，我觉得很无趣。如果进屋会很没面子，可到外面去又怕他会更生气。最终我还是决定厚着脸皮回自己的房间睡觉。

躺在床上，我心里其实很内疚，我知道我的话伤了他的心，但那时的我太倔强，不肯说一句服软道歉的话。为此他整整两天没有理我。

回学校那天，他送我，车来了，他忽然说："以后要有事不回来，打个电话说一声，我就不做你的饭了。做多了吃不完倒掉可惜。"

"好。"我乖乖地回答他。

坐在车上，我暗暗下定决心，以后再也不冲他发脾气了。

4. 请你一定要等我长大

在我说要带他环游世界后不久，他查出患了严重的糖尿病，每天要吃很

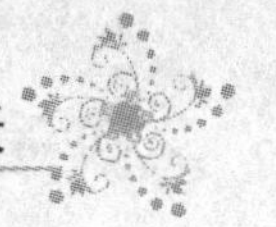

多的药来控制血糖，稍微干点儿体力活都有可能犯病。每次我回家看着他大把大把地吞药丸，心里都特别难受和害怕。别的同学的爸爸都那么的年轻强壮，而他却日渐苍老，步履越来越蹒跚。漫漫人生路，我多希望他可以陪着我一直走下去。

高二的冬天，我在传达室接到邻居打来的电话。他中风了。

在镇上医院住了一个星期后，他能下床挪动到窗口晒晒太阳了。医生说十天后就可以出院回家调养了。姑姑有急事要赶回西安，嘱咐我好好照顾他，出院那天她会再赶过来。

至此我的心情才终于放松了一点点。

姑姑走的那天晚上，我决定到医院旁边的网吧上网。我只是想写写日志，我有太多的情绪需要找个地方宣泄，宣泄我的难过、我的忧虑、我的不安和恐惧。

趁他睡着的时候，我偷偷溜了出去。我告诉自己半个小时后必须回来。

四十分钟后，我下机，从网吧出来回到医院。走进病房的那一刻，我吓坏了。只见他满脸是血地躺在床上，下唇血肉模糊，地上还有一摊血。

我“哇”的一声哭了，边哭边问他怎么了。他口齿不清地问我去了哪里，我没有回答他，这才忽然想起要去叫值班医生来。

我一路哭着去，哭着回来。医生叫我别哭了，我控制不住，眼泪哗哗地流，心里愧疚得想死。

他的嘴巴磕破了，需要缝针。医生用棉球给他清理伤口时，我把手伸进被窝握住他的手，我担心他会疼得受不了。我想我握着他的手，他心里会踏实些。医生在他嘴唇上打麻药的时候，我明显感觉到他的手抖了一下。我的眼泪又控制不住地落了下来。

第二天我才知道，他是要下床小便，弯腰穿鞋的时候一时不能保持平衡栽倒在地，磕到了嘴巴，假牙硌伤了下唇。

那晚我躺在旁边的床上，好久都睡不着，思绪万千。我想如果他因此有什么三长两短，我这一辈子都不会原谅自己；我想他如果永远不会变老，不会离开我该有多好。我在黑暗中看着他，心里默念着：“爸，你一定要好起来，要等我，等我长大为你实现愿望，带你去看更大的世界，让你过上富足的生活。”

5. 我心里永远住着一个你

大一那年夏天的一个雨夜，他去世了。我看着他溃烂不堪的脚趾，心里是针扎般的疼。

在他的遗物里，我看到了一封他写给我的信。信的内容主要是关于我的身世。

我的亲生父母是生意人，重男轻女的思想使得他们特别渴望能有一个儿子。如果没有儿子，即便挣下再多的家产，对他们来说似乎都没有太大的意义。作为第四个出生的女儿，我带给他们的只有失望。姑姑在朋友那里得知了他们的情况后，主动登门拜访，希望能收养一个孩子。最终他们选择把我送人。

信里他还提到了自己：年轻的时候，曾有一个女人跟着他过了两年。那个女人走后，他没有再交往过其他女人，因为他觉得自己没有能力给别人幸福。

看到这里我忽然想起，我读五年级的时候，邻居曾给他介绍过一个比他大两岁的离婚女人，那个女人明确表示愿意跟着他过日子。可他却跟邻居说，那个女人的眼神太犀利了，担心她会对我不好。当时我无意间听到了，心里还挺高兴的。

在信末，他希望我原谅他，他说他一直不肯说出我的身世，是因为他真的舍不得我。

他还希望我不要怨姑姑。他说如果姑姑没有把我交给他抚养，我就不用跟着他过苦日子。他还说姑姑之所以这么做，是为了不想让他一个人孤苦伶仃地过下半辈子。姑姑希望我长大了可以照顾他的生活。

看完信，我泪如雨下。如果他还活着该有多好，我一定会认认真真诚诚恳恳地告诉他，我从来没有觉得我们过的日子有一点点的苦。回忆里的每一天都是那么幸福，所以才会在失去后感到撕心裂肺地疼。

姑姑临走前向我道歉，问我："你爸已经不在了，你想不想跟你的亲生父母相认?"

我摇摇头。

姑姑又说："等你老了连自己的亲生父母是谁都不知道，你会不会感到遗憾？或许他们也希望你能回到他们身边。"

遗憾又怎样，谁的人生没有遗憾？

我告诉姑姑，我只有一个爸爸，他住在我心里，永远永远。

返校的时候，我带走了他的照片和他写给我的信。未来无论我走到哪里，我都会带着它们，就如他陪在我身边一样。

我跟老晨是哥们，很铁的那种

■草根情感

我跟老晨是哥们，很铁的那种哥们儿。

一

我跟老晨是哥们，很铁的那种。

老晨是单亲家庭。他没有妈妈。他和我说他爸爸和他妈在他小的时候就离婚了。原因是他爸爸嗜赌好喝，把家里的钱都输光了，而且每天晚上回来都一身酒气对着他们母子大发脾气，他妈受不了这种生活，离开了原来的城市。然而老晨并没有跟着他的母亲一起离去，却来到这里。然后，认识了我。

我问他，老晨，那你的妈妈呢？

他转头望了一眼我，然后抬头仰望天空。老晨说，长时间眺望天空，脖子僵硬不堪，眼睛也会开始酸涩起来，像是有些凛冽的泉水在眼眶里蓄涨，随时等待被动地抽离而出。

虽然老晨并没有提起他的母亲，但我知道，他一定很想念她！

二

周末回家，老晨总是能够看到他父亲一个人坐在沙发上抽烟，地上还会有很多乱七八糟摆放的空酒瓶。而每次老晨看到父亲一个人孤零零地坐在沙发上，那一种消瘦的身影总能让老晨的心麻麻地疼。

老晨放下他黑色的大书包，走过去把酒瓶拾起。

“爸，你怎么又喝酒了？”

老晨委婉而平和地说着。而他没有出声，嘴上依旧吸着烟，眼睛里似乎

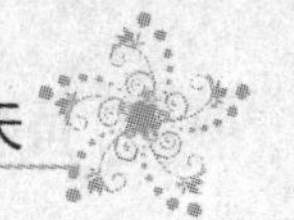

充满了空洞的感觉，那是一种令人害怕的情绪。

“爸……少喝点……”

老晨望着眼前这个叫作父亲的男人。

“回房间学习去。”他父亲声音不大，却很有力。

老晨还想再开口时，他突然扔下手中的烟，面目狰狞地望着老晨。

“老子叫你回房间学习去，没听见啊!?”

说完他重新点燃一支烟，又狠狠地抽了起来。

仅仅是这样的两句话，就像一把尖刀猛地刺进了老晨的身体里，一下一下地挑出老晨的筋骨，让他痛不欲生。

老晨的眼神黯淡下来，抿了抿嘴唇，拿起书包慢慢走回了房间，关上了门。

然后便听到外面一阵噼啪声，那是酒瓶破碎的声音，那么刺耳，好像每一片玻璃都要穿透他的心。随后又听到他父亲甩门而去的声音，那么响，仿佛是炸弹爆炸一样，老晨感到每一股声波都使他的心剧烈地震颤。

那晚，老晨做梦醒了后坐起来，疲惫地撑着脑袋发怔地望着窗外挂的弯月，薄凉的乳白色月光，清冷地泻进整个房间，地板上反衬着窗帘飞舞的影子。像巨大的蝴蝶，又像巨大的人影。

而他手心及背部全是汗，黏稠地粘在丝薄的被单上，他惊讶地发现被单上有着眼泪流下湿痕一片。然后他就在地板上睡着了。

第二天醒来的时候老晨发现自己是睡在床上的，他掀开被子下床走出房间，看见他父亲躺在沙发上睡着了。他轻轻地走过去，小心翼翼地给他盖好被子，然后进去刷牙洗脸。

当他一切完毕走出来的时候，他父亲已经醒了，坐在那儿又一个劲地抽烟。老晨看了他一眼，过去拿起书包，然后说了声我走了。正要走到门口时，他父亲叫住了他。

老晨看到他父亲正用手在口袋里摸索着，最后拿出一张五十块钱，放在桌上，说，拿去，早饭和午饭加菜。接着又叼起那根烟，不停地抽。

“不用了，我有。”

老晨说完后，他的心突然像被一只手揪住了一般，有一种类似要窒息一样的压迫感，他的眼眶突然也随之酸涩了起来。

后来很多时候，总会听到老晨唠唠叨叨地说他的父亲是爱他的，只是不懂表达而已。

老晨说，自从妈妈走后，他爸的样子越来越憔悴。

三

我认识老晨的时候，是高一。

那时候的我如同丑小鸭一般寂寞地成长着，陪伴我的只有头上越来越大的光环还有身边越堆越高的书本。我也会常常一个人迎着风在校园里行走，因为我喜欢每一次漫步的感觉。

秋天黄昏中的校园里飘荡着怀旧的英文老歌，篮球场上有个长手长脚的少年在挥洒他年轻的汗水。不事张扬的晚风牵绊着我的脚步，我呆呆地站在场边，看他矫健的身影。

不知什么时候，他的篮球飞到了我的脚边。我弯腰把球拿了起来，他也朝着我跑来。

我把球递给他的时候，他笑着说谢谢。那样的笑容，像我父亲小时候对我笑一样，有力而觉得很饱和。

在我来不及收回视线的时候，他又拍着篮球跑进了球场。后来他就微微站直了身体同时将脸转过来。他的微笑像颗小太阳，包裹着温暖的力量，让人抓不住招架之力。

他在我隔壁班，同一年级。那时候的我们很张扬又好动，每班都溜达乱串，所以我们很快就成为了好朋友。

我听到他们班的同学都叫他老晨，所以我也跟着叫他老晨。

即使时间过去得再久，生活变得再无味，我认为我和老晨第一次见面的情景俗烂得像小说，通常主角和主角会因此而“一见钟情”般记忆深刻。可是我很清楚地明白，我和他，不会有故事。

四

老晨这人很健谈，说到高兴处还手舞足蹈的，笑起来时眯着眼睛，一脸的稚气。

我喜欢看他的笑脸，他的笑容清新得好像烈日下的冰激凌，他的飘逸的刘海在夏日的清风里轻轻地飞着，空气里还弥漫着栀子花芬芳香甜的气息。很醉人！

有时候晚休回到宿舍的时候，我正在床上偷偷玩着手机，而老晨却在看着《灌篮高手》，他是个喜欢动漫的人，老晨说他曾经坐在小木凳子上在炎热的夏天翻看着手中小开本的盗版灌篮高手，那样粗糙的印刷和排版，却看得欲罢不能。他说他曾经拿着零零散散的零钱却无比骄傲地跑到书摊老板那里询问上次的那个漫画有没有出新的书。他说他曾经在动画版播出的时候每天火急火燎地跑回家，或直接在路边的音像店看完才开动脚步朝家走。他说他因为遇到灌篮高手而扎根了一个以后要当漫画家的梦想。

老晨说过，初中的时候他和人打过架，爬过墙头，偷过自己村大妈种的地瓜和甘蔗，旷过课，跑去厕所抽过烟，瞒着老妈喝过酒，还傻愣愣地拉过女孩子的手……一路走过来总算是轰轰烈烈的。而到了高中，学校的围墙加高了，纪律严了，只好控制好自己不安的思想，虽然偶尔会逃逃课，欺负一下小同学。

而我想起我初三的时候，我总会站在教室走廊的边缘，面对拥围而至的离别，摆出彩虹弧度的寂寞手势。唱骊歌，流眼泪。

五

我第一次去老晨家的时候，是夏季最热的一天。知了烦躁地在枝头叫嚣着，碧绿饱满的梧桐叶招摇着它勃勃的生命力，树下是一枚枚圆圆的光斑。热气澎湃着这片大地，温热的是我们的心。

老晨家不大，简洁而不乏色彩，像一个没有装饰过的梦。

刚进他家的时候，就可以闻到刺鼻的白酒味。老晨的父亲瘫坐在灰白色的软沙发上，电视机的画面不断地变换着。

“爸，这是我的同学！”

“大叔好！”我笑着问了声好。

然后老晨的父亲回了一下头看了看我应了声：“嗯！”

“爸，那我上楼写作业了。”老晨说着拉着我径直地往楼上走。

老晨的父亲却看着电视背对着我们，应了一下“嗯”。

看到他们那么冷的对话，说真的，老晨的父亲有点吊儿郎当的样子。他的刘海很长，皮肤很黑，斜插入鬓角的眉毛骄傲地飞扬，目光冷漠而淡然，唇角挂着似有若无的笑意，看似对谁都是冰冷冰冷的模样。

在老晨的世界里他父亲一直都是一个冰冷的人，对谁都一样。老晨那么听他父亲的话是因为他觉得他的母亲走了，只剩下父亲一个人辛苦地照顾着自己，他并不想连一点点的温暖也失去。

那晚的夜空从淡灰变成了最后的黑暗，无声的安静让我感觉我的心像缺了一块一样越来越空荡，让我越来越不安。我和老晨挤在一张床上，聊了很多，从童年到少年，有快乐的也有失落的。也许很多我们一直以为只要没有人提起，过往就能被掩埋，但这个时候我才明白其实过去终究是过不去的，好像一直在我们的脑海里鲜活地陪着我们长大。那些折磨和伤痛也变成了如今让我们不跌倒的坚强。

快到凌晨的时候，老晨刚好上厕所，经过他父亲房间的时候，从小小的门缝里可以很清楚地看到他父亲抱着他母亲的照片哭，那张结婚照是他母亲留下的唯一的一张照片，照片里老晨的父亲穿着干净整齐的西服，而如今变成了像一个拾荒的人，衣服洗了还会透着重重的汽油味，整天都是一对烂拖鞋。老晨的泪水在看到他父亲僵硬的脸时也静静地滑落。好像他平静了十八年来的心湖忽然被丢进了颗大石头，掀起惊天巨浪，然后才会感到痛。

而那样安静的夜，那样安静的黑就像猛兽一样，吞噬着所有的美梦。

老晨相信，在这个世界的某个角落，他妈妈一定坚强如野草般活着。

月光是我的薄荷糖

■ 赵菱

你知道吗？我有两个妈妈。她们给予的不同的爱交织在一起，一如那盛夏的月光，清凉的，甘甜的，含在嘴里会有淡淡的薄荷香。

——题记

童年的月光是薄荷蓝的。

我一出生就被送到了外婆紫色的甘蔗园里，是外婆最小的女儿杏姨把我带大的。

蓝得十分澄澈的两间砖屋门前，就是苍绿得铺天盖地的甘蔗园。木栅栏是用秋后的棉花秆编织成的，矮矮的褐色的一圈。有几朵白的粉的夹竹桃耐不住寂寞，柔软地探出身子，攀附到最外面的那丛花椒树上。

甘蔗是非常美丽的植物。它有深紫色的光亮的表皮，剑形的很有质感的叶片，上面薄薄覆盖着一层洁白的绒毛，摸上去很粗糙，刺得手指肚痒酥酥的。把鼻子凑近，能闻到一股甘甜的类似高粱的香气，很浓郁。远远看去，甘蔗地简直就像一片紫汪汪的小森林。

有关童年的回忆，每一个温暖的片段都和杏姨有关。

她挖来井台边湿润的泥，和成柔软的一团，吩咐我拔一些细细的雪莲草。然后她将泥擀成圆圆的饺子皮，切碎雪莲草，包成弯弯的饺子。一顿好玩的泥土饺子饭一会儿就可以出锅了。前来香喷喷地享用它的是杏姨亲手给我缝制的布娃娃——她用外婆针线筐里的碎布头，一口气给我缝了七个不同颜色的布娃娃，分别叫：红、橙、黄、绿、青、蓝、紫。

她捉来穿暗紫色衣裳的蟋蟀，装在用甘蔗叶编成的小笼子里，挂在一枝夹竹桃枝上，它们就敞开嘹亮的嗓门，日夜不停地唱起歌来。

她让我跟在她身后，她猫着腰钻进深紫色的甘蔗林里，灵活得像一条游泳的红鲤鱼，一会儿递过来一只青蚂蚱，一会儿递过来一只威风的黄蚂蚱，

很快就穿满了一棵长长的狗尾巴草。这些蚂蚱用菜籽油炸得香喷喷的就是一碟美食。

她还从河水里摸上来河蚌，清蒸的蚌肉上浇了粉白的蒜汁，又辣又鲜，我最喜欢夹在炸得金黄的馒头片里吃。

将熟未熟时的麦穗是含有甜丝丝的汁水的。杏姨随手从麦田里拽几束，晚上烧火时就放在灶膛里，饭烧熟了，麦穗也烤熟了，稍稍用力一揉，那些散发着麦子清香的绿珍珠似的麦粒就乖乖地滚落在手心里了。放进嘴里，那种清香鲜甜的滋味，只有吃过的人才知道。

河边的甜茅草根可以吃，河坡上遍地都是的野毛线可以吃，韭菜棵里的香不溜可以吃，香椿树的叶子可以吃，刺槐树的花朵可以吃，樗桃树的果实可以吃，老榆树的榆钱儿也可以吃。

除了想尽花样吃，杏姨还领着我到处去玩。

她带我走东家串西家，高高地举着我，让我摸人家藤上刚结的毛茸茸的西葫芦、滑溜溜的长吊瓜、涩拉拉的小丝瓜。

她偷偷地逮一只鸭子，让我摸它那橘红色的扁扁的嘴巴，逗得我嘎嘎嘎地像鸭子一样笑。

有一年，她带我去赶三月三的庙会，让我骑在她脖子上，啃一根刚刚从泥土里拔出来的甘蔗。她出神地听戏台上穿得花花绿绿的人咿咿呀呀地唱，我不知不觉地抱着她的脖子睡着了，还做了一个到处找厕所的梦。我在梦里发现了一片碧绿的西瓜地，就痛快地尿了起来。尿着尿着，觉得屁股有点刺痛，咦，是田里的蟋蟀在咬我的屁股吗？

正在疑惑间，猛然看到了眼睛瞪得像马炮（一种绿色的小野果，圆溜溜的）的杏姨，她正一边拧我的屁股，一边撸着肩膀上热气腾腾的水。见我醒来了，她又把拧过我屁股的手伸过来拧我的脸蛋，尖叫着说，你个小坏崽崽哟，一泡尿浇透了我的小碎花褂子，你可真有能耐哟你，你知不知道你姨卖四捆甘蔗才买来这么漂亮的褂子啊？说着说着又忍不住"扑哧"笑了。

我在五岁的时候离开了甘蔗园。

外婆说我必须回到自己的家里上学。

我梳着两个光滑的羊角辫，额头显得又高又开阔。我长得不那么漂亮，但眼睛很大很明亮；不太喜欢笑，但微微一笑左脸颊上就会浮现出一个深深的酒窝。右边也有，浅浅的，看起来就好像左侧的脸蛋笑得更灿烂，而右侧

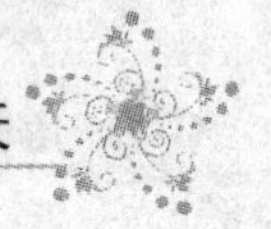

则带着一点点羞涩的矜持。

我回家后就一个人住在一间小屋里。我的亲人们都对我友好而客气，难以言明的陌生感使我们一直无法亲近。在童年的无数个夜晚，一个五岁的小孩子蜷缩在床的一角，孤单、惊恐地望着窗外麦穗黄的月光，把眼眶里热辣辣的泪忍了又忍。

我抵抗力很差，常常生病，几乎每天在吃饭前都要先吞下一大把药片，隔天必须打一次针。我吃不下那种有怪怪的甜味的甘草片，每次吃都吐得一塌糊涂。打针次数太多，屁股上布满了针眼，晚上睡觉时就只好直直地往床上一趴，连侧着身子睡都嫌痛。

妈妈让我睡到她的床上，我不肯。就像打针时，明明痛得要命，就是拼命忍着不哭。最亲爱的杏姨不在我身边，我不愿意表现得软弱——可能每个人都只会在自己最爱的人面前撒娇、斗气吧。

我不会玩任何一种游戏。没有人愿意带着我玩，我太笨，有一点点高度的橡皮筋我都跳不过。有一次，我在院子里把橡皮筋绑在两棵泡桐树上，自己一个人不知疲倦地跳了很久，热得满头大汗。

无意中一回头，发现妈妈站在厨房门口默默地看着我，似乎看了很长时间了，一看到我全是汗水的脸，她忽然捂住嘴巴，眼泪刷地淌了下来。

我蹲下来慢慢地解皮筋，眼里的泪一颗颗落在膝盖上，痒痒的。

我上小学后，成绩很出色，常常和几个成绩同样优异的男孩子一起去参加竞赛。有时候妈妈也会陪着我一起去。

有一年夏天，她陪我去参加考试。走出考场，我发现路旁的树荫下有卖樱桃的。那樱桃很新鲜，又红又饱满，但刚上市，价格一定也很贵。我看了一眼，就径直走了过去。

妈妈喊住了我，她买了两斤樱桃，又买了瓶矿泉水，把樱桃一颗颗仔细地洗干净，递给我说，和你的同学一起吃。我很害羞，咬了咬嘴唇，坦率地说，你去吧，我不敢。

她笑盈盈地看着我，手里的那袋樱桃还固执地伸向我。我只好接了过来，一步步蹭到几个男生面前，一声不吭地把樱桃递过去，结果把他们吓了一跳，没有一个人肯赏脸吃一颗，只是颇尴尬地看着我笑。我转身走开，不理妈妈，闷闷不乐地往前走，一颗樱桃也没吃。

妈妈在身后默默地看着我，许久，她轻轻地说，为什么你不喜欢说话呢？就连在家里，你也是默不做声。你在想什么呢？

她赶上我，和我并肩走。我不自觉地往旁边闪了一闪，避免和她走得太近。她看了我一眼，有种受伤害的感觉。我装作没看见。

上初中的时候，我和妈妈发生了一次很大的争执。

我考上了市里最好的中学，但学校离家很远，必须住校。她以前的同学就在我即将去的那所中学里当教导主任。于是她决定带我去她同学家走一遭，以便让那个教导主任在学校里多多关照我。

我那时不过十一二岁，正是自我感觉良好，自认为不食人间烟火的年纪。一听她的话我就跳了起来，什么？要我去给人送礼？你开什么玩笑！要去你自己去，我可丢不起这个人！

她耐心地解释，不是去送礼，她是我的同学，怎么能说是送礼呢？只不过是让她认识认识你，将来也好对你有个照应。

我尖刻地说，那我没考上那所中学的时候你们一定没来往过吧？现在又去找人家，那算什么？只会让人家看不起！

她像被针刺了一下，怔怔地看着我，好久才虚弱地说，不是你想象的那样，我们以前是同学，你还要喊她阿姨的。

阿姨？我嗤之以鼻，我没有那样有钱有势的阿姨，我这一生就只有一个阿姨，她是卖甘蔗的！

妈妈的脸一下子变得苍白起来。

桌上堆着一大堆准备送给她同学的昂贵的礼物，她的目光呆呆地停留在那堆礼物上，怎么也移动不了。

最后我们还是一起去了。她那伤心的眼神让我受不了。那堆礼品是我们家平时根本没能力消费的。

我在妈妈的同学家里挨过了平生最难挨的一个小时。自始至终，我一句话也没说过，从进门后就只盯着自己的脚尖看。她同学那种高高在上的语气和她赔着笑脸说出的话，把我的心揪得生疼生疼，我觉得我们两个人是那么那么卑微，浑身都充满了洗也洗不去的屈辱感。

终于迈出那个门槛了，我一口气跑下楼去，把妈妈远远地抛在了身后，她在后面一声声喊我的名字。孤单无助的声音在喧喧嚷嚷的大街上很快就被淹没了。我鼻子一酸，脚步停了下来。

她追上我，递给我一个水灵灵的金黄金黄的水果，你阿姨削好的菠萝，

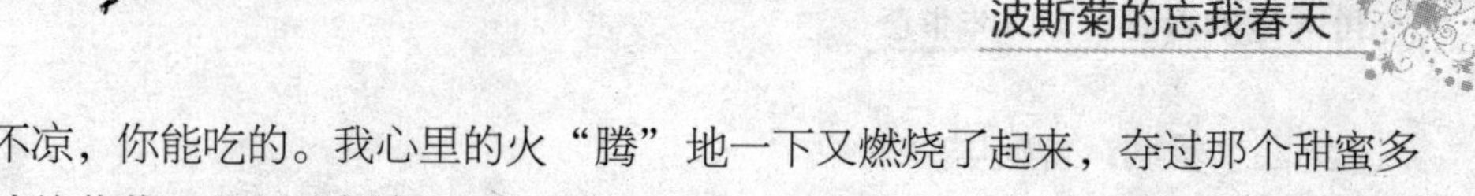

不凉，你能吃的。我心里的火“腾”地一下又燃烧了起来，夺过那个甜蜜多汁的菠萝，狠狠地朝身边的梧桐树上砸去。菠萝碎了，一块块掉落下来，淌着鲜黄的汁。

我冷笑着说，我才不要吃人家施舍的东西!

她气呆了，好半天回过神来，第一个反应就是扇了我一个耳光。她从来没有打过我，动作一点也不娴熟，居然把一个巴掌反过来扇在我脸上，不疼，麻酥酥的。

我不相信自己挨了打，用一双清澈的眼睛无比惊奇地看着她。她立刻就后悔了，伸出手来想抚摸我红红的脸颊，我一偏头，果断地躲开了。她垂下眼帘，拿了食品袋细心地把碎了的菠萝捡到袋子里，再用卫生纸把树干上黏黏的菠萝汁擦干净。

她拎着那个让我感到屈辱的菠萝，像影子一样跟在我身后。快到车站时才发现一个垃圾箱，她如释重负地把它丢了进去。

一直到开学那天，我也没有和妈妈说一句话。

在那个等待开学的暑假里，我最亲爱的杏姨结婚了。

她嫁到了一个离我家很远很远的小村子里，那里盛产水果。杏姨捏着我的嘴巴，笑着说，你这个小馋鬼将来可以爬到树上去吃樱桃和水蜜桃。我抬头看她明丽的容光焕发的脸，恍然觉得以前那个带着我满山遍野疯玩的活泼泼辣的姑娘已经一去不复返了，心里陡然充满了酸溜溜的惆怅。

她出嫁那天，我一个人躲在小屋里，画了一天的画。我把她曾经做给我的那些好吃的和好玩的东西都画遍了，不想吃饭，早早地就钻进了被窝。

妈妈很晚才回来，轻轻敲我的门。我假装睡着了。她把门打开一条缝，在桌子上放了件东西，随即把门带上了。我飞快地爬起来，借着月光，看到桌上放的是两枝青翠翠的柏树枝。我们这里的风俗是姑娘出嫁的时候要在嫁妆上插两枝当年春天生长得最旺盛的柏树枝以图吉利；在嫁妆即将装到车上时，再由新娘把它拿下来，送给自己在娘家时最疼爱的人。

杏姨果然把柏树枝送给了我。

和妈妈的冷战持续了一段时间。开学后，我住到了学校里，想到那一巴掌，就觉得那半边脸还一直麻辣不退。

我一连三个星期没有回家，妈妈居然没来看过我。我的怨气一天天加深，一遍又一遍地在心底暗想，我会让你后悔的，我会让你后悔的。

第四个星期，杏姨居然来了。

我们在学校旁的小饭店里吃过桥米线，她照例把仅有的两个鹌鹑蛋挑到我碗里，在我嘴角溅到汤汁的时候用一张洁白的餐巾纸熟练地给我抹去。一切都像小时候那样。我真的很想哭，真的。

等我吃完，杏姨说，你妈妈去找我，一看见我眼泪“哗”一下就流下来了，你妈妈说，不知道为什么，无论她如何努力也走不进你的心里。

杏姨过了好大一会儿才又说，明天是星期天，你回家吧。你妈妈前些日子没来看你是因为她身上长了牛皮癣，连脸上都长满了。她怕同学笑话你，才没来。

我就在这时哭出声来，心里充满了种种复杂的滋味。

妈妈看到我回来，正在剥毛豆的手慢慢停了下来。我走过去帮她剥，她一时反应不过来似的，愣愣地看我剥了几颗，连忙抓住我的手说，哎呀，不用你剥，不用你剥，你快去歇着吧，看看电视，要不就看看小说，你桌上的几本书是我新给你买的，不知道你喜不喜欢。

那天晚上，她做了一大桌我爱吃的菜，居然还跑到很远的一家卤菜店去买了油炸知了。她有些腼腆地说，你杏姨说你最爱吃这个，多吃点。于是那盘菜就成了我的独食，全家人都笑呵呵地看着我吃。

吃完饭，我帮她抹药。按照医生的嘱咐，先把药挤在乒乓球上，再均匀地抹在她头上、身上。乒乓球很滑，时不时地从我手里滑下来，我一次次地弯下腰去捡。她不安地说，要不你先去睡吧，我自己来。我笑着说，没事，我手指长得像芦笋似的，抓球再合适不过了。她像个孩子一样天真地笑了起来。而我看到她身上无所不在的肆虐的癣，费了好大的劲才忍住没把眼泪滴到她背上。

睡觉时，我想我是很爱很爱她的，不然我的心不会这么痛。

叫我到底怎么办

■ 大同海马

男人是在菜地里干了半落子活，扔下锄头进的城。

临走前他问女人："家里还有多少钱?"

女人说："就剩下二百了，留着为儿子交下学期的书费。"

"都拿着，书费再想办法。"男人边说边换了件半新的衣服。而后骑着自行车，向着县城狂奔而去。

二闺女今天中考，全村只有三个考生，其他两家都是家长陪着去的，本来男人也要去，可临到上车的时候，二闺女说，去不去都一样，该考好了不陪也能考好。于是硬是把已经踏上车门一只脚的父亲给劝下了车。男人在车门"哗嗒"一关的刹那间就后悔了。"这叫啥事，这叫啥事情嘛。"男人低着头，嘴里不断磨叨着这句话回了家。

天还没亮，女人和儿子正睡着回笼觉。当男人"吱"的一声推门进了家后，女人一个激灵从炕上爬起，慌乱中摸了一个笤帚疙瘩，虎视眈眈地问道："谁!"男人这才"扑哧"一声笑了。女人"叭"的一声拉着了灯问道："怎么你没去?"男人装着没事的样子说："女儿大了，不要咱陪着。"女人说："陪不陪都一样，咱闺女学习好，还怕考不上?"

本以为不去就不去吧，去了还不是聋子的耳朵，摆设?但是吃过早饭下了地的男人，心里总觉得有事，不断地翻腾着翻腾着，像猫抓似的难受。好几次锄头下去，砍到的竟然不是草，而是鲜灵灵的辣椒苗。男人知道，心已经被孩子揪着进了城，甚至进了考场，与其在这里煎熬，倒不如进城看看，不抵事是不抵事，当给孩子壮壮胆总可以吧。

男人把那辆破"永久"蹬成了汽车，链条很不情愿地"咯叭叭，咯叭叭"响着。二十里路，要是当年也就是半个时辰的工夫，可是，男人还没骑一半，就喘起了粗气。五十岁的人啦，不服不行。男人突然觉得自己这样没命地骑着有点荒唐，就是立马去了县城，孩子也早已进了考场。路边有好几

棵大柳树，柔软的树枝一条一条地下垂着，形成了一个个树荫，遮挡着火辣辣的太阳，他决定在树荫凉下歇歇再走。

人就是这样的怪，心劲一松就浑身懒散起来，男人把没支架的车子靠在柳树上，“咚”的一声就那样坐在了地上。他习惯性地摸了摸衣袋，发现里边空空的什么都没有，这才又想起自己戒烟了。

男人和女人有三个孩子，大女儿出嫁了，老疙瘩儿子最小，在村里上小学。当初就是为了生这个男孩，为了延续香火，才违反了计划生育政策，被一罚再罚生了这么一大串，才有了没完没了的罪受，累死累活成了他们生活的最恰当的写照。但是男人和女人并不后悔，老实巴交的男人说：“有人就不算穷。”念过几年书的女人说：“人多力量大干劲高。”男人开玩笑说：“在地里的干劲是高，躺在炕上就没劲了。”女人撇了撇嘴笑了笑。

按照男人和女人最初的想法，孩子们都要好好念书，最好是能培养出三个大学生来，光宗耀祖是寡话，跳出农门，过上城市人的日子才是真格的。可是，事情并不像他们想得那样如意，老大学习成绩不错也很下工夫，在班里的成绩数一数二，不幸的是自从有了小疙瘩老三后，他们不得不拽着老大看弟弟，一来二去把大闺女从好学生，拖成了坐红椅子的，后来干脆辍了学。看孩子洗衣服做饭，成了家里的后勤一把手，再后来就早早地嫁了人。二闺女的学习成绩更好，后墙上贴着各种各样的奖状，让男人和女人很是骄傲了一把，他们在愧疚大闺女的同时，铁了心要供二闺女上学。男人曾和女人说：“孩子考到北京咱就供到北京。”女人说：“考到美国就供到美国，砸锅卖铁也供。”二闺女小学毕业后，要去镇里读初中，两口子毫不犹豫就答应了。让他们没想到的是，学杂费、书本费、伙食费、参考资料费、班费、补课费，甚至老师的生日、教师的节日祝贺费，多如牛毛的费用，像一块块砖头似的，冲着他们本就干瘪的腰包砸呀砸呀砸呀，砸得他们有点招架不住了。尽管两个人谁也没说啥，咬着牙一掏再掏，心里还是有点后悔。男人和女人突然发现，供女儿去北京去美国，仅靠砸锅卖铁怕是不管用，就是把两口子的骨头磨了卖了，也未必能填满这个窟窿。

学校离中考一个月就放假了，准确点讲是毕业了。临毕业前，少不了同学聚会，凑份子举办谢师宴，照相留念，还要跑到南山跑马梁上走两天，野炊野营跋山涉水。二女儿早早就收拾行李回来了，要不是同学们来请，他们都不知道学校还有这么多活动。女儿说不去了，要再复习一下功课。做父母的知道她想去，是怕花家里的钱才这样说的。男人问那位同学，这些活动要多少钱，那个孩子伸出三个指头晃了晃，男人笑着说：“才三十元呀，去，一定要去的。”那孩子说：“叔叔，是三百元。”男人的脸在不经意间抖了几下，然后狠了狠心，让女人揭开柜盖，打开那个红布包袱，亲自取出三百元，一转身把钱拍在女儿的手里说：“去吧，好好放松一下。”停顿了一下，又从自己的上衣口袋摸索出一张皱皱巴巴的二十元票子，添在女儿手里，手心朝下向上摆了几摆说：“去吧，去吧，别让老师和同学干等着。”女儿愣了愣，最终还是和那位同学一起飞了出去，身影轻盈得像一只蝴蝶。

“那是买化肥的钱。”女人说。

男人说：“知道。”

“辣椒下一水就该追肥了。”女人低着头又说。

“知道。”男人又回答。

“其实二闺女已经很节省了。”女人有点歉疚地说。

“知道。”男人似乎脑袋里只储存着这两个字。

“你把烟钱也掏给闺女了。”说着女人从包袱里取出一百元，递给男人。

“戒啦。”男人坚定地说。

女人笑了笑说：“别别，咱戒饭也不能戒烟。”

“这回真的戒了。”男人把兜里还剩下的半盒香烟掏出来，攥在手里揉成了一个纸团，而后用大拇指就那么一弹，那个纸团从他的手心跳出，掉在了地上，一滚一滚地钻进了灶下的柴火堆里。从那以后，男人真的再没抽，连他自己都觉得不可思议。

可是，男人现在却很想抽烟，而且有很强很强的欲望。他从树荫下站起来，朝马路两头扫了几眼，在确认只有自己时，就像做贼似的在马路上踅摸起来。他想扑一只“蚂蚱”，村里人把烟屁称作“蚂蚱”。按照过去的经验，男人知道，马路上总会有一只或几只这样的“蚂蚱”的。他转着转着，真的发现了一只“蚂蚱”，而且是一只大“蚂蚱”。一个还剩半截的烟头，就那样静静地躺在马路中间。男人欣喜着正要上前扑那个大“蚂蚱”时，突然一辆小轿车，摁着喇叭“哇哇哇”地从身边一闪而过。男人被汽车卷起的热浪掀着朝后趔趄着，他赶紧别过头，把胳膊架成一个 7 字挡在脑门前。尘埃落定，男人放下了胳膊，朝着远去的轿车狠狠地吐了一口唾沫，他回过神来再次寻那个大“蚂蚱”时，却发现“蚂蚱”跟着轿车一块飞了，飞驰而过的

小轿车，不知道把烟头带到了哪里。男人很失望，曾经听说过煮熟的鸭子飞走了，看来还真是这么回事，眼看一只“蚂蚱”就要到手，眨眼的工夫就化作泡影。他真的很想抽一支烟，哪怕抽一口也好。

他想顺着路再找找，他坚信马路上一定还有别的“蚂蚱”。可是，身边过去一辆汽车，又过去一辆，间或有几个小伙子，骑着摩托车“突突”地呼啸而过，汽车和摩托带起一股股烟尘，混杂着排出的尾气，让男人很难受，嗓子痒痒的干巴巴的。他咽了一口唾沫，想润一润快要冒烟的嗓子，而嘴里根本就没有什么唾液，只好伸出舌头在嘴唇上舔了舔。男人懊丧地回到了树荫凉下，他边往回走，边看了看太阳折射出自己的身影，“时间不早了，该赶路啦。”男人自言自语地说，他放弃了扑“蚂蚱”的念头，推起自己的“永久”，“咯啦啦”地响着上了路。

人活着真难。夜里睡不着，男人曾想过自己这大半生，活了这么大，一直被生活的压力包围着，当初连生两个女儿有压力，供孩子们读书有压力，庄稼收成好不好有压力，这次二闺女考高中，压力就更大了。他不知道是希望孩子考得上呢，还是考不上？男人真的很矛盾，不是他不想让孩子读书，万一真考上了，又拿什么供孩子完成学业。披这张人皮真难！

男人还是赶在上午考试的结束前，来到了县一中门前，闺女的考场就设在那里。人真多，也很热闹。女人们都打着伞，花红柳绿的，好看。男人们都站在马路边的树荫下，好多人都抽着烟。看得出，不管是男人还是女人，人人都是一副焦急的样子，脖子伸得很长很长，朝着一中的大门张望着。他绕过马路边的一排小轿车，把自行车靠在一棵树上，锁好了，然后凑进了树荫下的男人堆里。

人们谁也不和谁说话，都是心事重重的样子。男人在人堆里站了一会儿，感觉心里憋得慌，他想找找同村的那两位家长，可是，串了好几个人堆也没找着。人实在是太多了，多得如蚂蚁窝里的蚂蚁，翻翻嚷嚷的。城里人真会做买卖，在人堆里穿梭着各种各样的小商贩，大都是卖吃食的。他们推着小车，或者就地搭一个凉棚，卖凉粉的、卖冰糕的、卖熏猪头肉的、卖羊杂碎的、卖煮鸡蛋的、卖炸油条的，还有几家摆菜摊的。许多私立学校打着旗帜，散发着印得非常漂亮的学校简介，男人随手拿了几份，看了看然后当做扇子，煽着身上的热气。

口渴，渴得厉害。男人凑到凉粉摊前，他想吃一碗，问了问价钱要四元

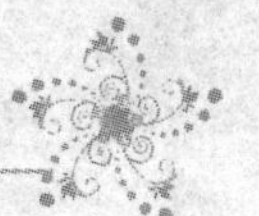

钱，就毫不犹豫地走开了，遭到了摆摊的那个胖女人一个白眼。还是吃一根冰棍吧。男人想，一根冰棍也就块把钱，能解渴就行。到了卖冰棍的摊前，他没敢问价，站在一边等着别人交钱，等了一会儿，男人发现一根冰棍贵的要五元，是那种火炬形的，黑紫色的。有三元的，最便宜的也要两元，很像一块小砖头，剥开外边的包装纸，白白的冒着凉气，咬一口一定很凉爽很凉爽。男人捏了捏兜里的那二百元钱，咽了口唾沫，还是走开了。在考场里答题的闺女一准很热很热，等孩子出了考场，一定要买根冰棍给她，就买五元的那种，对，就买五元的。完了再给她买一碗凉粉，那东西解渴也解饥，然后找个饭馆吃饱了，再找一个小旅馆让孩子好好休息一下，这样，下午才能考着有劲。想到了考试，男人就有点泄气，二闺女是考上好呢，还是考不上好？这个问题一直在男人的脑袋里绕着。他突然想到了一句调皮话，背锅子骑驴，前（钱）短。谁都说人穷志不短，屁话！没了钱连气都是短的，你亮一句大话试试，敢放一个帮子吗？你还敢说闺女考到美国就供到美国吗？卖凉粉的都没好眼色给你，谈何志气！

内急了，男人已经憋了好长时间。他想找一个背人的地方痛快一下，可是，到处是人，再说还有好多警察在那里站着，虎视眈眈地瞅着人群，就那样解开裤子掏出来，不把你当流氓抓起来才怪呢。他在四周转了一圈，没见着一个厕所。城里人难道不解手吗？实在没办法，他只好求助于警察，活人总不能被尿憋死，再说不是有一句话吗，有困难找民警。警察叔叔连话也没说，冲着旁边很漂亮的一排铁房子努了努嘴。男人这才发现城市里的厕所原来是这样子的，下边还安装着轱辘，能推来推去。

男人不识字，他到了跟前问厕所前的一位老大爷：“大爷，哪边是男的？”

“两元一次。”老大爷指了指男厕所的位子。

“上厕所也要钱呀？”男人几乎要把眼珠子瞪成了牛蛋子，十分惊奇地问。

“这是流动厕所，有投资的。”老大爷手持一沓卫生纸，接着问道：“大的还是小的？”

妈的，不能冤枉了这两元钱。虽然男人不想解大手，他还是很硬气地说：“大的！”

老大爷给了他几张裁好的卫生纸，是那种黑黑的粗刺刺的，然后说：

“大的再加一元。”

男人连肠子都快要悔断了，面对一个比自己父亲小不了多少的老人，他只好摸出了一张百元钞票，交给老人家。老大爷问了声没零钱吗？见男人摇了摇头，就用两只手把钱拿起，冲着太阳照了再照，还“咯啦咯啦”地来回揉了揉，在确认是真钱后，把要找的钱数了好几遍，才交给了他。男人也把钱一张一张地揉了揉，照了照，尤其是那张五十的，照了再照揉了再揉，尽管他着急着要放水，但仍然不敢大意。

开门进去，里边很干净，可还是一股大粪味。男人解开裤子，很认真地蹲在坑上，既然钱都花了，那就要把大的小的都解决了。痛快，真他妈的痛快，憋得久了放开闸门，“哗哗哗”地放水真痛快。痛快完了，就开始使劲地往外挤那多了一元钱的大的，脸都憋红了，脑袋也有点涨，就是挤不出效果来。出不出吧也得多待一会儿，钱不能白白地稀里糊涂就那样花了。蹲着蹲着，男人想到了前些日子在村里淘厕所。

把买化肥的钱给了二闺女后，为堵住这个缺口，男人跑到好几户不种地的人家里，帮着淘厕所，接着把一车车大粪拉到地里，再一筐子一筐子分到每个菜畦子。热烘烘，臭烘烘，弄得儿子一礼拜不和他在一块吃饭。每次拉着粪车从村中走过，年轻人都捏着鼻子，皱着眉头躲得远远的。庄稼一枝花，全靠粪当家。过去人们赶着马车，跑到县城里淘粪，没见谁嫌弃过，有时候为了抢一车粪，会争得面红耳赤。现在人们懒了图省事，买上几袋化肥一追了事，淘厕所反而要花钱雇人。为此，村里的光棍五蛋，专门找上了门，五蛋说：“我就指望着淘厕所活着，您行行好吧，别打了我这个臭饭碗。”平日里五蛋负责淘全村的厕所，谁家的厕所满了，就把五蛋叫来，淘一个十元钱，一个光棍汉，只要能挣个零花钱，也不在乎别人说什么。男人知道和一个光棍汉抢饭碗不对，那样会让村里的人瞧不起，就赔了一大堆不是，末了，只好咬了咬牙花七元钱，给五蛋买了盒红塔山，并表示以后绝不会再出现类似的问题，才堵住了五蛋那张四处张扬的臭嘴。这些年，菜的行市好，种菜比种粮食划算，钱这东西，多一个总比少一个强，更何况家里用钱的地方实在是太多，眼下的窟窿，以后的窟窿多着呢，也大着呢，紧忙慢忙怕是也难堵上。去年秋天，卖完最后一车螺纹椒，男人看着又黑又瘦的女人说：“明年种一半大秋作物吧，那东西省人。”女人附和着说：“种一半大秋作物吧，这样没白没黑地受不了。”可是，到了春天整地的时候，男人和

女人谁也没再提种大秋作物的事，“吭哧吭哧”又把二十亩地，都拢成了菜畦子，男人和女人笑了笑说：“再忙一年，再忙一年。”女人也和男人笑了笑说：“再忙一年，再忙一年。”男人和女人心里都清楚，忙完了今年还要忙明年，忙后年忙大后年，不到那两只眼睛闭上就忙不完。

男人挤牙膏似的，终于蹲在那里挤出一点东西来，他心满意足地提起裤子，系上裤腰带，刚往前跨了一步，身后的坑子里，竟然“哗啦”一声响起，不知道从哪里冒出一股清水，一下子就把他挤出的那点玩意儿冲得无影无踪。那“哗啦”着的水带出一股清凉来，感觉很爽。

男人先是被吓了一跳，然后笑了。钱真是个好东西，花在哪儿哪儿好，要不是有事，他真想解开裤子重新蹲下，使出吃奶的劲再挤一点出来，让坑子里重新“哗啦”一回，再享受一下凉爽。

从厕所出来，迎面扑过一股热浪。男人抬起头瞧了瞧热辣辣的太阳，炽白炽白的。太阳把大地紧紧地揽在怀里，就那样炙烤着，吸吮着所有的水分。已经半个月没下雨了，连个雨丝都没有，二十亩菜地都缺水了，蔬菜要的就是一把水一把肥，老天不照顾，就要自己想办法。这几年籽种涨价，化肥涨价，水费涨价，涨价涨得都让人害怕。水真的贵如油，浇一亩地从两元钱涨到五元十元二十元，现在是三十元。二十亩菜地浇一水就是六百，浇一水就是六百，尽管是秋后结账，可秋后也是钱。男人一想起浇地就心疼，心里就愤愤然。不知道啥时候汗水顺着他的脸庞滑落到嘴角，渗进了嘴里，齁咸齁咸的，后味有点苦涩。

“铃铃铃”从校园传出一阵铃声，所有打伞的，蹲树坑的人们都骚动起来。男人再次看了看太阳，他估摸着这是上午的考试结束了。家长们从学校的四面八方向着校门涌去，男人一愣神的工夫，就落在了人群的后边。他想朝前挤，但又怕挤进人堆里左右不了自己，万一和女儿错过了怎么办。男人朝前跑了几步，犹豫了一会儿，停下来又退回了原地。他找了一块地势较高的地方，踮起脚尖使劲盯着学校的大门。

警察们忙了起来，他们紧张地阻拦着涌向校门的人流，不知啥时候，在最里边出现了一队武警战士，在校门前强行隔开一片空地。男人笑了，孩子能不能考好，凑热闹是没用的，没有谁相信，挤在最前边的家长，自己的孩子一定能考好。问题是二闺女应该能考上，考上了怎么办？这个念头一闪现，男人就又没了底气，踮起来的脚尖，有点发软，就连两条腿也是软塌塌的。他想看着女儿出来，而见了孩子该说什么呢？不管怎么说，凉粉是要吃的，雪糕也是要吃的。他把手伸进衣兜里，捏了捏那些整的和零碎的票子，回过头看了看那些小吃摊。虽然摊主们不喊不叫了，但却不紧不慢地轰着苍蝇，或者整理着周边的卫生，显然他们在积蓄力量，期待着新一轮的争夺。

考生或者兴奋或者懊丧，很有秩序地出来了。吵闹的人群，突然静了下来，大家不约而同地让开了一条通道，让这些流泪流汗，艰苦奋斗了三年的学子们，从容地走出考场。真像是一场检阅，也不知是家长在检阅自己的孩子，还是孩子们在检阅自己的家长。男人想，考试对孩子们是检阅，对家长更是检阅，一场无情的检阅。

随着考生的向外流动，寂静了一会儿的家长群又被激活了，人们寻找着自己的孩子，间或会出现几声女人一惊一乍的呼喊。男人突然发现在马路边，停着的那些小轿车，原来都是接考生的。汽车"哧喇喇哧喇喇"一辆接着一辆发动起来，像一只只甲虫似的，慢慢蠕动着挤进了马路中的人群，过了一会儿就有一个学生跑到车跟前，拉开门钻进去，然后"砰"的一声关上，一串"砰砰砰"的声响过后，轿车摁着喇叭出了人群，东一辆西一辆飞了。男人知道，下午开考前，这些轿车会按时飞回来。就算是住在很远的山根下，也误不了事。有钱真好。

家长们一个个拉着自己的孩子，边走边说着什么，大人们都有问不完的话，孩子们烦着，看得出烦着呢。也难怪，这大热的天，已经在教室里闷了一上午的孩子们，搜肠刮肚地做了一上午考题的他们，能不烦吗？二闺女真是块学习的料，不管是放假还是星期天，她能闷着头抱着书本半天不说一句话，恨不得把整个人都钻进书里边，只要是读书就从来没见她烦过。家里没有书桌，二闺女就趴在那大红柜边，斜挎着身子连腿都没地方伸，憋屈着憋屈了整整三年。看着一个又一个打扮得花枝招展的女孩，轻盈地钻进汽车，又轻盈地飞走了。男人觉得二闺女生在自己这样的家庭，实在是太委屈，太委屈了。她怎么就转生到我这个穷光蛋家呢！

男人很认真地盯着学校大门，他把脚尖踮了再踮，还是没捕捉到二闺女的身影。他在人群里扫了两个来回，还是没有，直到学校门前的人几乎走光了，也没见着孩子。男人有点着急，他急匆匆地跑到凉粉摊前，告诉那位胖女人说："你别急着收摊。"胖女人见是他撇了撇嘴说："收不收摊关你屁事，噢，吃不起想过眼瘾呀。"男人红着脸说："一会儿吃，你等着，一会儿吃。”见他朝着学校门跑去，胖女人大声地喊了一句：“我等着，等到公鸡长上牙！”胖女人放肆地笑了，周围摆摊的人们也都笑了。

男人跑到了学校门前，正要进去被门卫拦在了那里。

“里边还有没考完的学生吗?”他问着门卫，同时着急地把脖子抻得很长很长，朝着门里张望着。

“你这人，铃子都拉了半天了才来接孩子？你真合格！”门卫有点诧异。

“我，我一直等着，可，可没见她出来。”男人结巴着，脸有点发烫。

“进来吧。”门卫也许是同情了男人，他打开了侧门，把男人让进校园里，指了指树荫下蹲着的几个孩子说，看那几个是不是。

顺着门卫的手指望去，一座大楼前的树荫下，四五个女孩正唧唧喳喳地说着考试的事，旁边一根正在浇花的皮管子流着水，她们边喳喳边吃着干粮，二闺女就在那里，她一手拿着临走前妈妈给蒸的包子，另一只手抓着皮管，把头探在管口前，“咕咕”地喝着凉水。男人听到了，听到了，二闺女是“咕咕”地喝着。男人的眼泪像水管一样，扑簌扑簌地掉着。

男人想走过去，又被门卫拦下了。门卫说，你进去被领导发现，我的饭碗子就砸了。他问：“是哪一个？我给你叫过来。”

男人不好意思地用袖口擦了擦眼泪说：“就是那个喝凉水的。”

二闺女听说有人找她，回过头发现了站在校门口的父亲，扔下了水管蹦着跳着就跑了过来，一副顽皮的样子。到了跟前抱住了父亲的一条胳膊，把头蹭在他的身上说：“爹，您啥时候来的。”

男人笑了笑，他没想到二闺女会和自己撒娇，也没想到半天没见会这样的亲切。是的，女儿只是一个十五岁的孩子，要是生活在富裕人家，正是无忧无虑花枝招展的时候，可是，遇上了自己这个无能的父亲，孩子只能是跟着受罪，穷人的孩子早当家呀。当父亲第一次被女儿挽着胳膊，从全县的最高学府走出来时，男人的心情好的就像盛开的花。他一扫自卑畏缩的心理，挺着胸昂着头带着闺女直接来到了卖冰棍的小车前，男人花了五元钱，毫不犹豫地要了一个“火炬”，交给了闺女。女儿仔细地剥开包装说：“爹，你吃。”男人咽了口唾沫说：“爹吃过了，快吃你的，这大热的天。”女儿咬了一小口，又咬了一小口，男人笑着咽了一口唾沫，又咽了一口。这不是嘴馋，是天实在是太热了。男人在心里边给自己不争气的喉头开脱着，每咽一口唾沫，喉头就从下到上，然后又从上到下蠕动一个来回。女儿咬了几口，

硬是把“火炬”伸过来，非要父亲吃一口不可。其实男人真的很想狠狠地咬一口，他很需要一丝凉爽润一下干渴的嗓子。但是，在女儿撒着娇伸过的“火炬”上，他只是象征性地咬下一点，而后十分夸张地咀嚼着，似乎嘴里塞得满满的。男人就那样夸张地咀嚼着咀嚼着，那点奶油早已融化得没了踪迹，他是在咀嚼着女儿的一份孝心，咀嚼着一份做父亲的美好，此时此刻，幸福把他的心田塞得满当当的。做父亲好，就算是累死累活也特别的好。

父女俩来到凉粉摊前，那个胖女人摊主已经在收摊了，板凳都装在了小拉车上。男人笑着说：“说好的要你等等。”胖摊主见来了生意，赶快从车上拉下两个小凳子，让这一对父女坐下，接着就忙不迭地洗碗、擦粉、切豆腐干，还剥了两颗煮好的茶鸡蛋。摊主问了问吃不吃香菜，在得到首肯后，十分利索地把调好的两碗凉粉分别端在了父女面前。本来笑得很开心的男人，一下就没了主意，和吃冰棍一样，他并没有把自己列入开支计划。这个胖女人，实在是精明，不仅要推销两碗凉粉，还外加了两颗鸡蛋，皮都剥了不吃也得吃呀。面对女儿阳光般的笑容，他只好把尴尬隐藏起来，十分大方地说：“吃凉粉了。”而后率先拿起筷子，从自己的碗里给女儿拨出一些，并把自己的那颗鸡蛋夹给了闺女。女儿要阻拦，还是没拦住，父亲说：“考了一上午了，多吃点，多吃点。”胖摊主似乎看出了男人的心思，她甚至后悔为眼前这个老实男人设了圈套，胖摊主接过男人的话头赶忙说：“啊呀，闺女有这样一个好父亲真有福气，快吃吧孩子，吃饱了考好了，你爹就高兴啦。”说着，她拿出调羹，在盛香油的小罐里舀出半调羹油来，分别给父女俩的碗里滴了一些，又捏出一撮香菜，也加在他们的碗里。旁边摆羊杂摊的说：“啊呀，太阳从西边上来了。”胖摊主瞅了那人一眼说：“谁像你那样黑心。”吃完了凉粉，女儿说真香，父亲也说是香。他把空碗朝前推了推问：“多少钱？”胖摊主算了算账说：“按理说粉是四元一碗，鸡蛋是一元一颗。”她停顿了一下，看了看旁边的羊杂摊主说：“今天我还就叫太阳从西边上一回，大哥我看你也不容易，就给个半价五元吧。”男人掏出十元钱说：“你们也不容易，这份好心我领了，钱还是要收的。”男人穷是穷，可在做人方面他一直以为是不能含糊的，占别人的便宜不好。而胖摊主硬是从兜里翻出五元钱塞在了男人手里，她说，我也是村里出来的，供孩子上学不容易。

男人和女儿谢过胖摊主，问清楚附近提供休息的小旅馆，女儿帮着父亲推着那辆“永久”，离开了摊前。

父女俩默默地走着，父亲想问问上午考得怎么样，几次话到了嘴边又咽了回去。他清楚，凭闺女的实力，考上县一中一点问题都没有，而有问题的是自己这个做父亲的，考上了怎么办？怎么办？这个问题一钻出来，男人又头疼了，是那种隐隐作痛，真是道解不开的难题！父亲要带着闺女吃午饭，女儿说，已经饱了，很饱了。说着还调皮地拍了拍自己的肚子。父亲没再坚持，但是午休是必需的，休息不好就考不好，女儿点了点头。

按照胖摊主的指点，不多远就找到了那家小旅馆，休息一中午，一个人要二十元。男人问能不能便宜点，店主说这是最便宜的了。父女俩互相看了看，男人掏出二十元，交给了店主。女儿说："您不休息一会儿？"父亲说："你休息吧，我给你看着时间。"说完跟着店主把女儿送进了一个大房间。里边已经有好几个女孩子躺在了床上，有几个正捧着书翻着，也有几个家长躺在那里。安顿下女儿，父亲正要出去，闺女突然说："爹，您回去吧，别等我了。有阿姨们看着时间，误不了的。"男人想说什么，那几个家长都说，没问题的，我们也是带孩子考试，误不了事。男人看了看二闺女，和几个家长点了点头，临出门时他掏出剩下的那张一百元，递给了女儿说："进考场前要是饿了买点吃的。"之后又说，"好好考。"女儿也点了点头。

出了小旅馆，男人感觉肚子很饿，他想吃点什么，最终还是放弃了。

骑着自行车出了县城，男人感觉很辛酸，不是为自己饿一顿难受，而是女儿真的考上了怎么办，究竟怎么办！考不上也还罢了，考上了怎么和孩子交代？大中午的，路上除了自己再找不到一个活物，连鸟儿都不知躲到了哪里，树荫下还是鸟巢里？他突然想吼几嗓子，一个人痛痛快快地吼几嗓子。男人真的扯开了喉咙吼了起来。

晴天蓝天炽蓝蓝的天，老天爷杀人没深浅……

男人连自己都想不清楚，怎么一张嘴就吼起了小寡妇上坟呢？

男人就那样仰着脖子，不管不顾地"哇哇哇"地吼着。

那些年，我和爹妈斗智斗勇

■口述/李宇潼　文/伊涵

1. 中国式父母：以培育天才为己任

爹妈视我为天才时，据说我还不到两岁。1992 年春暖花开的时节，他们牵着刚会走路的我到郊外放风筝，傍晚回家时，又训练我的造句能力。妈说："宝宝，你用五颜六色给爸妈说一句话吧！"

大概是白天的视觉刺激太过强烈，我脱口而出："天上的风筝五颜六色。"我的话把爹妈给雷呆了。他俩面面相觑，继而激动得泪光闪闪，仿佛看见祖坟上冒了青烟："了不得啊！咱儿子刚会说话，就能用成语造句了。""宝宝，说不定你是文曲星下凡到咱们家了呢！"

这事儿，不但被爹妈在亲戚圈里炫了个遍，还被写进了我的成长日记。懂事后听闻"五颜六色"的典故，我简直被他俩雷得很不好意思：如此降低"天才"的评判标准，他们得弱智成啥样？

他们俩都是中专毕业，一个在工厂搞宣传，一个在医院做护士，多少沾点儿知识分子的边儿，就容易自信爆棚，以为自己基因优秀，孩子不出类拔萃简直天理不容。

当晚，爹妈就根据我的天才表现对我辉煌、美好的未来展开了无限憧憬。可怜我黄口小儿，还懵懂无知呢，竟躺着也中枪，早早就"被规划"了。

从打有记忆起，我就生活在水深火热中。六岁，我读小学，爹妈对我的要求是考试要次次得"双百"。"小学这点儿东西，我儿子学起来还不跟玩儿似的？"老爸那时还不老，天天捧着速算练习卷、字词练习册追着我、哄着我，不让我跟玩发生关系。老妈也精力正旺，天天下了班押着我穿街过巷，我一放学就得奔波于书法班、绘画班、钢琴班、英语班、奥数班、主持朗诵班、乒乓球班。

我虽然小，却不容易被愚，早早就觉得学习一点儿也不好玩。面对爹妈

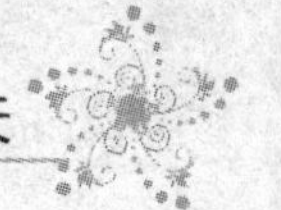

的高压政策，我每天都会弱弱地抗议："让我再玩一会儿……"一而再，再而三，我见缝插针，不屈不挠。下午一出教学楼，发现老妈已经在大门口向我招手儿。我把书包往她手里一塞，返身再跑回校园。15分钟，是她给我规定的"放风"时间。我上气儿不接下气儿地穿行在滑梯、跷跷板、单双杠、沙包沙袋之间，还没玩过瘾呢，老妈喊话了："到点儿了！再不走，英语班要迟到了！"常常，她一边盯着我，一边跟认识的家长聊天。有一次，我听见她跟人交流经验："在小学阶段，让孩子养成良好的学习习惯最重要，你不能由着他玩。玩野了，收心就难了。"

为了让我坐得住，爹妈让我每天晚上练一小时钢琴。一根长木棍就在琴台上放着，老妈进进出出地做饭、干其他家务，只要琴声一停，木棍就往我手上打。打多了，痛感麻痹，也起不了多少震慑作用。上小学三年级时，我学会了使用录音机。有一天，趁老妈不注意，我偷偷录下自已弹的钢琴练习曲，此后一有机会，瞅准老妈在厨房里忙活，一时半会儿进不了客厅，我就按下放音键，腾出手来玩魔方、玩变形金刚，可惜一玩起来注意力就太过集中，很快就忘了竖着耳朵听老妈的脚步声，没几次，我就被抓了现行。老妈气得脸都白了："你学会骗人了是不是？"老爸知道了这事，跟老妈"同仇敌忾"，把我狠狠打了一顿。

打过、骂过，更多的时候，他们是苦口婆心地讲道理："弹钢琴不为当演奏家，是为了陶冶情操、训练协调性、开发智力，让你全面发展。将来你就知道了。"可是，将来的事我懒得操心，他们让我做的都是我不愿意的。他们越是不让我做的，我越是梦寐以求。

好在，有一句话老爸没说错：小学那点儿东西，我这么玩着玩着还真就掌握得不错。这也坚定了爹妈要把我培养成才的决心。任我再顽劣，他们依然信心满怀地坚持一条原则：不抛弃，不放弃！

2. 我不想"拼爹"，他们却孤注一掷跟人"拼孩子"

小学毕业时，爹妈嫌我就近入读的那所初中没名气，给我交了几万元择校费，让我读重点初中。我反对也没用，他们压根儿不征求我的意见。

成为中学生了，我不再像以前那么顽劣淘气，却一如既往地不爱学习，渐渐开始跟不上。爹妈急得愁眉不展，押着我去上一个又一个补习班。大笔大笔的钱花出去，买来的却是我在课堂上昏昏欲睡。我也特愧疚，一次次发誓要洗心革面、好好学习，无奈却是“常立志不能立长志”，一拿起书本就头疼。我跟爹妈声明：“你们别再瞎子点灯白费蜡，我压根儿就不是学习的料儿。”老爸呵斥：“胡说！哪个老师不夸你聪明？稍稍使点劲儿你就能拔尖。”他也不忘现身说法：“我俩还不是吃了文化浅的亏？你妈当了护士，也就一辈子跑跑颠颠伺候人！”

压力山大。道理都好懂，落实到行动却抽筋拔骨般费劲儿。我就那么被逼着一阵儿发奋又一阵儿松懈，成绩也如过山车般反复起落。

读初二时，我参加了校园小发明竞赛，设计的“手机用于汽车远程防盗”获得一等奖。从此，我一发不可收拾，迷上了发明创造。课堂上，眼睛盯着黑板，脑子里却尽是奇思妙想：家里开窗下雨会进水，我利用感应器制造出刮风下雨时可自动关闭的窗子模型；学校搞各类竞赛买抢答器花费不小，我苦思冥想做出了造价低廉的单键抢答器。我沉浸在成功的喜悦里，老爸老妈却如临大敌：“天啊，你这是玩出花儿来了呀！”他们辣手摧“花”，把我搞发明做出的成品、半成品砸了个稀巴烂。

好在，他们只拿我的发明创造撒气，不再打我骂我了，天天苦口婆心对我讲道理。“现如今，普通大学的毕业生都不好找工作，你不使劲奔着名牌努力，哪有前途可言？老师都说了，凭你的天资，好好努力，考清华、北大都没问题。”

任爹妈软硬兼施，我就是只对学习以外的事感兴趣：踢足球、打篮球，我是校队的主力；演讲、朗诵、唱歌，我逢赛就能获奖。只可惜一丑遮百俊，成绩不好，爹妈就看不到我的任何优点。

2005 年夏天，中考结束。以我的成绩，能考上本市的普通高中已算万幸，爹妈却认为小城的教育质量太差劲，池水太浅，困住了我这条蛟龙，居然打算花血本让我去省城读重点高中的自费班，老爸还打算在校门外租一套房子陪读三年！

我哭了。拼爹咱没资本，可也不能这么坑爹！我坚决不肯再读高中，尤其不肯去省城读重点高中。明摆着，那是拿钱打水漂儿呢！

爹妈也哭了。老爸说：“我这辈子就这么窝窝囊囊过来了，总不能让你

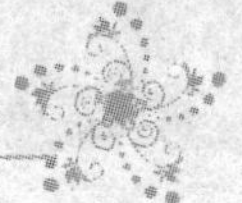

一辈子也这么没出息吧?”老妈说得更加悲壮:“我们拼尽全力为你创造条件,真要是不能把你供出来,也问心无愧。不赌一把,将来肯定要后悔。”

我彻底无语了。思来想去,决定也豁出去赌上一把!我跟爹妈讲条件:“去省城读高中也可以,放我自己去,给我充分的信任。不然,我就辍学,再也不进校园!”

经过一番讨价还价,爹妈终于同意我去学校住宿,不再像以往一样严防死守。老爸还无奈地叹了一口气:“八年抗战,不是也没达到预期效果吗?这回咱赌个彻底的,相信孩子一回。”

9 月初,老爸送我到哈尔滨,办理好入学手续,千叮咛万嘱咐后打道回府。他刚走,我就找班主任要求退学,并且求老师千万保密。老师不肯:“这么大的事儿,我怎么可能帮你瞒着家长?要退学可以,让家长来签字!”我求爷爷告奶奶,好话说了一箩筐,老师总算退了一步:“如果家长不问,我可以不主动汇报。一旦有人查询你的情况,我必须实话实说。”

只能走一步算一步了。一周之后,瞒着爹妈,我去了哈尔滨一所中专职校,学习数控机床专业。此前,我已经跟好多老师探讨过自己的未来。有老师说:“你心灵手巧,却偏偏不爱读书,比较适合学一门技术。数控机床专业前景很广阔,如果你肯放低身架,不愁谋不到生路。”

不放低,我又能高到哪儿去?众多像我一样在学习上不肯吃苦努力的学长学姐,读完高中无非就是花高价读一个三本,毕业了要么拼爹混个工作,要么坑爹继续啃老。我不愿意那样活着,我必须自食其力。

3. 条条大路通罗马,翱翔和熬汤都能品出快乐滋味

约请了一位女同学扮演我的高中“班主任”,并将老师“新换”的电话号码告诉爹妈,以便他们随时掌握我的情况。做完这些,我在忐忑中开始了自己的职校生涯。那些枯燥的机械制造、工程力学、机电控制技术基础、金属材料预热处理知识,一点儿也不比语、数、外更吸引我,但它们是我今后的饭碗,我再也不敢抱着游戏的心态。好在有大量的实践课等着我,枯燥的理论一旦落实到具体的技能操作上,我就能学得兴致勃勃。

一天，我正在上实践观摩课。在老师操纵数控机床加工零件的噪声中，老妈打来了电话。我没敢接，发短信说在上课。老妈也回短信："我在你学校门口呢!"原来，她护送一位患者去省城医院，顺便来看看我。我立时冷汗直冒：就是插了翅膀，我也没法马上现身在校门口！我在电话里结结巴巴搪塞道："我在上社会实践课，在一个挺远的社区服务站。您稍等，我马上往回赶。"好在老妈信了。她叹了口气：说："那你就别回来了。我坐的是单位的救护车，不好意思多耽搁。我走了，下次有机会再来看你吧！"

有惊无险，我急忙落实应急预案：在那所高中找一名男同学帮忙，让他在寝室里跟室友做好沟通，设个虚拟床位，一旦有亲人临时探班，也好参观一下我的"住处"。

爹妈跟"班主任"的联系一直挺密切。他们听到的都是好消息：我学习很刻苦，成绩一直在不断提升，渐渐由下游向中上游挺进。每学期末，我也会带回若干张盖了学校教务处公章的成绩单加以佐证。爹妈喜笑颜开。他们不知道那公章也是我的发明创造之一——用大萝卜雕刻出来的。

学校里实训课程很多，但机床有限，不愿意动手的，只有观摩的份儿。我胆大心细，不耻下问，尽管在实践中不断犯错，但绝不出现重复的错误，深得老师喜爱。他们夸我能把感知技能、操作技能和心智技能结合得非常完美，每课必让我操作示范。寒暑假，我匆匆回家和父母一聚，便以补课为名返回哈尔滨，应聘到那些只重技能不要求资格证的小企业做车工、铣工，工资微薄也不在乎，只要能让我学到技术。有一次，我听见老爸对老妈感慨："学习的事真是急不得。你看咱儿子好像突然间开窍了，现在都知道主动补课了。"老妈一个劲儿地鼓励："儿子，你只要尽了自己最大的努力就好。肯定能考上名牌大学的，我相信你!"我暗自祈祷：老天爷，能多瞒一天是一天吧，以爹妈这种追名逐利的心态，真是伤不起呀!

东窗事发是在我读"高三"那年秋天。那时，我已经开始了顶岗实习，吃住都在哈尔滨市郊的一家机床厂，同学们的实习工资是每月900元，我却在上岗两个月之后得到了技术熟练工的待遇：底薪加提成每月4000余元，工厂还要跟我签就业合同。正觉春风得意马蹄疾呢，老妈一个气急败坏的电话兜头浇来一盆冷水："小祖宗，你这两年到底在干什么？赶紧回家给我说清楚!"

原来，为给我高考加油助力，爹妈买了一大堆滋补营养品托人捎到学校，对方打我手机时，我正在隆隆的机器声中奋战，没听见，他便直接找到了我“班级”所在的教室，所有被问的人都异口同声地告诉他：“高三 17 班从来没有李宇潼这个学生。”

真相败露，千恳求万赔礼也换不来爹妈的原谅，省下来的几万元学费、攒下来的几千元工资也买不来双亲的宽宥。老妈凄惨地说：“欠点儿债怕什么？吃苦受累怕什么？可怕的是你把我俩所有的希望都击得粉碎！”

事已至此，他们只好无奈地接受了现实。整天泡在网上的老爸一声长叹，叹出了一句网络语言：“唉！你本来有一双翅膀，不在天空翱翔，却放在锅里煮汤！”我嬉皮笑脸地凑过去，搂着他的肩膀调侃：“老爸你要相信我，兴许煮汤更能品出好滋味！”

2008 年秋天，昔日的中学同学纷纷成为大学生的时候，十八岁的我却怀揣毕业证书、数控中级工资格证，应聘到了深圳一家外资企业。实习期结束后，我的工资由每月底薪两千元猛涨到了五千元，再加上奖金、提成，每月将近一万元。不久，我报名参加了湖南大学机电一体化专业的本科自考。拿到全套教材那天，我兴致勃勃地跟家里报喜：“爸、妈，我现在也是大学生了！”老妈嗤之以鼻道：“清华、北大你不考，偏偏稀罕自考大学！”

仅仅经过一年半，2010 年年初，我由数控操作技工变成了设备工程处的技术员，不仅能熟练操作机床，还精通数控机床的机械调试和维修，能搞复杂模具的设计和制造。当年六月，公司送我去德国进修，三个月后回国，年薪涨到了 30 万元。

2010 年年底，我拿到了湖南大学机电一体化专业本科自考毕业证书，这一年我也为公司解决了许多技术难题。2012 年年底，我通过考试取得了“高级数控工程师”资格证书，同时被提拔为公司技术部副总监，年薪 50 万元。

第一次，我在电话里听见了老爸老妈喜气洋洋的声音：“儿子，你行！从蓝领到金领，只用了四年！”

我也得意地自吹自擂：“那是！即便当年考上了清华，我也就刚刚毕业！”

2013 年春节，我把爹妈接到深圳过年。爹妈用电话向老家的亲友拜年，寒暄中，可能提到了孩子的教育，我听见老爸用深有感触的语调说：“孩子有孩子的主见，咱不该把自己的意愿强加给他们，强扭的瓜不甜。只要能快乐生活，怎么活着不是活？”

唉，我的老爸老妈终于活得越来越明白了！

冠盖京华

有只猫妖爱过你

■ 碎心月

诅咒生生世世爱上了猫妖族人，她们永远活不过19岁。

第一章　紫忆魔的爱

圣女的主意。

我和卡米其照样在神殿里练习魔法。我已经18岁了，还有一年就到了诅咒应验的时候了，而19岁又正是交出魔力结晶的时候。守护神殿已经三世没有收到结晶了，真不知道一世族人残存的结晶还可以维持多久，肩上挑着整个家族的重任，真的很重。

“忆魔。”温柔的声音从背后传来，是残月，她总是那么神出鬼没，“你在想什么?”

“残月，你说我能不能完成任务？三世的族人都没有逃过诅咒，我有可能么?”我转过身面对残月，她还是那个样子，戴着淡黑色面纱，穿着紫色长裙。从我有记忆开始她就一直是这个打扮，不用仔细看也知道她是个美女，但就是我也不知道她的真正样子，也不知道她为什么一直戴着把脸遮得严严实实的纱巾。

“你只要按你自己的心意做事就好了。记住：不要让别人找到你，他们会抢夺你的血液，把你杀掉。”她修长的葱指点在我的心口，“还有哦，有爱就去守护，不要让自己后悔。不要在意诅咒，自己的幸福最重要。”

“残月，为什么要这么想？我们是为宇宙造福，带给他们幸福!”

“你带给他们幸福，谁带给你幸福?”她冷冷地注视着我又忽然笑起来，“我开玩笑的，你当真了么？呵呵。”

这个残月，把我的心情都破坏了。话说回来，她刚才绝对不是说说那么简单，真是奇怪，又多了一件让人苦恼的事情。我转过头正好对上卡米其关心的眼神，心里感到无限温暖，诅咒是不是真的灵验了我不知道，但是我是真的喜欢卡米其。突然看到未来，我和卡米其背靠背互相依着，周围是无数的法师、术士和战士，哪个种族的也有，在对我们发动疯狂的进攻。最后我们寡不敌众，死在一起。而我，被抽干了血液。

全身打了一个寒战，那真的是未来？为什么会那么惨？为什么？

把自己关在房间里静思，三天未踏出一步。我用魔法把房门锁得死死的，卡米其每天都在外面喊叫，他越是担心我，我越是放不下。心乱如麻，我到底该怎么办？让卡米其去死？我真的舍不得……想着，泪水爬满面颊。

“既然放不下，就去追啊。”

被突然而来的声音吓了一跳，猛然抬起头竟然是残月！我明明有设置结界的，她怎么进来的？

“别想了，我的魔力是不如你强，但我只是一个虚体，可以穿越结界的。”

“是吗，但是你不懂，我不想卡米其陪我一起死。我要保护自己爱的人，你懂吗？”

“那你就想办法把卡米其赶走，让他离开你，这样不就好了？你想办法躲过这场浩劫再与他和好不就可以了？”

也许，这个办法可以行得通，但是真的会如愿吗？不论怎么样，都试一试吧。消了封锁魔法，打开门。门口的卡米其立刻将我紧紧地抱在怀里，他在发抖，是在担心我么？

卡米其看到我的情绪，把脸凑到我面前：“还记得小时候吗？”

“嗯，那时无忧无虑，每天都那么快乐呢……”

“那就让我们跟以前一样吧，我还是会保护你，不会让你受伤害。”卡米其小孩子似的拍着我的脸。

“可是，有时候能力越大，责任也越大。”开始慢慢地试残月的办法，将他支走。小心翼翼地说着，观察着他脸上的表情，“卡米其，你先回你的故乡去待两个月好吗？”

“忆魔，你不相信我了么？我学的是冰霜水系的魔法，苦练这么多年，不就是为了保护你吗？”卡米其生气了，他觉得我在藐视他，倔强的像个小孩。卡米其倔起来谁劝都没有用，我只好让他留下住在这里，再请残月给我出主意。卡米其，我不想把你扯进来，因为我喜欢你啊！

1. 月光下的交易

我坐在屋顶上发呆，突然面前出现巨大的旋涡。

“谁?”立刻站起身握紧自己的武器盯着那个旋涡。那里面渐渐地走出一个帅得有些邪气的男人。

“紫忆魔，是你唤我来的哦。”他咧嘴笑着露出整齐的牙齿，两颗尖锐的小獠牙寒光四溢。

“魔界之王暗夜噬月?”虽然是我找他但他终究比我厉害，况且这个人阴险狡诈，万一被他暗算……想着，提高了警惕。毕竟是他害的凯帝亚伦一族变成现在这个样子。

“别误会，我真的不想跟你打。”他收起暗之羽翼落在我身边，“你要和我交换那想必你也看到自己的未来了吧?”

未来？就是被各个种族围困追杀，最后用的共灭魔法。我抬起头对上暗夜噬月的眼睛，“你到底想说什么?”

“很简单，按圣女说的做个交易。把你善良的心给我，我给你永生的灵魂，让你和凯帝亚伦五世一起重生，等到时机成熟到我的王国来分裂你们两个的灵魂。”

“那对我没有任何好处!”

“呵呵……你果然还是有顾虑。”他仰面笑着，低下头用手捏住我的下颌，“如果我告诉你，你现在只有一个月的时间可以爱卡米其呢？别忘了，还有一个月你就19岁了!”

“一个月？好短……”对啊，还有一个月就十九岁了，十九岁，诅咒应验的时间。眼神黯淡下去，很不公平，我不甘心，真的不甘心！“好，我答应你!”为了爱，我可以牺牲一切，善良的心又算什么?“你要帮我!”

“可以。”

2. 背叛

暗夜噬月按计划进入守护神殿。我尽力不去看卡米其，不去想他。任由他瞪着惊愕的眼睛看着我挽着暗夜噬月的手臂走进神殿，然后一个人在那边发呆。

晚上坐在神殿里。卡米其从外面进来，一脸的严肃，不知道他在想什么。现在他把自己的心思藏起来了，我再也没有办法去读他的心。现在我们已经不如以前心连心了，因为暗夜噬月的关系。

“忆魔，你喜欢暗夜噬月吗？”卡米其盯着自己的手指，看起来很期待又很害怕听到我的回答。脑袋里突然响起残月的声音：这不正是个好机会么？借这个机会赶他走！“对，我是喜欢他，怎么了？”心跳的厉害，我毕竟第一次对卡米其说谎。

“为什么！你不可能随随便便变心的！”卡米其很激动，坐在地板上，低垂着头，紧紧地攥着拳。

“卡米其，只要我喜欢他，只要他不说讨厌我，我就会去追。”傻瓜，我要保护你！这些话能听懂意思吗？咽下后半句，沉默了。

“……”卡米其没有回答，静静地走回卧室。看样子他没有听懂。

第二天，我去叫卡米其吃早餐，却发现他已经走了，他的房间里凌乱不堪。卡米其很少这个样子的，他很爱干净，房间一般都不需要佣人打扫的，但今天……

“看来成功一半了。”残月突然出现在身后，轻轻抚摸着我的发丝，“你和二世有一个共同之处……”

“哦……”我漫不经心地回答着。

卡米其，不要再犹豫了！快点离开这里吧，再发展下去我们都会死在这里的。去过属于你的安全生活吧。想起昨晚的话，心很痛，但为了他的将来，我只能这样做。看来他的心真的被我伤到了。卡米其，对不起……

中午我去找暗夜噬月，却听到卡米其的声音，卡米其的手上流着血，而噬月的手上拿着一把刀。

“噬月，你没事吧？发生什么事了？”明知道卡米其手那样了，还是强装关心噬月。

“忆魔……你到底怎么了？为什么突然这样对我！明明是我在流血！你一点都看不到吗？因为他吗？因为你喜欢他？因为你移情别恋？”卡米其的眼神像针，刺着我心中最柔软的地方，每一下都那么痛。

“对！因为我喜欢的是噬月，不喜欢你，所以你不要再缠着我了！”我装作很气愤地对他，但却很想过去看看他的手臂。不可以过去，不能这样做！

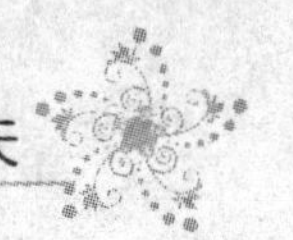

强忍住心痛，转过身来骂他，“我不需要你！你缠着我我都快烦死了！”

“忆魔，你知道我的血为什么是蓝色的吗？这是我学习冰霜水系妖术的代价。”卡米其没有直接回答我的话，默默地止住血，把流出来的血洒在空中，这些血滴立刻变成冰针，在太阳下消失了。“就是说关键时刻，我可以把自己的血变成致命武器杀人，但如果那样的话我就会……就会死。这是我跟前辈学的至高无上的冰霜妖术，考虑到你身处危险，终有一天会被逼上绝路，所以我会替你死。”卡米其平静地说着。

“回去吧，我不会让你留在这里的。”我的心软了，也没了刚才的语气，只好故作轻松地对暗夜噬月说：“月，你送他走吧，杀了他也跟我没关系哦！”

“忆魔，你变了，你喜欢他拥有强大魔法可以保护你是吗？对，我只是个普通的猫妖，没有无上的权利。你不就是想得到崇高的地位来保护自己么？只要我打败妖王得到妖王的位置就一定会把你抢回来！”

卡米其转身走了，留下几颗淡蓝色水晶。我的泪水决堤而出，止不住地流下来，心痛得动弹不得。目的达到了，我应该高兴的不是么？为什么反而更加心痛？望着卡米其的身影呆呆地坐在地上，只有眼里的泪水不停地涌出来。卡米其，我不想要崇高的地位，我只想保护自己最心爱的人。

3. 意外

“暗夜噬月，在最后那一天之前，来取我的心。”现在不过是木偶一具，已经哭到再也流不出眼泪。没有目标，没有计划，不知道该干些什么，只是坐在沙发上发呆。

“我会陪你走完最后的短暂时光。”暗夜噬月呆望着，他不想离开紫忆魔。她让他想起了和紫月在一起的时光。真的很开心，只要能看着她的脸，什么代价都可以付出。但是，都怪那只猫妖！该死的……

十天后……

圣女的幻影突然出现在家里，很慌张地告诉我，卡米其去找妖王决斗，虽然赢了但是受了很重的伤。我不知道当时自己的心有多痛，只知道痛得快要死掉了。安排圣女偷偷派一个血族的使者去给他疗伤，挽回他的一条命。

第二天，我去妖王圣殿看他，却看到他怀里抱着一个漂亮的女妖在 kiss，顿时全身的魔法力量仿佛都被抽干了。他见我来了，微笑着说："你看，这将是我的王妃，很漂亮，是不是？"怀里的女妖咯咯地笑着望向我，双手攀上卡米其的脖子贴在他身上，似是在炫耀。

恶心！绝对的恶心！卡米其怎么会变成这个样子！

他怎么可以变，他怎么可以变心！我努力平静自己的心情，调整自己有些眩晕的头，不泄露一丝的伤心反而装出一副开心的样子说："恭喜妖王找到自己喜欢的王妃。祝妖王和王妃过得幸福，婚礼的那天，我会邀请噬月一起来参加的。"

"……"他的脸冷地像冰，好久才缓和过来，淡淡地说："谢谢你的祝福，今天先在这里住下，让我好好招待你吧。"看来卡米其对我的那抹怀疑始终都还存在，为了不让他怀疑，我决定住下。

晚上，我躺在柔软的床上，心痛得不能呼吸。卡米其变心了，他不再喜欢我了！不能接受，不能接受，为什么他要变心！泪水顺着面颊流下来，浸湿了抱枕。寂寞地睡在屋中，隐约觉得有人走进了我的房间帮我盖好了薄被，坐在床边。良久，一只冰冷的手抚上我的脸颊。是卡米其吗？他来看我是不是在伤心？来看我的笑话吗？

"多么希望那个位置上坐的是你，只有一个月、一周、一天，哪怕是一个小时、一分钟、一秒钟，我也愿意付出任何代价。你只是想利用暗夜噬月吧？希望他保护你，一定是这样的。但是，为什么我成为妖王了你还是不肯回来跟我在一起，为什么你今天看到我怀里的女妖一点反应都没有？你真的爱上暗夜噬月了么？"

"我究竟哪里不如他？你为什么要搪塞我，你就不能对我说实话么，我可以改的，无论是什么条件，我都可以改的……"

"为什么你要喜欢暗夜噬月……"

良久，他轻轻地出去了，留下我在屋子里，又开始啜泣。卡米其，我没有喜欢噬月，对不起，原谅我。

4. 告别，永别！

"不知忆魔昨晚睡得怎么样？觉得这妖王圣殿和魔界晶域比起来哪个更好呢？"卡米其坐在高高的王位上，那个女妖就站在他身后。旁边的王妃位

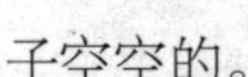

子空空的。

“妖王圣殿和魔界晶域是两个不同的地域，各有千秋又怎么能相提并论呢？不过我觉得还是噬月的魔界晶域更清静一些。”

“你说得也没错，那毕竟是你将来的家。没有人不恋家的，是吧?”

“是……你还不肯死心么?”突然，他使用了时间妖术，那个女妖和侍从们都留在了停住的时间里。卡米其从王位上走下来，漂亮的丹凤眼盯着我的脸。

“你真的愿意和暗夜噬月在一起?”

“对!”

“你不就是喜欢他至高无上的权利和无穷的魔力么？本王问你，本王与暗夜噬月打一场，若是本王赢了你会不会回到我身边?”

“妖王，你错了，我是真的喜欢噬月，就算他……就算他死了，也会和他在一起。我想做他的魔后。”我低垂着眼帘不敢看他。

“如果我偏要你留在我身边呢，本王把你终身囚禁在这妖王圣殿你又能怎么做呢？以你的力量还打不过现在的我。”

“我……”真的不知道该怎么回答，倘若他真的把我囚禁在这里，不出一星期，妖王圣殿就会和我一起消失了。该怎么办!

“卡米其，一个月不见，当上妖王了！怎么也不通知我一声？要不是忆魔的纸条，我还以为她失踪了呢！怎么用上时间妖术了？很费妖力哦!”暗夜噬月突然出现在我身后，一只手搭在我的肩上打了个响指轻松解除了这个妖术。像是在玩闹又像是在警告，警告卡米其他的魔力更高，卡米其的伤还没有好，打不过他。

“把手拿开!”卡米其向暗夜噬月劈出雷电，“不准碰她!”

暗夜噬月轻轻松松地躲过了，唤出斩魂剑毫不犹豫地向卡米其劈过去，卡米其用手抵住锋利的剑使出全身的妖力，他还没有完全吸收妖王圣殿的力量，与噬月比起来很吃力。一团蓝光散发出来，使我无法看清发生了什么。蓝光过后看到卡米其满身是血很逞强地站在那。他再也扛不住第二剑了，噬月举起剑准备给他最后一击。眼看着即将劈在卡米其的身上，看着他绝望地闭上眼睛，看着他放弃抵抗准备迎接死亡，看着他眼神里对我的留恋。

“噬月，够了!”不由自主地让噬月住手，卡米其望向我，眼睛里闪烁起希望。我垂下眼睫：“今后说不定魔界和妖族会有需要合作的时候，留他一命对我们也有好处呢!”

“也对，我差点忘了。”噬月很配合地应和着收起剑，勾上我的肩往外走。

“暗夜噬月，我一定不会放过你的——！我要杀了你——!”卡米其声嘶力竭地吼。吼得我心碎。

“演戏就要演真点!”残月叮嘱我，“过去这段时间转世后你再跟他解释。”

“嗯，都结束了……”

5. 等待死亡

从妖王圣殿回来后的第七天中午。

感到有一股能量开始潜伏在周身，就快要冲破我设置在附近的结界了。奇怪，明明还有五天才会到诅咒的那天，怎么会这么快？不应该这样的！不过，卡米其，你已经放弃我了吧，你安全了吧，我的努力没有白费吧。站在门外，仰望天空，时间似乎已经到了，那层结界到底还可以撑多久？也许下一秒就会崩溃。果然，结界破了，大批部队冲进来，不仅有魔族，还有妖族、血族。

“这一天还是来了，19 岁，每个族人的宿命——死亡，卡米其你要幸福！等我，我会在下一世重生，到时候我们再在一起吧。”站在院子里虔诚地祷告着。天空又出现了巨大的旋涡，走出一个很邪气的男人。

“你来了。”我从体内取出善良之心，“这是约定好的。”

男人把东西接住握在手心，消失了。

卡米其，来世再见吧，到时候你一定会原谅我的。握紧手上的魔杖转身离去。

第二章　妖王复活

黑夜，我在角落里独自待着，还是个孩子就被残月通知要独自生活。这似乎是凯帝亚伦五世的宿命……在角落里蜷缩着身体，单薄的衣服挡不住这寒冷的冬天，伸出手在地上画了个圆圈，燃起一堆篝火取暖。不知道为什么总是做梦，梦到凯帝亚伦一世凯夜月涟，真的是很奇怪的事。

“感觉到了……”脑袋里传来一阵女人的声音，“白怜雪，带我去找他。”

“你是谁?”她，在我的身体里吗？没有回答，我的身体突然不听控制地动起来，为什么？谁在控制我的身体？我用自己的意志不停地去阻止她控制我的身体。

——怎么，一个五岁小孩也敢抵抗我紫忆魔？你再长几年才仅仅能打破我的结界而已。

紫忆魔？凯帝亚伦四世……凯帝亚伦前世家族中最厉害的那个公主？怎么会，她应该已经死了啊，不然也不会有我。她控制身体来到附近的城堡里，在花园里看到了一个透明的结界，里面沉睡着一个男人。好帅，好熟悉，好喜欢。好像很久以前就认识，我自己的心好像很爱他。他，一头短发，斜垂的刘海下瓷器般光滑的皮肤，双眼皮的眼睛轻闭着。头上两只可爱的猫耳朵，背后一条尾巴慢慢地摇摆。不过，他的身体是一片片的碎片拼接的，粉碎得很厉害。结界旁边守着一个吸血鬼。他跟血族的人有联系?!

身体冲着透明球体走过去，小手抚摸上结界，男人闭着的双眼突然睁开，结界瞬间消失而碎片快速恢复原来的身体，接着那个男人念了一句咒语，我的身体长大成17岁的样子。天亮了，顿时我觉得全身充满了力量，抬头看到挂在天空的太阳，心情好极了。记得守护神殿里的圣女说过我的力量来自太阳，有太阳的时候我的魔力可以增加五六倍，而且可以抵抗任何魔法，紫忆魔也就无法控制我的身体。夺回身体控制权了呢!

那个男人望着白怜雪，心里一阵温暖，好美。白怜雪比紫忆魔还要美还要善良、纯洁。好喜欢……眼睛眯成一条缝。他看到在这个身体里有两个灵魂——象征太阳的白怜雪和象征月亮的女人，这是谁？只不过，女人的灵魂被束缚住了。良久，这个男人开口了，语气很温柔：“我等你好久了，白怜雪。”

听着他的话，伸手捏捏自己的脸，好痛，不是在做梦。吸了口气坐在座椅上，那个紫忆魔是月亮的力量，这次我纯属托太阳的福，运用封锁之术把紫忆魔困在身体内，她渐渐地沉睡了。我才得到自己身体的控制权。

“消失了……”眼前这个男生呆呆地说，“走了么?”

这个人看出我体内有两个灵魂了么？他是何方神圣，居然能看透我?

“只是被困在身体里。白天还可以控制，晚上就不行了。”

“噢，”他沉默了一会儿，“我就是妖王卡米其，要保护你完成任务！然后，和你一起死。”

“为什么要和我一起死?”

“因为我爱你。”他整了整衣领三步两步就跃上了城堡外的山顶。

爱我？可是……为什么？为什么我也有种爱他的感觉??? 是前世的未了姻缘?

不由自主地跟上去轻轻落在地上，一眼就看见下面的山谷里有个山洞。

“那个……这里怎么会有山洞?”我呆呆地问。

“噢，是魔界的领域，有强大的结界守护着。你想去看看吗?”

“不是啦，斩魂剑是做什么的?”

——据说是用来分裂两个同在一个体内的灵魂的，挺适合你的啊!

有短暂的震惊，看到一个画面！我进了那个山洞，那把斩魂剑最终被我所用，难道是为了分裂我和……

“你身体里的灵魂是谁你知道么?”

“我不知道……她说她是凯帝亚伦四世。”

“竟然是她……那个女人……对不起了，借用一下你的身体，”云梦凝结着手上的能量朝天空发去，“我想见见她。”

“什么???”不等我反应过来，天空的太阳很快就落下去，身上的力量被削弱，紫忆魔苏醒趁机冲破束缚跑了出来。又来了，这种身体不听控制的感觉！“为什么，也许你会害死我！但是，为什么，要，害，我?”我无辜地看着他，被困进身体内。

“你终于发现我了，妖王殿下——卡米其。”

“为什么你没有死，你不是已经……”卡米其望着紫忆魔的灵魂，眸中闪过一丝兴奋，但瞬间消失，不解和怨恨取而代之。“对了，很不甘心吧?不甘心和暗夜噬月分开，呵呵呵呵，你这叫自作自受!”

“卡米其，我对不起你，但是我是有苦衷的，我只是为了保护你。拜托你，听我解释。”她顿了顿，想从卡米其的眼睛里找到些什么，却只有白怜雪的身影，“你喜欢白怜雪了!!!! 你另讨新欢了?!”

“你管我?! 笑话！别忘了现在的你是什么身份？用魔族皇后的身份来质问我么？我堂堂妖王，为何要听你的!”冷漠地对上那双愤怒的眼眸，“本王

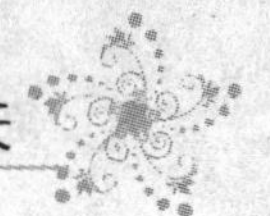

的王妃不用你管!”

“你为什么不听我解释?我不想做魔后,我只想做你的妖后,听我解释清楚,你一定会原谅我的!”

“狡辩!本王亲耳听到你对本王说你想做魔后。哦,对了,现在你看着妖族蒸蒸日上胜过魔族,怕噬月保护不了你了所以来投靠我?你当本王是什么?本王才不会被你玩弄于股掌之间!”那种伤痛,一次就够了……

“本王?你跟我端架子?为什么非要这么绝情?卡米其,我是真的爱你,因为那个时候我的诅咒到了,如果你跟我在一起一定会死,我不得不让你离开。看着你死,我做不到。”紫忆魔盯着卡米其,观察着他脸上一丝一毫的变化。

卡米其皱着眉头,眼里闪过一丝复杂的情绪。到底,该不该相信她?她说的是真的么?如果是真的,那么是我误会她了害她受苦?我错怪她了!拽过紫忆魔的手将她紧紧地抱在怀里,所有的思念在这一刻都得到了宣泄,很怀念,怀念她的温暖,怀念她的味道。

“拜托你,不要再伤害我了,我再也没有那么坚强了。我会救你的,一定会的。”

“我有办法的。只要用那把斩魂剑分裂灵魂回到我自己的身体,然后杀了白怜雪就可以了!”紫忆魔说这话时身上散发着邪恶的味道。卡米其吃了一惊“忆魔,你不可以!”卡米其盯着紫忆魔空洞的眼睛,心里突然明白了。

“我用自己善良的心和暗夜噬月交换生存的权利,只为了见你,继续爱你!我有什么错,我好不容易杀了敌人,怎么能这么便宜白怜雪让她夺走你的心!”

卡米其看到紫忆魔的眼睛里闪过一抹悲伤,不是来自紫忆魔的,是白怜雪的悲伤么?她明白了这是怎么回事,所以替忆魔悲伤么?心里的天平开始慢慢倾斜向白怜雪。

“卡米其,你真的想要违背自己的承诺么!刚才说的什么你都忘记了吗?你怎么可以……”紫忆魔顿了顿望着他迷离的眼神,“原来你喜欢上白怜雪了,是啊。白怜雪比我善良、比我漂亮、比我纯洁。但是你别忘了,我和她还在一个身体里!我可以和她,同归于尽!”

“不要!因为我答应残月要帮怜雪完成任务,忆魔你应该分清楚哪一样

比较重要！如果这一世再不能得到你们的力量，我们的世界就会陷入混战，更不要说长相厮守！”

“是吗，或许这只是你的借口！别忘了，还有二世的巫师诅咒！这是你改变不了的，我想你明白。我在晚上才能借用这个身体。白怜雪的力量还是不可小看！那个女人妄想跟我抢，总有一天她会死在我手里！”

卡米其呆呆地想着，伸出手收回了刚才释放的黑夜魔法。

“你居然收回黑夜魔法？没有人可以在我这里抢走你，没有人……不论你怎么对我我都会爱你……不惜一切代价……”

身体掌控权回到怜雪手上。

“你都看到了？”卡米其凑到白怜雪面前望着她，“对不起，都是我让你受罪了。不过你还真是厉害。紫忆魔的沉睡魔法对你居然一点用处都没有，而你却可以轻易地让她睡在里面。”

“看到？看到什么？”白怜雪惊讶地问他，“刚才出了什么事？我一点印象都没有。她真的是紫忆魔？”

“我明明看到你悲伤……”

“不知道呢，不过忆魔她……真的是我的上一世？为什么她还活着，如果她还活着，我又是从哪里来的？”

“她只是虚体，残余的不肯转世的灵魂。因为强烈的愿望而存活下来，又和噬月做了交易，用自己善良的心交换生存。以后你要小心一点，现在的她没有以前那么善良了，说不定有一天她会在控制你的身体的时候去自杀。这样你们两个就会同归于尽。我的选择关系到你们两个的生命，这要我怎么做？”卡米其若有所思地坐在地上，刚才那抹悲伤不是白怜雪的会是谁的呢？到底是谁的呢？

“呵……谁叫她用月亮的魔力呢？若跟我一样即便在白天也可以控制着身体了。”白怜雪望着天空的太阳，嘴角露出一抹善意的微笑，“凯帝亚伦二世的诅咒，这一世一定会被我打破的。紫忆魔，你的约定我也不会让它达成。”是你吧。二世的诅咒，我现在似乎已经喜欢上这只猫妖了呢！不过我们不会死，绝对不会，我们一定要活下来！

1. 紫忆魔重生

一周后……

白怜雪站在山顶上，任风肆意地吹着长发。呆呆地望着那个山洞，眼中尽是悲伤。

“怜雪，你的心真的很脆弱，才一次小小的挫折。”背后传来熟悉的声音，卡米其来了。白怜雪调整好情绪转过身来，脸上还带着愤怒。“要不是你们族到处拈花惹草，怎么会遭到二世的诅咒？小妖居然敢勾引强大的凯帝亚伦家族！你也不怕受各族耻笑！”

“你!!! 好歹我也是妖王，你就不能放尊重一点吗？我们族才没有到处拈花惹草！也没有勾引她！”大概说到卡米其的痛处了。

“是吗？”不知道为什么，听到这句话很高兴。但是听到他的下半句就怔住了。他说“但是，我是真心喜欢忆魔的”。

白怜雪不喜欢他这样子，不喜欢他发呆，不喜欢他对别的女人满目柔情。脾气突然暴躁起来，用手指轻指悬崖边的巨石，巨石瞬间爆开碎成无数块细小的碎片，纷纷扬扬地飘下悬崖。卡米其回过神来，看着无数的碎片，甚是惊讶。

“雪，你……你怎么了？”

“卡米其，那个该死的诅咒真的灵验了。我现在好像真的喜欢上你了，是你吧，让我变得这么暴躁。该死的，为什么我会变成这样!!”白怜雪愤愤地说着，努力地平息愤怒。

“怜雪……”卡米其走过来，想给她一点镇定。

白怜雪挥开他的手：“别动我！我居然变成这样子。你不要跟过来！站住！别再往前走了!!!!”白怜雪向后退去，一不留神踩空坠落进深渊。

“怜雪!!!”卡米其想抓住她的手却没有抓住，看着她坠落深渊。有种不祥的预感。有人出现在他的身后，转过头，是圣女，不过看起来跟以往似乎不太一样，好像是实体：“我要去救怜雪！残月，你帮帮我！”

“已经太迟了，你不知道太阳快落山了？而且，这是凯帝亚伦族人的战斗，你无法参与。”圣女指着渐渐落下去的太阳，“她落下去的山洞是魔界的领域。你是妖王，去了会被杀掉。这个时候紫忆魔应该要开始行动了。”

“行动什么?? 难道是……”云梦睁大了眼睛，眼神里充满了恐惧，忆魔说她要分裂灵魂。而且山洞里有他最惧怕的斩魂剑！他不得靠近，否则必死。上次与魔王战斗时已经领悟了斩魂剑的威力。

“这是你的责任！紫忆魔已经完全坠入魔道了，现在的白怜雪也在变化，你绝对不可以让她也失去善良。有预言说她将是凯帝亚伦族魔法最强大的族人，也是世界上最强大的法师，无人能敌。如果她丢失善良本性为魔族所利用，那恐怕宇宙都将为魔界统治。只是还没有觉醒。所以你要保护好她，就算你死也要保护她！紫忆魔那边，你要想办法劝她去转生！”云梦盯着漆黑的深渊，耳朵不安分地垂着。圣女把一切都看在眼里，看来时机很快就要到了，嘴角弯起一道不易察觉的弧度，随后消失了。

白怜雪看着云梦脸上的悲伤坠入深渊，稍稍用了点魔法，降落在最底层，可还是受了点伤。白怜雪为自己疗伤，关键时刻太阳居然落下去了……

身体不再受白怜雪控制，取而代之的是紫忆魔那张脸。但是，白怜雪被紫忆魔用束缚魔法困在身体里动弹不得，却没有被夺走意识。

“紫忆魔，你想干什么！”

“白怜雪，你是个妨碍者。所以呢，你认为我会让你继续活下去么?”

“这里是魔界的领域，你来干什么!!! 一会儿他们发现你一定会杀了你!”

“谁死还不一定呢！不用一会儿，已经来了。”紫忆魔话音未落，由山洞里出来一些小怪，很恭敬地向紫忆魔敬礼。领头的小怪微笑着说：“王等您很久了。”

紫忆魔进了山洞，在最上面坐着魔王，魔王旁坐着一个漂亮的女人。只是这个女人睁着一双空洞的眼睛。不用看也知道是紫忆魔的身体。哼，没有灵魂的身体不过是个丝线操纵的傀儡，没有意识，没有思想，一具空壳而已，跟尸体有什么区别? 她想干什么? 重新利用那具躯壳么?

“这是约定好的。”魔王扔过来一把剑。不用说也知道，这是斩魂剑。大概知道紫忆魔想干什么了。

那把剑发出淡红色的光，渐渐从刀鞘中抽出来，指向我。瞬间好像被人粉碎，为什么，只是剑压就已经顶不住了么? 但是，似乎对紫忆魔一点作用都没有，只是冲我来的么? 剑突然刺中了我的灵魂，这把剑真不愧为斩魂剑，我用来维护灵魂的魔法全部被驱散了。又得到身体的控制权，为什么?

为什么要把身体的控制权给我？难道天亮了……

来不及多想，斩魂剑便贯穿了白怜雪的身体，从半空中摔落下去。用手按住伤口抑制住不断流出的黄金色血液，紫忆魔的魂魄回到了她自己的身体。

“紫忆魔，你好卑鄙！打散我的魂魄，贯穿我的精元，毁掉我的身体。这一切的一切无非是为了你自私的爱！”

紫忆魔整了整衣服仰面长笑：“那你呢？你为了什么从悬崖上坠落进深渊？不也是为了他么？呵呵，你没有权利说我！因为你也是被爱操纵的傀儡！本来我想杀了你，有你在我就得不到卡米其完整的爱。不过魔王说你的力量是世间百年难见的王者，如果为他所用，他会很高兴。”紫忆魔打了个响指，从地下冒出一条黑色的铁链硬生生地贯穿怜雪的琵琶骨。只觉得钻心的痛，就昏过去了。

2. 诅咒的真相

有了意识，肩上好痛，铁链还在。睁开眼睛，发现自己躺在魔王身边。

“别动！”魔王按住正欲起身的怜雪，“还在流血。”

怜雪这才发现，魔王并没有圣女说的那么恐怖，相反，是个帅得有些邪气的男人。但是，他为什么要救我呢？难道真的想借用我的力量？正想着，魔王为我疗伤。

“你为什么要救我？我只是一个无力还击的俘虏，你杀了我吧。”

“你和二世长得好像，甚至比她还要美……紫月，你很恨我吧？”魔王独自想着，眼睛里满是柔情。

“紫月？你还好意思提她么？明明就是你害的整个凯帝亚伦族永不得宁日，现在还在这里装好人！”白怜雪愤怒地说着，不小心触动了琵琶骨上的锁链，传来钻心的痛。“厄——！该死的锁链！”

“那是因为紫月说过喜欢我却又和那个猫妖在一起！她欺骗我的感情，我堂堂一代魔王竟然争不过一只普通的猫妖！”

“那你就诅咒紫月，不对，是整个凯帝亚伦家族么！你也太狠心了！”

“你在说什么？我什么时候诅咒凯帝亚伦家族了？”

魔王很激动地在墙壁上画了个圈：“你不是一直想知道真相么？现在你

就自己看啊!”

白怜雪不敢相信地看到二世和魔王很亲昵地在一起，紫月很主动地去吻他。这算什么？勾引么？嗯？这是什么，紫月的心为什么是黑色的？

“看到了？不是我主动找她。该死的女人偷走我最宝贵的权杖，欺骗我的感情!”可是，现在为什么还喜欢着她！魔王懊恼地骂自己。

“魔王。你看这个!”

“不堪回首的过去看什么看!”

“我让你看着!!”白怜雪拽过魔王狠狠地吼了一嗓子，“你看，紫月的心和血液都是黑色的！你看她的眼睛，根本是死人的眼睛!”

魔王呆呆地看着画面，“黑色的血液和心脏，这是……”

“是血族的傀儡术，二世跟你在一起的这个时候大概已经死掉了。呃！别碰我的伤口，好痛!”

暗夜噬月这才发现自己的手搭在白怜雪的肩膀上，连忙缩回来：“以后叫我月，别魔王、魔王的叫，好像我很邪恶。照你这么说，紫月应该是很久之前就死掉了，不过谁有这么大的能力可以杀了凯帝亚伦的族人呢？再说傀儡术是血族的禁术，没有几个人会用。”

“对了，紫忆魔上次的诅咒被提前了，她藏身的地方应该没有人会知道却被人发现了。看来那个人还活着，但是目的何在呢？为什么要这样害凯帝亚伦族族人呢？对了，说不定圣女知道。我们去找残月吧，她和血族友情很深。从凯帝亚伦家族创立开始她就被创造出来辅佐族人。”白怜雪爬起来就想走，肩上的伤口传来剧痛，使她不得不停下一切动作。链子还留在身体里，动弹不得。

“先把铁链取出来吧，这样你根本没有办法去找圣女。”

白怜雪和暗夜噬月一同出现在守护神殿里，白怜雪呼唤圣女却找不到她。怎么回事？圣女不是待在守护神殿里只能用幻影吗？她是怎么出去的？有问题!! 圣女有问题!

我驾驭着魔法飞上悬崖，卡米其就坐在悬崖边，盯着我缓缓地出现在他面前。

“卡米其……”我伸出手想去抚摸他的脸，做那个很久以前就想做的动作，但是，他歪过身子避开了我的手。“你!!!”

“你说，你把白怜雪弄到哪里去了?!”卡米其愤怒地抓住我的双肩狠狠

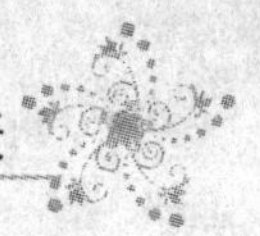

地摇着，“你说啊！你到底把她怎么样了！”

为什么？为什么？你心里一点我的位置都容不下了？曾经你也喜欢过我，昨天你还说你爱我……不可置信，他，心里一点也没有我了！现在的他只关心白怜雪！心痛，撕心裂肺的痛，我做的一切！我不惜任何代价要活下来，不惜任何代价保护他却换来背叛！为什么，我究竟做错了什么上天要这样对我！难道就因为我和噬月的计划伤了他的心所以现在要我受罪？

“你究竟把她带到哪里去了！为什么你要伤害白怜雪！你知不知道这样做会有什么后果……”卡米其停住了，白怜雪突然出现在他面前。

白怜雪用魔法把自己传送回到悬崖上，但终究是受伤了没有以前灵活，刚刚穿过就跌在地上，肩部传来撕心裂肺的痛“呃……”忍不住，一口黄金血液喷洒出来。看到紫忆魔，全身都打了个寒战，望着她瑟瑟发抖。暗夜噬月出现在她身后，轻轻地扶起她。

“怜雪?！你怎么会伤成这个样子?”卡米其望着白怜雪，发现她的眼神不对，难道是紫忆魔把她打成这个样子？“紫忆魔，你真的打算杀了怜雪?你为什么这么狠心!”

该死的卡米其，他一点都不在乎我了！原来，在他心里，这个女人更重要。我一片真心地对他，想尽办法保护他！该死的，眼泪快要掉下来了！输得够多了还要赔上自己最后的自尊吗？不，绝对不行!

“呵，你怎么了卡米其？你不是一直都喜欢我么？哦，原来你喜欢漂亮的女人。以前是女妖，现在是白怜雪，等白怜雪不再纯洁、漂亮，你又想换谁呢？与其让她以后伤心还不如现在让我了结了她！奥术之力——!”紫忆魔挥起她的魔杖指向白怜雪，身下立刻出现奥术之印的法阵，天空深处劈下无数闪电打向白怜雪，躲掉的机会微乎其微，白怜雪，今天就送你去死！我已经吸收了月亮的全部力量。现在是黑夜，我的魔法力量是白天的几十倍，一切都对我有利！更何况现在你已经受了伤，不再是我的对手了!

“躲开!”暗夜噬月和卡米其一同出手为白怜雪挡下，但魔力终究太强，两人一同逼退好几步，各自盯着自己的手。紫忆魔的力量什么时候这么厉害了?

“很奇怪吧？很想知道吧？既然我已经被唤醒，又怎么会让自己白白付出这么多？因为我早就料到会有这一天！每天晚上我都在吸收月亮的魔力，为这一天做准备。”只是没想到这一天来得这样快。“你们选择帮她？都给我去死吧！”

“紫忆魔，你怎么变成了这样？你的善良之心是没有了，但是你完全可以自己恢复过来啊。你现在有这么强大的能力，只要你想，一切都可以回来的。”

“那我失去的爱可以回来吗？”

卡米其没有说话了，我就知道，卡米其，还有噬月，什么山盟海誓，都不过是一派花言巧语。其实我早该看清楚这一切的，我太傻了，居然还为了你们承受不得转世之苦。

紫忆魔对着天空，施展了积蓄的所有魔力。这是同归于尽的一招，也是我给他们的唯一机会。

“去死吧！”

我狠狠地打向了白怜雪。

“危险！”卡米其和暗夜噬月一起冲向了她，三个人在一道耀眼的黄色光芒下一齐倒在地上，不再动了。

紫忆魔呆呆地愣住了，他们三个，好像都死了。真没想到白怜雪竟有这么大的魅力让魔王也一起陪葬，魔王死了也就算了，为什么，为什么连卡米其也心甘为她死？冰冷的泪珠止不住的流着。

难道，难道这才是真正的诅咒吗？这才是诅咒！紫忆魔突然疯疯癫癫起来。

这时候，她突然看到了卡米其浑身是血地站了起来，一步一踉跄地走了过来，摸了摸紫忆魔的脸。

“傻瓜，这不是诅咒。真的，根本没有诅咒。”

“卡米其……”

“我做妖王，只是为了调查清楚诅咒的真相。我直到刚才才知道。紫忆魔，无论如何，我们的转世又要开始了，这才是真正的诅咒本身。我们将无限次地重复这个互相怀疑、互相残杀的过程。我只是希望，下一世，你一定要记住，有一只猫妖爱过你。”

有只猫妖爱过……紫忆魔呆呆望着天空，她想自己一定会记住这句话的，一定。

幸福望穿秋水

■ 窃贼

1. 缘起

春蚕到死丝方尽，蜡炬成灰泪始干。秋秋看见这一行时，懂了隐藏在诗后那个至情的他。

秋秋站在站台上，她已错过了一班车，天际才泛黄便有三两点星，她百无聊赖，翻着李义山的诗集，蓦地她看到了那一句，懂了他的情深似海。

她每每见诗，便想化作他心爱的女子，伴他朝朝夕夕。

只是他心心念念的女子到底是何人？宋华阳？柳枝？王氏？抑或那不知根底的锦瑟？

秋秋摇了摇头，她想起了家里那心细如发的丈夫，此刻，他该在为自己准备晚餐吧！他在一家杂志社工作，每日早她归家，每每她回家时，便有饭菜在等着她。

她早已过了爱做梦的韶华，二十三岁嫁给他，至今已有两年，他心细如发，却也是个刻板无趣的男人，分明爱她至深，却从不肯说出口。

她终究是个俗女子，天性的憧憬着浪漫，需要鲜花，需要那一句热烈的我爱你，可他却从未曾给她……

远远的，汽车像只甲壳虫一样缓缓爬过来，她终于等来了最后一班车。

缓缓地上了车，她想到了新的素材，甲壳虫的告白，她习惯在凌晨两点，从床上爬起来码字，如同工匠砌砖。

只是如今文字并不值钱，一个个字比不得一块块砖，无奈之下，她找了份工作，朝九晚五。只在午夜梦回之时，释放着她的伤春悲秋，坚持着她的拼文凑字。

甲壳虫的告白，丈夫的晚餐，她却是错过了，如同错过了上一班车，与幸福从此擦肩。

幸福街 14 号，小小的一间房里，一向温文儒雅的男人烂醉如泥。

街道上，报亭里。“十月四日晚，一辆公交车与一辆轿车相撞，死亡人数 9 人，重伤 8 人。”一行字跃然纸上，死亡名单上，最后一个位置赫然写着秋秋。

2. 抉择

醒来，檀香绕梁，软枕锦被。如痴如醉，不愿离。

“哐”门被推开，午时特有的骄阳晃花了她的眼，影影绰绰有锦衣华服、金钗高髻的妇人进来，口内唤着“锦儿，锦儿”。

她遮了光芒，看着来人，三十光景，风姿犹存，更平添雍容，她自是锦儿的母亲。

舒凤锦，二八韶龄，善鼓瑟，脑中有残存的片段。

可她亦记得她今年二十三，家中有夫，还有一只叫小贼的爱偷腥的猫。

“娘我没事。”她想起了她（也就是锦儿）不愿嫁与令狐楚为妾而悬梁，魂已散，命却不该断，她便替了这锦儿。

车祸中，她本是可活的，可当她晓得这锦儿是晚唐人后，她虽不舍丈夫却还是应了。

只因她记得那才华横溢情深至斯的男子亦是晚唐人，为见李商隐她放弃了安适。

她记得他曾在令狐楚手下做过幕僚，她便不再抗拒父亲为她安排的亲事。

文宗太和一年，舒宅幼女凤锦嫁与令狐楚为妾。

舒凤锦有胆有识，博览群书，常助令狐楚处理政事，令狐楚亦待她甚好。

3. 初识

一日三秋，两年于她宛若一世，文宗太和三年，她终是盼来了李商隐。

她鼓瑟，他与令狐楚父子在一旁说着什么，她失了神没听，瑟声渐止。

如此白净的男子本该如纸般无忧，奈何眉间总有一丝消不去的伤愁。

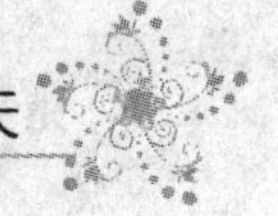

她想起他曾在玉阳山爱过一名叫做宋华阳的女冠，情深似他，那样的不容于世间的爱恋，他岂能不伤？若情薄，他岂不多些欢喜？可若情薄，他还岂是他？

他的身影渐渐隐去，她却犹自痴迷，直到令狐楚一声轻哼，她方惊觉，她失态了。

“他如何?”令狐楚递给她一卷书籍，书面上有正楷描着《才论》二字，她略略翻过，却未有心细看，她浅笑盈盈回答：“自是好!”

“怎般好?”

“才华横溢。”她把玩着手中瑟，看似无意，心里却是紧张得很，那般痴迷的神态，自是被令狐楚看了去，他若恼怒，她岂不糟?

“你终究只是个女子。”他折了枝茶花攒在她的发髻上，“只看他才华横溢，却不知他的才并不适合宦途，终要郁郁寡欢的!”

她禁了声，他的才确实是不适这个世间的。

她听丫鬟说，李商隐做了令狐楚的幕僚，令狐楚惜其才，对他多有提携。舒凤锦却觉得并非如此，她记得令狐楚说过，他那样的人不适合宦途，又怎会惜其才而提携他?

不知是否有意，他们每每闲谈，令狐楚总会告诉她关于李商隐的种种事迹，她知道了他做了东川节度使判官，他写了一首《燕台诗》。

令狐楚每每说完，便盯着她姣好的面容，神色异常。她开始还警觉，他却从不说什么，渐渐她便不那么在意了。

令狐楚常唤李商隐来商事，令狐楚，其子令狐绹、李商隐常三人围坐，她便倚在令狐楚身畔鼓瑟，令狐绹颇为不满，怨她打搅人，令狐楚却说瑟声悠扬，颇为静心。每每此刻他总是不做声的，只浅浅瞥过几眼，便算过了。

4. 初觉

一晃几度花开，文宗开成二年，毕竟年事已高，令狐楚的身子一日不如一日。

高楼软阁，她静静地倚在床边，李商隐、令狐绹等一干人皆被他拦在了门外，他躺在床上，神色平静，死神亦不足使他动容。

“你可曾有一刻爱过我?”他沙哑的声音划破了沉寂，她浅笑：“若不爱你，我怎会嫁你?”

“你……”令狐楚无奈地一声叹息，“你究竟是谁?我查过舒凤锦的背景，不过一个普通商人的女儿，与一般只会扑蝶嬉戏的女子无二，不似你这般的性子与才识，性子可改，才识却非一两日可变的。”

舒凤锦越听越惊“我……”不知为何，她不忍再骗眼前这个垂死的男人，可她却又不知该如何说。

“你终究是不肯信我吧，初见凤锦时，喜欢上了她明媚的笑颜，如今的你却更教我深陷，可为何，既无法报我同样深情，还要嫁与我?”令狐楚的眼里渐渐隐了光彩。

“我……”本想安慰他几句，却被他打断，“自古才子佳人，他才子，你佳人，若无我，你定会追随于他吧!”

舒凤锦再次失了神，他竟什么都懂，什么都看得清楚，她突然觉得鼻子很酸。

令狐楚看着她泛红的眼眶继续说：“只是，我死后，你便该收敛些了，这毕竟是不容于世间之礼的事，况且他爱的终究是宋华阳，若执迷，难免会受伤的。”不知是否因为人之将死，令狐楚发现他突然变得很絮絮叨叨。

舒凤锦在一旁，泪如雨下，他如此在乎自己，竟守着她几年，却纵容她心里有着别的人。此生能有一男子爱己至斯，便足矣。

“我本名秋秋，并非这唐朝中人，阴差阳错下，冒了这舒凤锦嫁与你……”趁他弥留之际，她将一切告知了他。

他听了，频频惊奇：“你替我叫李商隐进来。”她不解，亦没问，只是静静地退了出去，对着那个曾经让她惊羡的男子说：“老爷叫你。”面若冰霜。

5. 鬼差

蓦地，她再一次看到了鬼差，“请你等等。”她向他哀求。

他英俊却苍白的脸上没有丝毫神情，却提醒她：“你也快要走了。”

“走了?”她想要尽量地拖延时间，令狐楚此刻叫李商隐进去必有要事，她不想让那个深爱自己的男子生命里再多一件遗憾，她问：“去哪?”

“去你该去的地方。”他抿着唇，手里拿着缚魂锁。

“利用完了，便了了么?”她没由来地知道，令狐楚死后，舒凤锦为其守

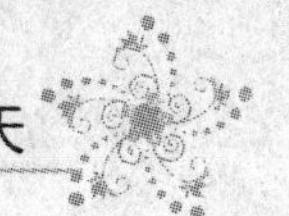

灵三年，自刎于其灵前，她对着他冷笑。

他依旧沉寂，良久，他方说：“我可以补偿你，只是舒凤锦阳寿将近，你不能在这了。”

“我要回去。”她想起了她的丈夫，他也是爱她至深的男子，一样的沉默，一样的温柔，一样的爱她至斯，只是当时她不懂得幸福的含义。

他一怔。

“怎么？不愿意么?”她挑着眉，话语凌厉。

“你的身体已被烧毁。”他默默地向她陈述着事实，“便是回去，也只是一缕飘荡在世间的孤魂。”

她看到李商隐从令狐楚的房间里出来。“便是一缕孤魂，我也想要见他。”此刻她不再心系李商隐，只想好好珍惜两个爱她至深的男子，她已错过了一个，不愿再错过另一个。

6. 回程

灵前三年，她的世界里褪去了华丽，只剩了黑与白。

外面偶尔传来李商隐的消息，他娶了王茂元的女儿，令狐绹责其背恩忘义，李商隐陷入了牛李两党的争斗中，终日郁郁寡欢。

那一日，她见到了他，他本是来找令狐绹的，偏偏令狐绹却不愿见他，他去令狐楚墓前祭奠他时，见到了她。

“为什么要娶王姑娘?”她虽早便知道如此，可却还是不懂，“你不是爱宋华阳么?”

听她提起宋华阳，他脸色有一丝尴尬，只是道了声：“她待我太好，我怎忍负她情深?”

“那你还会爱宋华阳么?”她有些同情，不知是怜悯被遣回宫的宋华阳，还是只得到一具空壳的王氏。

“既然娶了她，我心里便不会再去想其他女子了。”他神色静默却也坚定，“我会尽量忘掉华阳的。”

“你可知道娶了她，会被世人认为你是忘恩负义之人。”她明明知道，他是情深之人，自不会对令狐楚负恩，却还是如此一问。

“娶何人是我自己的事。四丈（令狐楚）对我的提携，我必是不忘。他

会了解我的。”李商隐看着令狐楚的灵墓，眼里有深深信任，“不打搅你了。”

他径自走到令狐楚的灵前，三跪九叩，便转身离开。

舒凤锦看着他远去的身影，夕阳在他身后划出长长的痕迹。突然发现，他比以前更显沧桑，那个身影如此寂寥。

她尚不知，她错过了他一首锦瑟，在李商隐心里，早已视她为友。

他亦不知，那便是最后一次见她，才刚把她当成朋友，便已失去。

其实，知与不知，不那么重要了，他与她，不该有交集。

她静静地望着令狐楚的灵墓，悬梁而尽。死前她想起，她已是第二次悬梁，一次为了不嫁他，二次为了他的深情。

不过五六年光景，便如此沧海桑田。

7. 逸轩

虚浮地飘荡在尘世，如世间一粒尘埃。每粒尘埃都在寻找另一粒相伴的尘埃。她也不例外，只是她的他很好找。鬼差送她到她死后十年的时空里。

十年，他依旧蜷缩在他们一起租借的小屋里，不曾搬过。

刚进去，连她也被房内那浓厚的颓废气息压抑得频频皱眉。

十年，说不得长，却也说不得短。

那只老爱偷腥的小猫似乎察觉了她，对着她“喵喵”直叫，她上前想要拥住它，它却从她的身子擦过。

她一时失神，已经无法再像以前那样抱小贼了么？也无法与他相拥了么？

她看到他伏在桌上沉睡，神色只剩寂寥，旁边，有一卷书籍，十年，让他的爱已浅淡了么？纵使当初待她情至如斯，他也不再悲伤？

她心中石落下，却也有丝丝疼痛。

风吹过，他惊醒，眼角有细细泪珠：“秋秋，秋秋，可是你？”

知他心里依旧有自己，甜蜜之余心疼的更厉害，失口唤了声：“逸轩。”

无奈，他却听不到。

柳逸轩低叹一声，叹的她心都要碎了，早知便不该贸贸然离开他，如今两人却相遇不相见，独独增疼痛。

柳逸轩浅吟：“此生只有你。”如同对她宣誓，她喜极而泣，此生他只爱她，他只要她。又感悲哀，她却放弃了他。

他俯首，继续看着未完的杂志，昏暗的房间，只剩熹微。

她转身离去，她如今才知道，在她选择了去唐朝时，她就错过了他，走上了一条没有止境的窄道。

没有轮回的岁月本就太长，太难熬，她不忍见他世世转圈轮回，那会让她更叹时光冗长。

8. 缘灭

在街上飘飘荡荡，不知怎地，她来到了她死亡的地方，那是她消逝的地方，也是她离开他的地方。

她记得，她错过了上一班车，于是错过了幸福。

她又想起了李商隐，想起了令狐楚，令狐楚是上帝的恩赐，却依旧被她错过。

她已错过两站幸福。

为了一个人，错过两站幸福，值么？

这尘世间是否还有她的下一站幸福？可否再给她下一站幸福？

她的幸福，便是望穿秋水，亦不可即。

克隆出来的超级“坏蛋”

■ 汪水

我，PTA 星球上超级狡猾、智慧与凶残并存、唯利是图、玉树临风、威风八面的大坏蛋。现在正受着 PTA 星球大法官裁决我终身监禁的牢狱之灾的煎熬，监狱长给我的囚徒编号是：PTA－8625617299898，可见，监狱里已经人满为患了，失败！

咳！说起被捕经历还真让我有些汗颜，算我倒霉！我偷偷溜进 PTA 星球总统办公大厦的绝密文件保险库里，偷盗一份关于“克隆人口剧增问题”的机密文件，只不过一时忍不住，放了一个臭屁，被气体探测报警器逮了个正着，唤来了二十来个全副武装的机械警察，红外光生物枪枪口全都对准我，我只得乖乖地举起双手，听凭他们发落。

在监狱里，四壁都是用金刚石和新型材料制成的，坚不可摧。好在我特别谨慎狡猃，为自己越狱早就留下了两件宝贝：一件是藏在假牙里的高容量细微型炸药（别看它只有绿豆大小，却能炸毁一架协和客机）；另一件是放在耳朵里的超高压纳米融化器（能融化目前市面上任何一种金属材料）。

我先用超高压纳米融化器在一堵墙的交点处融化出一个小眼儿，然后把高容量细微型炸药从假牙里取出，放进小眼儿中，随后引爆炸药，只听得“轰隆”一声，原来牢不可破的监狱墙面霎时崩塌。最后我大模大样地逃离了此地，呼吸着自由的空气（虽然这空气由于人口过剩，并不好闻）。走也！

我再次展开了崭新一轮的逃亡游戏。“最危险的地方也就是最安全的地方。”不知道这句话源于何处，反正说的很对，我就躲在监狱总部大楼的杂物室里待了一个多月，竟无人来打搅我平静乏味的单调生活，这使我感到十分无聊，十分憋屈，整天只能与电视眼镜为伴（电视眼镜是我们这个时代流行的产物，它能一边播放电视，一边指引方向）。

有一天，我坐在 369 米高的大厦的阳台上边喝酒边看着电视，镜框屏幕上恰巧出来了一名年轻漂亮且富魅力的女主持人，一头金黄的卷发披散在肩上，使我越看越想看，她笑容可掬地介绍坐在身旁的男嘉宾：“各位观众，现在坐在我身边的是IQ星球上著名的研究克隆技术的科学家——飞天星士(现在已经不是院士、博士的天下了，星士是我们这学位最高的等级)。他是研究克隆技术领域的权威人士，代表着星系中克隆技术领域的最高成就。下面请他给观众们讲解一下克隆技术最新研究出的成果。”

镜头对准了一个胖墩墩、挺着个西瓜肚的七十来岁的中年男子。他眯着炯炯有神的黑豆眼，文质彬彬的戴了副假型眼镜（顺便说一句，现代的人已经不患近视和老视这些眼病，戴眼镜纯粹是为了装点自己，让自己看上去更有绅士风度)。

他看着镜头，用一口流利的星系语言说：“各位观众，大家好！我来介绍一下我的最新研究成果。众所周知，克隆人技术水平还存在着重大的难题，处于初级阶段。这些克隆人没有记忆，没有思想，没有知识，没有……只能做一些简单的体力工作，还要浪费不必要的粮食和费用。我通过研究终于在近期有了重大突破，已经基本上攻克了这个技术难题，只要从人的大脑中抽取三小段脑神经末梢，就可以培植出新型的克隆人……”听到这里，高智商罪犯的我不禁在脸上浮起一丝既得意又诡异的奸笑。大家能想象出这神秘的笑容背后包含着多么大的灾祸吗？我先不说我的阴谋诡计，让大家发挥一下自己的想象力吧！

首先，我绑架了飞天星士，用枪威逼他给我培植一个克隆的我出来，不到一天工夫，新型复制克隆的我诞生了。我仔仔细细地打量他，连根汗毛都不放过，简直跟我一模一样，这下子我就不用照镜子了，我问了几个关于我个人的问题，他都能对答如流，实在太神奇了！看着他，就像对着自己的孪生兄弟。飞天星士的下场不用我说，大家也猜得到，肯定横竖总是要死的。

其次，我得好好策划一下最佳抢劫地点。大家会说抢劫珠宝行，对不起各位，一个世纪前就没有这种地方了，原因很简单，那些宝贝们早就销声匿迹了，取而代之的是廉价的人工珠宝。大家又会想到银行，十分抱歉，现代的人已经不用货币，改用最原始的方法——你劳动多少，就可获得对应的指定物品。

对啦！抢劫粮食厅呀！到了我们生活的这个世纪什么都不缺，唯独缺的就是白花花的粮食。因为克隆人跟人类都需要吃饭，克隆人又多得可怕，粮食供不应求，导致了人类与克隆人的几次粮食大战，最终以人类的机械军队获胜而结束战争。粮食的缺乏问题日益严重，为了要保持生命，只能吸取营养气体，这样做的缺点是人类的胃正逐渐退化。所以，人类就不惜代价地囤积粮食。现在的趋势是：谁拥有的粮食多，谁就可以当星系总统。因此抢劫粮食厅的刑罚最严厉、最残酷。

然后，我抽空去偷了一辆能装 3 万吨高压缩工业潜艇车，并且在黑市里换回两架激光生物机枪。还给我的克隆兄弟订制了一套和我盗窃时穿的完全相同的行头——夜行衣。

准备工作就绪，开始实施我的计划。我让我的克隆兄弟穿上给他订制的夜行衣，简直就是一个人似的，就连 DNA 也是百分百相同。

我派遣我的克隆兄弟开着潜艇车，在粮食厅底下的下水管道里等我。我单枪匹马地进入粮食厅总部大厅，拿着预先准备好的枪进行一圈扫射，墙壁顷刻起了化学分解变化，那堵金刚石合金墙“噗……哧……”几声化开了一个厚 2 公尺的深洞。瞬间白花花的大米同面粉涌散了出来，我立刻通知我的克隆兄弟开车进来运输粮食上车。我赶紧躲藏到阴森僻静的下水道里，注视着我的克隆兄弟抗击那几十个机械警察，这场以一敌多的枪战真是精彩万分，在这我就不多加描述了。

现在，我开始实施我的下一步计划，从下水管道里坐浴偷偷溜进了我上次行动差点成功的 PTA 星球总统办公大厦，再次盗取那份关于“克隆人口剧增问题”的绝对机密文件。

刚打开保险库的大门，一只强而有力的大手搭在了我的肩膀上，我惊恐万状地打了个寒战，举起了双手，回过身一看，原来是我的克隆孪生兄弟。

我放松地欷歔了一口气，放下了双手，问道：“你怎么来了，你的几十个机械警察呢？”

“放心，我的身手你还不清楚吗？几十个机械警察算得了什么，小菜一碟！”他满不在乎地说着，手里还摆弄着一把无声 Q8 型激光手枪。

“你怎么知道我在这儿，你在跟踪我？”我用眼睛斜眯着，瞟了他一眼。

“你忘了，我是你的克隆兄弟，你的想法、你的一举一动，我都知道。

在我面前你还装啥装呀！”他不怀好意地奸笑着。

他的话提醒了我，我感觉有点不妙。难道他知道了我周密安排的计划。“粮食装好了吗？现在在哪儿？”

“我办事你还不放心吗！粮食都已装上车，藏在安全的角落，就等你一声令下。”他又笑着对我说。

“那你来这干吗？”我恶狠狠地斥责他，“这可不是你该来的！你应该在车上等我回来。”

“你说得对，我是不该来的。但我忘了一件事情还没办。”他摆出一副可怜模样。

“忘了什么事情？快点办完，马上回到车上等我！这是命令！”我不耐烦地紧锁眉头。

“忘了喝一杯庆功酒。”他走进总统先生的酒窖，挑选出一瓶珍藏60年的上好红葡萄酒，又提着两个玻璃酒杯，把鲜红的葡萄酒倒到两个透明的玻璃杯中，散发出浓浓的酒香，递给了我其中一杯。“预祝我们俩的行动圆满成功！干杯！”

我看着他抿了一口，监视他的反应，过了一会儿一切正常，自己才一口气喝完自己杯中的酒。可能是因为酒精的作用，使我紧绷的神经稳定了下来，同时，使我们两个紧张的气氛也慢慢舒缓了下来。

我又倒一杯，继续品尝着琼浆玉液似的美酒。接着说：“你一来，把我精心布置的计划全都打乱了。喝完这杯，你就赶紧离开这。”

“嘿……嘿……”他端起高脚酒杯，走到我的对面，撇着嘴角，露出雪白的牙齿，跟我零距离地对视了好几秒钟的时间之后，慢悠悠地喝了口酒，说：“你以为你还能活着离开这儿吗？你也太天真了吧！”

听了他的话，我全身的汗毛都竖了起来，发出一身冷汗，心想完了，事情可能全被他知道了，但表面上我还要装出一副心定神闲的模样，迫使自己像是什么都没发生过一样，从容地做最后的狡辩：“你知道什么？我为什么不能活着离开这儿？你以为凭你就能威胁我？笑话！我又不是被人吓大的？从来都是我吓唬别人……”

“是吗？”他依然保持着耐人寻味的笑容，“我可是在葡萄酒里放了少量镇定药剂，让你暂时行动迟缓一点。”

这下子我从后脑勺一直凉到脚底板，我的心也提到了嗓子眼。我的舌头正好也不听话地打结，“你……你为什么……往……往……往我酒里……下药？你……为什么……要……要……害我！我可是没有……亏待过……你！”我气急败坏地说着。

“你的计划不就是想把绝密文件卖给克隆人集团首脑，再把粮食作为军饷，然后发动你成为克隆人集团将军的第三次星系大战。最终夺取人类的最高统治权，掌控人类和克隆人的生杀大权，成为星系霸主。”他举起酒杯灌了一口葡萄酒，斜着眼睛瞅了一眼怒不可遏的我，接着笑着说：“在此之前，我就成为了你的替罪羊，你想把这些罪行全都扣在我的身上，你就可以逃之夭夭，换张面孔就逍遥法外了……所以我先下手为强。首先为你选了一瓶无色无味的镇定药剂，随便说一句，就算人类解剖你的尸体，也发现不了这种药剂。再者，把你从二百多层的 PTA 星球总统办公大厦推下去，造成意外死亡的假象。所有的罪行都会随着你的死，而烟消云散的。最后，你放心吧，我会去完成你未完成的宏伟计划。”

我这时总算如梦初醒，真的是无言以对，我天衣无缝的计划全被他看穿了。我突然想起了什么，问他：“你也……喝了酒，为什么你……没事呢？”

“你的智商也太低了吧！这么简单的问题还用问我吗？”

“你提前喝了……解……药？”

“答案正确。加十分。”

“我亲爱的兄弟，你怎么……可以这样待我呢，要知道，没有我……你也不会……来到这个世界上，你不但不……感激我，反倒要……置我于死地。”我恬不知耻地申辩着。

“那就要看你有没有这个本事了。”

我和他只有五六厘米远，可以说是近在咫尺，绝对是个下手的好机会。于是，迅敏地伸出拳头击向他的肋骨，他却像是提前已获悉我的招数，全都一一破解了。这时，我才明白，我的一切思想都是他的思想，我的一切举动都是他的举动。

现在，我感觉到药剂已流遍了我的全身，使我的身手缓慢了下来，我还想做最后一丝垂死挣扎。突然，我意识到我的心脏猛然停止了跳动，整个人重重地摔倒在血红色的地毯上。而我的克隆兄弟正用力地把我拖向总统套房的窗口，一头栽下去，耳边传来呼呼的风声和朵朵白云在我身后眷恋的声音。

此时此刻，我终于清楚地明白了，我一生中犯的最大错误就是克隆出的超级“坏蛋”，他使我费尽心机想出来的计谋反而为他服务，多可怕的克隆人呀！倘若地狱里也有克隆技术的话，我发誓！我会向撒旦提交“反对在地狱里进行任何有关克隆研究”的法案！一定!!!

傻子王妃逃婚记

■ 花裳

楔子

一梳梳到尾，二梳梳到白发齐眉，三梳梳到儿孙满堂，四梳梳到四条银笋尽标齐……

少女把玩着珠钗，不知明日就是她大喜之日。她有着倾国倾城的容貌，却只有三四岁孩儿的智商，她就是京城富商苏志贺的女儿苏静妍。母亲擦拭着眼泪，女儿十五年未曾离开过她身边，如今她要嫁人……不知是喜是悲！哎。

明日就是她大喜的日子，她却像孩子一般开心，因为可以穿新衣裳，打扮得漂漂亮亮。

苏静妍天生弱智，一副倾国倾城的容貌世间难寻。一次皇帝微服出巡中偶遇静妍，见她善良淳朴将她许配给九王爷李哲。

1. 逃婚

“哈哈……”

独守新房的女子有了动静，她掀开自己的红盖头，卸下头上的累赘，对着铜镜里的红颜哭笑不得。她苏静妍真是霉星高照，祸不单行。高考堵车迟到十五分钟被拒考场外，十年寒窗苦读换来的是前功尽弃。活着还有什么意思，她自杀了。本以为到了阴曹地府喝了孟婆汤过了奈何桥一了百了，可是现在呢？她还没看清楚阴曹地府什么样，就莫名其妙地被塞进一个身体里。难道这就是二十一世纪流行言情小说中的穿越？这一点都不好笑，她不想参与无厘头的穿越。

苏静妍有着前世的记忆，一想到寒窗苦读十年没有功成名就，她就懊恼。穿越到古代，还没有搞清楚状况就被皇上赐婚了。在封建社会里，女子哪有资格表明自己的意愿？她继续扮演着智障的女孩，谋划着逃婚计划。

“小姐，这是你最爱吃的桂花糕，趁现在没人吃点吧！”一个绿裳的婢女偷偷进了新房，她伺候这个傻小姐五年了，苏老爷让她跟着小姐陪嫁到王府，意思是让她做通房丫头，保护小姐在王府不致受到其他妻妾欺负。爬上枝头做凤凰的小绿心里美滋滋的，看着傻小姐津津有味吃着桂花糕，幸福的日子即将到来。

“渴，渴……”小嘴鼓鼓的说着口渴了，意思让丫鬟端茶。

苏静妍学着电视剧里击昏的动作迅速地将小绿打晕了，苏静妍吃力地将她扶到新床上，替她换了自己的红妆，让丫鬟替代新娘。这个丫鬟这么想变成凤凰，她苏静妍不觉得愧疚了。

苏静妍准备离开，却不知一个醉醺醺的男子推门而入。一身大红绸已经表明他是今晚的新郎。苏静妍低着头，小心翼翼地站在一旁。

“苏家千金就是这样没有礼教的吗？”见到床上躺着的红色身影，李哲就很恼火。皇上的赐婚，他不得不奉旨成婚。他在大厅故意借酒拖延进新房，但心却又不舍让傻子新娘成为全城笑柄。他进了新房，见到一个婢女低着头胆战着，他真的有那么可怕吗？她的小姐没有宽衣就睡着了，这个小丫鬟没有指教成亲礼数吗？

“回、回王爷，小姐太累了……”苏静妍不敢抬头看他，她讨厌帝王之家那男尊女卑的风俗，一不小心就会掉脑袋。

“那你累不累？”

这个小丫头真有趣，她不知道他是堂堂的王爷不趁机爬上枝头变凤凰吗？李哲并不急着走进内室，现在他最在意的是眼前的小婢女急躁的心情。

“不、累。”古代王爷都是这样见一个喜欢一个的吗？再说了，现在洞房花烛，春宵一刻值千金。这个王爷老是折腾她做什么。苏静妍心里急躁躁的，再这么耗下去肯定会揭穿的。

“那你伺候我宽衣沐浴。”

额？苏静妍再也镇定不了了，她忘记婢女身份：“王爷，我饿了。”

“饿了？原来你这个小丫鬟是个小色女，这么迫不及待……”李哲一手将她搂在怀里，这让苏静妍慌了。

这个王爷误会她的话了，她是肚子饿了。忙着成亲一天，她就吃了几块桂花糕，还不够塞牙缝的。这个王爷简直是色狼，这要是在现代就叫性骚扰。

“不是，不是。我一天都没吃东西了，我饿了。”

“那就在这里陪我一起吃这桌佳肴吧！”李哲没有松开她的意思，没想到这个傻子千金的丫鬟这么好玩。

苏静妍咽了咽口水，丫鬟将她送到新房的时候窃窃私语说酒菜里下了春药，她就算再饿也不能吃。

“王爷，那是你和小姐的喜酒。奴婢不敢……”

李哲闻着她身上的香气，内心燃起一股火热让他坐立不安。他是南诏国的九王爷，只会谈论国家军事，从来没对哪个女人动心过。这个小丫鬟身上的淡香让他彻底沉醉了。

“不敢？那就有胆子偷吃桂花糕？”李哲舔了她嘴边桂花糕碎末，充满欲望的眼睛看着怀里的小人儿。

苏静妍试图挣脱他的怀抱，她从来没有谈过恋爱，更没有和哪个男生做出这么亲密的动作。她使劲挣脱他的怀抱，头也不回地逃出新房。再不离开，不仅仅是揭穿身份，还会失身。天哪，太可怕了！

李哲扬起一抹好看的坏笑，今晚是他的大婚之日，他不会乱来的。这个丫鬟今天就放她一马，来日方长。哈哈……

2. 触景伤情

迷路了。

苏静妍逃出新房不停地跑，她身上还有那个男人留下的酒气，脏死了。不知跑了多久，还是没有见到出府的大门。她迷路了，这个九王爷府为什么那么大。

“站住！这么晚了，你要去哪？”巡逻的侍卫见到丫鬟这么晚了还四处乱跑，就质问道。

“侍卫哥哥，我是苏家的小丫鬟小绿。本来和苏家奴仆一起送小姐上轿到王府，小姐任性非叫奴婢陪她多聊一会儿。谁知天色已晚，苏家奴仆都出府了，现在我迷路了。”

这一声“侍卫哥哥”就让巡逻的侍卫软绵绵的了，他们好心将迷路的她送出王府。

苏静妍终于逃出王府，穿越到古代的她才知道自由的可贵。没成亲之前，她怕为这身体的女主招来灭九族之祸。现在她从王府逃出来，这就不关苏家的事了。

也不知道现在是几点了就乌七八黑的，苏静妍好怀念二十一世纪的世界啊，霓虹灯彻夜明亮。黑暗的气息让她特别想家，想爸爸妈妈。她想在现代的爸爸妈妈知道她自杀后，肯定伤心欲绝。她后悔那时候为什么那么傻自杀，搞得现在人不人，鬼不鬼的。她还能穿越回去吗？

“没了，什么都没了。十年寒窗苦读，到最后都没了……”

苏静妍正想着在现代的事，隐隐约约看见河边站着一个人影。是鬼吗？苏静妍瞪大眼睛，小心翼翼地走近，才发现是一个书呆子准备寻死。

“这位大哥有什么想不开的，就算是死也不能跳河啊。”

“小姐，不要靠过来。”书生阻止她前进。

“这水里可有很多水鬼，你跳下去，有鬼借尸还魂……”借尸还魂？她这算不算是借尸还魂呢？她是二十一世纪的魂却穿越到这个不知名的古代世界里，她后悔自杀了。

“十年寒窗苦读，就因为迟到被拒绝进考场，一切都没有了。村子里的人都等着我金榜题名，高中状元，这下全没了。”书生娓娓道来为什么自尽。

苏静妍听到书生自杀的原因跟前世的自己遭遇这么像，十年寒窗苦读就为了金榜题名，什么都没有了，什么都没有了……

苏静妍傻傻地走近河边，望着冰冷的河水，想着十年来父母所付出的一切都成了泡影，她对不起辛苦的父母。冰冷的河水浸透她的裙摆。书生见到小姐轻生，不顾男女授受不亲礼数将她拉住。

“小姐，你年纪轻轻何必轻生呢？”

“你说的对，十年寒窗苦读，最后成了泡影。没脸活在世上了。”心中那种不甘心的欲望让她懊恼自己不能完成父母的愿望，考上大学。只有一死，来解脱愧疚。

“那也是小生自溺，小姐为何也跟着自溺？”书生不解，这个女子看起来比他还伤心。

“父母希望我考个大学，结果我连考场都没有进去，就这么错过了。我什么都没有了，我让父母失望了，呜呜……”苏静妍拼命地哭着，这是她长这么大第一次敞开心扉的哭。

“小姐，我不知道你说的什么大学？高考？总之这次考不上，下次再考啊！”书生安慰道，他见过女子哭啼的样子，今天这个女子的眼泪是他第一次见过不虚伪却令人心疼的眼泪。

苏静妍停止哭泣，这才看清俊俏的书生原来长得那么好看。是啊，她太在乎令父母失望，却没想过明年再考。在二十一世纪的她自杀了，这些道理已经晚了。

“是啊，这次落榜下次再考。”

“官场黑暗，就算我有幸参加科举考试，也不会有出头之日。”

“你当官是为民为国，又不是为了自己荣耀。当不当官，只要行动证明为民为国不就行了。”

魏子龙不敢相信眼前的女子有这样的思想，他堂堂七尺男儿还不如一介女流，在这里寻死觅活真是太丢人了。

“姑娘说的是，这么晚了，姑娘一人在外，不怕……”

苏静妍差点忘记自己刚刚逃出王府，要不是这个书生瞎搅和，她早就远走高飞了。现在看到不远处群火影子，她想王爷已经知道新娘逃走了。

3. 通缉

李哲敞着衣袍，眼里充满了愤怒。床上的红色身影醒来见到他就跪着求饶，她莫名其妙被打晕，王妃就不见了。李哲咬牙切齿回想进新房遇见的丫鬟慌张的表情，原来刚刚戏弄自己的才是王妃。这下子更有趣了，没想到他的王妃居然逃出了王府。

苏静妍，你是我的！你逃不出我的手掌心的。

现在京城乱套了，所有的人禁止出城。大街小巷都议论纷纷王府昨夜失窃，盗贼还在京都未能逃走，若能抓到窃贼奖赏一百两黄金。到处贴的是苏静妍的画像，现在男儿装束的苏静妍看着画中的通缉画像不禁感慨，古代的画工可真先进，简直跟数码相机拍出来的一样。

魏子龙咽了咽口水，画像中的女子现在活生生站在他的旁边。昨晚他带着苏静妍绕道逃过官兵的搜查，没想到这个弱女子竟然是盗贼？魏子龙不相信她是恶人，肯定是官府想出通缉令变相强抢民女。

“魏子龙，你不会为了一百两黄金出卖我吧！”苏静妍看着穷书生魏子龙用不相信的眼神打量着自己。

“不会，你是我的救命恩人。若不是小姐你的话让我茅塞顿开，我也不会活到现在。在下好奇，小姐偷了王府的什么东西？”魏子龙小声地问道。

“昨天是王爷成亲日子，我是王妃的陪嫁丫鬟，我家小姐智商有点单纯，在新婚之夜早早睡下了。王爷进了新房见我稍有姿色对我起了非分之想，我乘王爷不注意就逃出了王府……”

苏静妍没有撒谎，把昨天的事一五一十地说出来。不过在诉说事情的经过时，稍微改了身份。魏子龙相信苏静妍的话，他相信眼前的女子不可能是贼。

“现在出不了城，怎么办？”魏子龙很担心苏静妍会被官府抓捕，现在京城守卫森严，插翅也难飞。

“你去完成你的宏图大业，为了生活，我必须……”苏静妍无奈地摇摇头，莫名其妙地借尸还魂穿越到古代，一介女流怎么可能在封建社会抛头露面。

“不可以，我不许你去青楼当花娘。小姐若不嫌弃小生穷，我养你。”魏子龙诚恳地说道。

青楼花娘？她苏静妍才没有那么贱，为了钱出卖自己灵魂。她只不过想女扮男装去应征一份工作，这个魏子龙脑袋在想什么啊！不过他单纯的眼神没有二十一世纪的男生那么复杂，她相信他的话只是单纯为了她好。

“魏子龙，你是做大事之人，身边不能有累赘。我只是靠男儿装扮去找一份工作养活自己，你可不要小看我是个女子，我也会做出大事的。好吧，你出城去吧！”

魏子龙没有再说什么，他按照她的意思一定闯出自己的事业，到时候再回来救她。

4. 贴身的小跟班

和魏子龙离别，苏静妍一个人在繁华的街市闲逛，这是她重生在古代第一次出门。现在肚子很不争气地抗议，饿了饿了。

不知不觉走到王府后门，看见后门墙上贴着告示——王府招奴役。最危险的地方也是最安全的地方，苏静妍想都没想进了王府。现在她是男儿装，没有人会认出她的。

“我叫苏志言，十五岁，上有八十岁祖母，下有三岁侄子，全家老小都要靠我养家……”苏静妍把自己的身世编造得天花乱坠，老套的台词她倒背如流。

“小兄弟，你细皮嫩肉的干不了重活，我们王府不要吃闲饭的人。”

“我很能干的，我吃的比鸡还少，做事比牛还勤劳的。”苏静妍就差没哭着求管家收留我吧，没有这份工作，我根本活不了。

刚从城门外回来的李哲从后门进府，看见一个俊朗的少年苦苦哀求着管家。这个少年个子矮小，皮肤出奇的白嫩，相貌特别熟悉，再看看白皙的颈脖，李哲扬起一抹好看的微笑。

“福叔，让这个小少年当本王的跟班吧！”李哲从少年身边而过，淡淡地闻到熟悉的味道。

他笑得那么诡异，让苏静妍浑身不自在。她终于看到王爷的模样，笑起来是那么的美，她这个二十一世纪阅览无数帅哥的经验都被古代男子迷倒。苏静妍看了看自己，生怕哪个地方露馅。

在王府当差有数月了，除了上茅房和就寝外，王爷都让苏静妍跟着。苏静妍彻底放下了戒心，这么久王爷都没有怀疑她的女儿身。更奇怪的是，通缉令也撤了。难道这个王爷不打算找王妃了吗？亏她当时还为他痴情下通缉令寻找王妃下落感到高兴，可是不到一天就撤销了通缉令。真是挨千刀的臭男人。

“小言，本王想沐浴。”

苏静妍在心里骂了千万遍，这个大色狼王爷怎么比女人还爱干净，天天洗上几遍澡。第一次给他沐浴的时候，她的心扑通扑通地跳。可是现在她是男儿装扮怎么能退缩，就这样数月以来她看遍他赤裸的胸膛，已经很正常了。有的时候，苏静妍真的怀疑这个王爷是不是有断袖之癖，喜欢男子伺候沐浴。

看着撅起小嘴的人儿，他就有想要她的欲望。可是现在不行，如果揭穿她的身份，她会想办法逃离自己。所以这几个月他让她习惯自己的存在，熟悉自己身体每个地方。

5. 受伤

苏静妍脱去一身男装，松开那一头长发，准备享受最舒服的沐浴。王爷明天要出战，早早的休息，她才毫无戒心地宽衣沐浴。这一幕正好被李哲看见，那美人出浴的春宫图让他控制不了自己。

“本王打扰姑娘的雅兴。”

突然的男声让苏静妍慌忙躲进水里，看着进来的男子正是可恶的王爷，她慌了。这下完了，身份肯定泄露了。

“王爷，我……”

“王妃，你还要躲本王多久？”李哲随手关上房门，屋里只剩下他们两个人。

苏静妍心里闷闷的，原来他一直都知道她是逃跑的新娘，她傻的自投罗网。

“你怎么知道我是女儿身？”

“呵，你可见过哪个男子颈子白嫩没有喉结？”李哲暧昧地打量着她。

“你是本王八抬大轿娶来的娘子苏静妍，你并不是谣言中疯疯癫癫的傻子。你蒙骗皇上将你赐婚给本王，到底有什么目的？”

苏静妍哑口无言，她能告诉这个古人她是借尸还魂，从二十一世纪穿越来的？她的心情非常纠结，她以为他是值得托付终身的人，可是他知道她不是真正的傻子王妃，他会怎么处置自己？

“我……”

水雾围绕着她，多么不食人间烟火的仙女。李哲陶醉在美人出浴中，扬起一抹好看的微笑走近她。

“你想干吗？”

“这些日子你伺候本王沐浴，现在本王当然也伺候王妃沐浴……”李哲将她从水中捞起，走进暖帐。“妍儿，你欠本王的一个洞房花烛该还给本王了。”

有刺客——

“该死！偏偏挑这个时候。”李哲起身，离去。

苏静妍蜷着身子，心里感谢这个刺客替她解围。她是喜欢李哲的，但是

她还没有心理准备将自己给他。突然一个黑影闯入她的房间，挟持了她。

所有追捕刺客的侍卫集中在苏静妍的院落。

“王爷有令：杀无赦。”

杀无赦？苏静妍不敢相信李哲对自己如此冷血，她所托付的情原来是一相情愿。她是傻，爱上了不该爱的人。

“苏小姐，不要怕。我和兄弟们是救你出去的，现在委屈苏小姐了。”黑衣人在她的耳边说道。

这声音这么熟悉，苏静妍回想着。魏子龙？那个手无缚鸡之力的书生？

“好大的胆子，敢挟持本王的爱妃。如果你放了她，本王答应保你们全尸。”李哲从人群中走出来，脸上看不出任何表情。苏静妍盯着他，她的生死他根本不会在乎。

“哈哈，你迷恋女色，拒绝领军出战，导致百姓生活在水深火热中。李哲，明年的今天就是你和这个妖女的忌日。”其中一个黑衣人怒道，这个红颜祸水的确是倾国倾城，让一个爱国大将放弃战场迷恋温柔乡，该死！

“大哥，你答应过我放过苏小姐的。”魏子龙不敢相信老大答应救苏静妍原来是个幌子。

“要不是你，我们怎么知道那妖女长什么样子。妖女，受死吧！”黑衣老大命令道。

那箭“嗖”的一声朝苏静妍射去，苏静妍闭着眼睛等待死亡。她的爱死了，活着也没什么意思。

“傻女人，你还欠我一个洞房就想死吗？”

李哲不知道什么时候出现在苏静妍面前，箭穿进了他的后背。苏静妍感觉到熟悉的怀抱将她紧紧搂在怀里，是他救了自己。

“快救王爷——”

侍卫将那些黑衣人全部俘虏，他们的战神王爷为了一个女子中了箭伤，生死未卜。

6. 殉情

三个月后——

“王爷的外伤已经好得差不多了，仍然是昏迷不醒。”御医摇摇头无奈地宣布道。

“是你这个妖女，王爷要不是为救你，根本不会受伤。王爷要是有什么三长两短，你也别想活。”

苏静妍被所有的人指责，她成了祸国殃民的祸水。这个世界上真的有为救所爱的人而死，苏静妍看着昏迷不醒的男子，强忍着眼泪。屋子里只剩下他们两个人，没有人打扰。

“对不起，对不起……”苏静妍吞下下人给的毒药，笑得那么美丽。“如果我死了，能换回你的生命。来生，我再报答你。”

苏静妍静静地躺在他的胸膛上，闭上眼睛，生命结束。她的眼泪滴到他的中指上，他的手微微动了。

7. 离奇的结尾

“苏静妍，苏静妍……”是谁在叫我？

苏静妍随着声音在黑暗中寻找出口，看到微光照耀下一个无脸的影子。

“是你在对我说话吗？”

“苏静妍，你前生今世都是自缢而死，可是你三魂七魄还存息，你投不了胎。”那影子翻着生死簿对她说道。

“难道我成了孤魂野鬼了吗？”苏静妍不敢相信这个世界上真的有鬼魂之说，而她的魂现在面对的不是人类的东西。

“孤魂野鬼？阴间也讲究计划生育，你的生死簿上写着与子偕老，你死期还没到。这一世傻子苏静妍是你的七魂，少了三魄。你前世有了七魂少了三魄没有傻，却寿命短暂。因为你的七魂三魄在不同时空里生存，喝不了孟婆汤。你现在又自缢，大小姐，阴间的生死簿上不收你，你还是回去吧。你二十一世纪的肉身已经焚化了，你还是回到古代吧！”

“不，不要……我不想成为祸水，红颜薄命。”

“哎……七魂三魄都在，你喝了孟婆汤，忘记所有。回去吧……”

一阵烟雾将这阴间画面消失了，在王爷府里，一个男子替昏迷的女子擦拭着额头。

“妍儿，你已经睡了一年了。今天皇上说要是你再不醒，就给我赐婚了。”王爷握住女子的手，深情地说着。

一年前他醒来看见心爱的女子服毒自缢，他重金昭告天下，寻找神医。现在她成了活死人，容貌已经不再是倾国倾城。

“你是谁?”

床上的女子睁着眼睛看着陌生的男子，他为什么那么伤心?

“你醒了? 你终于醒了!”

一个星期后，红衣女子静静地坐在新房等待她的新郎。苏静妍对这场景很熟悉，却又想不起来，如今嫁给痴情男子，她很满足。不过，她不耐烦地大喊：“相公，你什么时候回房!”

她的肚子真的好饿啊，下次再也不当新娘了。这个坏王爷，骗她成亲当王妃有好多好吃的。她上当了，她不要成亲了。一个身穿新郎服的男子推开新房门，今晚他终于娶到她了。幸福的日子终于开始了。

桃妖

■ 九鹭非香

楔子

芬芳散尽的四月，他被众人簇拥着踏上了那方高台。

杀了作乱江湖三年之久的魔教教主，如今武林之中无人不对他侧目相看。手中的凌霄剑尽染鲜血，他立于众人之上，放眼望去，无人不是激动感慨的模样。

寒剑直指苍穹，他仰天高呼："魔教已诛！"声音浑厚犹如鼓擂，似要上达天庭。

台下数万人猛地爆出喝彩之声，喜极而泣者有之，仰天豪笑者有之，恍然失神者亦有之。

三年前魔教大举入侵中原武林，在这里的人，许多皆被他们弄得家破人亡。从那时起，这些人的人生便与报仇缝在了一块儿，包括上官其华。

只是，他仇恨痛苦是真，一心报复是真，而现在，他却更想丢下手中嗜血的长剑，自这方高台上离去……

幽深的眼眸飘出人群之外，不远处的绿杨之下，粉衣女子悄然而立。见他望去，女子勾唇笑了笑，懒洋洋地抬手，对他竖起了大拇指，即便听不见，他也知道，她在说："帅气，不愧是我男人！"

他收了剑，只觉耀目的阳光暖和着被血溅冷了的一身："阿灼。"

这声轻软的呼唤尚未随风飘远，绿杨之下的粉衣女子笑容逐渐变得恍惚，四月的暖风一过，带落了树上的嫩芽叶纷纷飘落，不过是一晃神的时间，粉色的衣袂随风飘扬，恍若轻烟一般散去。

散去？

唇角的弧度还未落下，瞳孔却不由紧缩。万众簇拥着的男子，面色倏地变得苍白，他施展轻功，踏过众人的肩头径直向那棵杨树奔去。

青草地上，散落了几片不属于这个时节的桃花瓣。似在告诉他，方才那个女子确实真的存在过。

“阿灼……”

他的阿灼……

元武八年四月，为祸武林三年的南疆魔教已灭，适时中原武林群龙无首，众人推举上官其华为盟主，上官拒而不应，当夜他便归隐山林。至此他的行踪无人得知。

他的故事在代代的流传下传成了传说。

1. 众里寻她

元武八年六月，骆驼峰下，驿道边茶摊。

卖茶的老汉招呼了一个戴着斗笠的男子坐下，给他倒上了一大碗茶，问道：“小伙子赶路累了吧？还要点其他的吃食不?”

“不用。”

男子的声音有些沙哑，听起来像是许久没说话的样子。想来也是，独自一人上路，哪来可以说话的人呢，老汉想起自己在外忙碌的儿子不由有点心酸：“小伙子这是要过前面的百里坡哪?”

“唔。”没想到老人家会与他搭话，男子答得有些迟钝，看来素日便是不善与人沟通的模样。

“看你这身走江湖的打扮，可听说过前月剿灭魔教的领军人上官其华?”

男子微微一顿，只淡淡地应了声，并没有说出自己的身份。

上官其华答得冷淡，老汉却没有败了聊天的兴致，路过这条路的人不多，能耐性子听他讲故事的人更少，今天碰见个寡言的，他也不管人家喜不喜欢，全都一股脑地讲给他听：

“咳，你可知这上官其华当年不过是江湖一个小门派罗浮门的少门主，那个门派就在这骆驼峰之上，三年前，魔教大举入侵中原武林，这罗浮门也没逃过厄运，不过亏得此门中两个忠心的下属将他们的少门主给救了出来，逃进了前面的百里坡之中。”

忠心么……上官犹记得当时阿灼盯着被埋得只剩一个脑袋的他说：“啧啧，瞧瞧你那两个猪一样的下属，人没死呢就给埋了。不过没关系，这正合我意，你就待在土里乖乖地做我的肥料吧!”

上官还没回忆更多，便被老汉的声音打断了：“据说这上官其华在百里坡中遇见了仙人，在里面待了整整一年，出来之后不仅有了许多财富，更学会了一身绝世武功，这些啊，都是能在江湖传说上听到的，不过很多人不知道的是，当时上官其华从百里坡出来的时候老汉我可是亲眼瞧见的。

“正巧那段时日我儿子外出忙其他活路去了，老汉儿我在家没事，便替了他来看茶摊，那日我记得清清楚楚，我是第一日来看摊，便看见两个年轻人从那百里坡里的荒草丛中走了出来。一个是上官，还有一个俏姑娘，穿着粉色的衣裳，看样子和上官其华的关系不简单，那姑娘直呼他的名字不说，还一直嚷嚷着什么树不能走路，走不动，要背，最后上官其华还真就乖乖地把她背着走了。你可不知吧，原来上官其华如此畏妻，不过那姑娘确实美啊，长得就像那春天的桃花一样，可漂亮了!”

确实。

上官尚还记得，他被埋在土中，睁开眼看见阿灼的那一刻，天上的阳光将她的身影投出个剪影深深地刻入他的脑海之中。

“男人，做我的肥料吧。”

她如是说，理直气壮地。

阿灼毫不避讳地将自己将要枯死的处境告诉了上官，连带着骂了他的属下愚蠢，又表示鄙视的嫌弃了一番魔教的追兵胆小，最后告诉他，天意让他被埋至此处，用他做肥料实在是情非得已，身不由己……

阿灼话说得很快，似乎在用快速的话语来掩饰自己的心虚。又像是在告诉自己，一定要狠下心不可。

上官知道，她虽看起来很是古灵精怪，但她是个善良的妖怪，没有坏心肠到想杀人。

“我可以用另外的办法帮你。”上官不想死，门派的仇他必须报，他不能这么莫名其妙地死在这里。

阿灼眨巴着眼望了他好一会儿：“说说看。”

“大……大便……”即使是再难堪，他也忍痛说了出来，“这样的肥料更好，只要我活着，取之不尽用之不竭……”

阿灼眯着眼打量了上官一会儿：“你不准跑。”

“在将你的真身养好之前，我不跑。”

阿灼豪爽地一挥手："好吧，你自己从你坟里爬出来吧。"

上官微微一僵："我手脚皆被土压着，怎能自己爬出来？"

阿灼摊手："那我也没办法啊，我现在连一片叶子也拈不起来。"真身过于的虚弱让阿灼只能隐隐的幻化出一个形状来，并不能凝作实体，她的手在地上的草叶间穿过，"你看吧……啊，对了。"阿灼恍然间记起了什么，"我可以吸你的阳气。"

她一边说着，一边快速地俯下头去，以迅雷不及掩耳之势彪悍地吻上了上官其华的唇。

埋在地里的脑袋眼一凸，下巴一松，浑身僵硬，彻底傻了。

阿灼趁此机会将舌头钻入他的嘴里，将他的阳气慢慢吸了过来，她本带着些许透明的身体慢慢变得结实，舌头在上官嘴里的存在感越来越强。

一抹温热的液体忽然串流在两人唇齿之间。

阿灼退开，抹了抹自己脸上的血迹，指着上官的鼻子道："啧啧，你瞅瞅你这出息，我活了千年，还是第一次看见有男人在接吻时流鼻血的。"

饶是上官个性再如何沉默木讷，此时也悲愤咬着嘴角，咬了许久才臊红了一张脸道："这是……第一次……"

阿灼皱眉打量了他半晌："第一次很了不起么？方才也是我的第一次啊。"

上官扭过头闭眼："你……赢了！"

阿灼撸了袖子开始帮他把身上的土挖开，一边挖一边说："这下你别想跑了，我吸了你的阳气还喝了你的血，你走到哪里我都能找到你。从今天开始你就是我的园丁，每天给我老老实实的施肥、拔草、除虫！要是敢偷懒，嘿嘿，我现在有了点妖力，对付别人是不够，但是对付你是够了的。"

上官其华现在也能想起阿灼在说那番话时微翘的唇角和眉飞色舞的精神头，即便真身枯成那般模样，她也依旧活得自在……

宛如桃花般灿然的生命……

斗笠下的脸难得含上一抹柔色，他抿了口苦茶："嗯，很漂亮。"他把话说得平淡，只是其间意味却让他不由涩然。

喝完茶，告别了老汉，上官握着凌霄剑接着往百里坡上走，并非走的驿道，而是穿进了荒草丛生的野郊，凭着记忆，慢慢寻找自己要去的地方。

百里坡此前是乱葬岗，传说遍野皆是厉鬼，但上官知道，此处只会偶尔蹿出几只怕人的小妖，并无什么厉鬼。

行至记忆中的地方，上官看着眼前的场景慢慢摘下了斗笠。

荒草又已生起，记忆中那将枯未枯的桃花树不见了踪影。

一时他竟有些慌乱，阿灼是桃花妖，桃花树是她的真身，若是真身都不在了……

心口猛地紧缩，头顶的阳光一时晃花了他的眼。上官深深吸了一口气，继续踏步往前走，那一柄令江湖人仰慕的凌霄神剑被他当做割草的镰刀，除光了一整片荒草。

忽然荒草丛中一截枯木桩猛地闯进上官其华的视线，他一怔，直起身子，环顾四周，周围的景色似在转换，与他三年前的记忆慢慢重合，六月的热风掠过耳畔，丝丝风声竟全数变作那女子的呼唤。

上官其华，上官其华……仿似不会停歇。

一如那年六月……

他依着诺言为阿灼施肥。可每日除了施肥的时间，其他时间剩得太多。阿灼是个多言的妖，每日总是闲不住，她爱给他讲百里坡千年流传下来的鬼故事，爱给他说千年来路过百里坡的人留下的各种传说，最爱说千年前她自己的故事。

被一个一夜暴富的土豪儿子种下的桃花树，阿灼如此形容自己的出生："种下我的人是个结巴，我第一年开了花，他的夫子便教他读诗经，结果他望着我'灼……啊灼，灼啊灼灼'的灼了许久，最后也没完整念出那句诗来，不过我的名字倒是取了出来。"阿灼扭头望他，"这样听来，你倒与我挺配。上官其华，灼灼其华。"

温软的细语吐在上官耳边，闹得他一张脸微红。

忽然，阿灼掰过他的脸，盯着他的眼眸，正色道："莫不是……你爹便是那土豪儿子吧?"

听得这样一句话上官心里自是泄气的，不过他素来表情木讷，就算泄气也不会表现在脸上。上官也正色盯了阿灼许久，道："阿灼，土豪又不是王八，活不了你这么久。"

阿灼点了点头，放开了他，沉默半晌之后才反应过来："你方才那话，是在骂我么?"

"没有。"

阿灼歪着脑袋琢磨了一会儿，马上就把这茬抛在了脑后，又兴致勃勃地给他讲其他的故事。

上官垂着眼眸仔细听，心里却在想，这个活了千年的桃花精，其实是个傻姑娘。

其实上官一直知道，两人相处的前两月，阿灼逐渐对他失了戒备之心，最开始或许威胁强迫的逼着他施肥，后来则根本没把这事放在心上，是真的掏心掏肺地对他好。偶尔还会摸点银子出来，让他去百里坡外摆茶摊的夫妇那里买些吃食。

上官不跑，是因为他已经应了阿灼要将她的真身养好的诺言。而阿灼不担心，是因为她根本就忘了当初是自己强迫人家留下来施肥的……

阿灼如是说："千年来你是头一个听我说这么多话的人。我喜欢你。"单单纯纯毫不掩饰做作。

但上官不可以，家仇在身，他脑海里深深地印着门派中人惨死的模样，复仇两字，已在他心间烙了最深的印记。

直到那日，阿灼的真身长出了一抹嫩芽，她狂喜地拽着上官转了好多圈，爱怜地看着上官的臀部，窃窃笑了许久。仿似恨不得将其割下来摆在案前，点上三柱高香供着。

受着阿灼的感染，连上官的脸上都挂了一抹浅笑。

当天傍晚，一位不速之客却打乱了欢喜的气氛，不知从哪里飞来的一只乌鸦妖怪竟对阿灼动起了手，想要将她吃掉。

那妖怪很弱，还不能幻化成人形，阿灼若有一半的妖力，两巴掌便能将它收拾了，但偏偏她现在的妖力甚至连驱赶它都做不到。

阿灼现在虽然不济，但内丹好歹也养了千年了，这乌鸦便是冲着她的内丹来的，每一嘴都往阿灼的腹部戳。一人一鸦用拙劣的法术斗得你死我活。

上官在一旁看得焦急，但他一个习武不精的江湖小门派门主，又哪里插得进两个妖怪的战争中，他捡了三块石头砸过去，有两块都落到了阿灼的头上。

阿灼气得大骂："走开走开！坏事！"

上官一愣，还真就拔腿就跑，在夜幕逐渐降临的百里坡中不一会儿就跑没了影。

见他真走了，阿灼傻傻地呆住，乌鸦妖趁此机会一口啄在了她的肚子

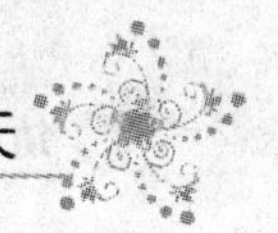

上，生生扯下一块血肉，阿灼疼得冷汗直流，身子晃了晃便摔倒在地，乌鸦忙扑了上去，阿灼拼尽全力，苦苦撑出一个结界将自己护住。

上官其华若真是想跑早就跑了，他此去……是为了茶摊夫妇养的那条黑狗。

其实他觊觎那黑狗的肉已经有许久，但是碍于人家夫妇俩人好，一直都没好意思下手，而今，他多么庆幸自己没有早早的下手……

杀了狗，接了一盆黑狗血回去，恰巧看见阿灼的结界被那乌鸦戳破，上官只觉头脑嗡的一声响，瞬间什么都顾不得了，冲上前去一脚把那乌鸦踹开，接着便将手里的黑狗血泼了它一身。

那乌鸦被这番变故弄得一怔，看着自己浑身变得黏腻的羽毛，随即怒火冲天地一叫，抖了抖身上的毛，直扑上官而去，上官只记得他眼睁睁地看见那乌鸦将尖喙戳进了他的心房……鲜血涌出，剧痛传来，他认为自己死定了，接着，他眼前一黑，神智全无。

等再醒来时，阿灼惨白着一张脸坐在他身边，见他睁眼，一滴泪啪嗒一声落在他脸上，阿灼嘶声道："我以为你不要我了。"

"我去取黑狗血……"

阿灼摇头，上官以为她不相信他，心中有些急，但是却嘴笨的不知道该怎么解释才更能信服人。

阿灼的泪水落得越急，一声声的哭诉："我以为你走了，我以为你走了……"上官急红了一张脸，忙坐起身来去擦阿灼的泪，憋了许久也就说出一句"阿灼，别哭，我不走"。说了这句，接下来反反复复的也就这几个字了。

"上官其华……"阿灼伸出双手，抱住他的脖子，轻轻哽咽，"上官其华、上官其华……"

在枯桃树下，上官听着她哽咽着轻唤自己的名字，心中仿似被揉碎了一般酸酸软软，涩成一片。胸口跳动的心脏挤压出的血液暖遍全身。

那天，也是如今日一般的朗朗晴日。

而今，此处景色没多大变化，可却只余一截断木……

心口一阵紧缩，上官其华不由深深呼了几口气方才平息下来，放下手中的凌霄剑，屈身抚摸这断木桩，一手抚上自己的心口。

乌鸦妖那件事是十分蹊跷的。上官清清楚楚地记着那尖喙刺进了自己的心脏，但是为何后来他却半点事也没有。阿灼说是他记错了，但衣服上破开的洞与满地的血迹也是他记错了么？

也就是从那一天起，他的身体里莫名其妙地多出了一股力量，一股强到他有点无法想象的力量，就如同他一夜之间增长了数十年的内力……或是更多。

他问阿灼，阿灼却总是闪烁其词不肯回答。

这事直到现在他也没有想明白……

地上一条青蛇快速地爬过，上官沿着它行径的方向望去，眸光映着阳光微微闪烁，那处是他下一个要去寻的地方——千年前的古国陈国的地宫。

他之所以会知道这个地方，是因为在那一年的时间里，上官将桃花树养得很好，阿灼也恢复了不少，贪玩的性子又冒了出来，问他有没有什么想做的事。

他沉默了许久，答道："报仇。"

然后阿灼便带着他进了地宫，挖了不少财宝出来，也偷出了这柄凌霄剑。

也是那时上官其华才知道，阿灼口中的"一夜暴富的土豪"竟然是陈国国君，而那个土豪儿子便是陈国太子。

上官依着记忆中阿灼带他走过的路线进了地宫，狭长的甬道之后蓦然出现在眼前的是一个浩浩殿堂。据阿灼说，那陈国太子天生口吃，被大臣所不喜，因而生了叛逆之心，正道学问没学多少，倒将玄学八卦之法参透得彻底。

这地宫便是依着他所算出的风水来建的，千年来还真的没有损坏一砖一瓦。

地宫的尽头两旁开了两个大坑，里面装的全是陈国太子生前喜欢的珍宝，中间放有一张寒玉床，上面本应躺着太子的尸身，但是上次上官与阿灼进来之时便没有看见太子的尸体了。上官心里有些发毛，阿灼却不甚在意道："那家伙生前就神神叨叨的，死了后或许诈尸吧。又不是什么大事。"

这次……

行至地宫尽头，上官微微一怔，这次……连寒玉床也不见了……

上官心里猛地冒出一个想法，忙跑到地宫的两边，往坑里一望，里面的珍宝都好好地放在里面。没有外人来过，上官其华心道，外人来绝对会先偷

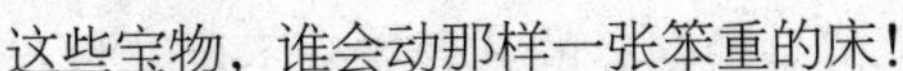

这些宝物，谁会动那样一张笨重的床！

他又行至寒玉床曾摆放过的地方，寻找到了重物摩擦地面留下的痕迹，这印记还很新，应是不久前才搬走的……

“阿灼……”突然的欣喜让他声音止不住颤抖。

知道她还活着，便比什么都好。

2. 灯火阑珊

她为什么离开？又去了哪里？

这两个问题一直困扰着上官其华，他不知道，唯有漫无目的地寻找，不停地失望，不停地寻找。以前他问过阿灼，为何要帮他报仇，阿灼笑着说：“你们人活着总要有点念想，妖怪也要有啊。”

只是他一直不知道，阿灼的念想到底是什么。

离开百里坡之后，上官其华独自一人走过了之前他与阿灼一起走过的所有地方，每一株平凡无奇的草木此时皆成丝丝回忆，缠绕心头挥散不去。

他走过深山老林，记忆中的阿灼在溪水小河中踏来踏去的嬉笑，他独卧郊外野庙，听着庙外沙沙雪落，回忆中的阿灼便坐在火堆的另一边给他细数今日碰见的有趣的事，寒气氤氲漫入心底，湿透了过往回忆。他路过花街柳巷，听闻红楼上的飘零歌女凄声低吟，记忆中的阿灼便在他耳边有模有样地学唱“透骨相思间……”。

当时的阿灼一定不知，有朝一日，木讷迟钝的上官其华竟会日日皆活在透骨相思间……

每日皆是期待又是失望。

元武八年腊月，上官其华行至少林。他拜见了少林住持，光头和尚一如当初一样神色平和淡然。他询问可曾见过当初与他一起来参加除魔会的粉衣少女。

和尚淡淡摇头。

上官其华垂了眼眸：“我能否去看看当初除魔会的那方武台。”

“上官施主请便。”

两年前，上官其华与阿灼出了百里坡，上官一心投入了报仇的谋划中，他有了钱，有了武功，但是却没有跟随的人——除了阿灼。上官想为自己造一个威风的名声，以便之后招兵买马，但是他曾经的背景完全不足以为人道。正在一筹莫展之时，恰巧得知了少林将集各路武林豪侠于除魔会，共商驱逐魔教的大事。

上官其华还没有生出其他的想法，阿灼便拽了他的胳膊道：“走，咱们也去。”

上官微惊：“我，并非豪侠。”

“相信我，你现在可以横扫当今武林。”阿灼拍着他的肩道，“走，咱们先去买身骚包的衣裳。”

而后，他按着阿灼的安排穿了一身飘飘白衣，在除魔会开到一半之时，蓦然出现在中央的武台之上。摆着他往常木讷的脸，环视四周，看见的全是鼎鼎有名、威震一方的大侠，想到即将要在这些人面前显摆，他有点想默默退场。

适时，阿灼提着一个魔教教徒，将他狠狠扔在武台之下，扬声道：“此乃魔教御风堂堂主，是我家公子送给诸位的见面礼。”

这个堂主确实是上官其华抓的，他只是依着阿灼说的，上前，拍他脑袋一下，然后这个堂主就晕了。上官从来不知，魔教之人竟是如此不堪一击。又或者是他身体里莫名多出的那股力量……

阿灼的话音一落，全场一片哗然。

最先反应过来的还是台上的少林住持：“敢问少侠大名？”

他慢慢道：“上官其华。”

在这里的人有几个会认识小门派的门主，自然都开始困惑地交头接耳起来。见无人识得他，住持又问：“敢问少侠师承何门何派？”

身边的阿灼摸了摸嘴角，上官运了内力，发出一声冷笑：“哼。”

淡淡一个音节，便让在场之人感到一阵胸闷，阿灼睁眼说瞎话地补充道：“我家公子向来不喜欢别人问他的家世。”

高手，总要有点怪癖。阿灼如是说。

住持又道：“敢问少侠今日至此，所为何事？”

上官其华默了默：“招兵马，屠魔教。”他说“屠”，不是“退”也并非“驱逐”。阿灼淡淡看了他一眼，没有说话。

“小子狂妄。”一名四十来岁的男子手握大刀，站了起来，“今日在场之人为何要屈做你的兵马？”

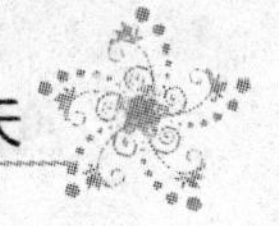

阿灼在一旁揉了揉眉角。上官其华挑眉："嗯?"语调上扬，十足的轻蔑，十足的挑衅。

阿灼冷冷道："是不是委屈了你，何不上来与我家公子较量较量?"上官看了看对方那把刻着青龙的大刀，眼神有些虚弱地散了散。

那男子闻言，提身一跃便上了武台。上官下意识地想往后退，阿灼在身后轻轻顶了他一下，然后狠狠按了按唇角。上官被赶鸭子上架，头皮一硬，运足内力，又是一声冷笑："哼!"

对方却浑身一震，静默地打量了上官半晌，忽然笑道："果然是英雄出少年！我大刀王甘做你的兵!"

上官愣愣地看了看那人，又回头望阿灼，阿灼只是得意地望着天，俏皮地吐舌头。

神秘少年上官其华，在除魔会上一举成名。

自此，他的名号便成了魔教最为害怕的四个字。

只是世人皆不知，在除魔会后，他被他的"侍女"狠狠骂了一顿："瞅瞅你这出息！什么大侠！有下了场抖成这样的大侠么！你怕个毛啊!"

"阿灼。"那时上官只是望着她，不知该做什么表情，"我很高兴。"他伸手抱住她，将头埋在她的颈边，"阿灼，阿灼"地唤个不停。

阿灼一声叹息："你现在真像只求抚摸的大狗。"说着便也抱住了他，在他耳边吐着均匀的呼吸。

上官其华现在也记得，那天，拍着他背的双手轻柔得让人沉醉。

两年后的今日，他再次立于这方武台之上，没了报仇心切的恨意，没了被众人瞩目的惶然，只剩冬日的阳光与有些刮脸的寒风。

"阿灼。"他在空无一人的武台上轻声呢喃，第一次不再将思念缄默于心，"我很想念你。"

离开少林，上官其华一时竟不知自己该去哪里。记忆中，仿似在他成名之后便少有与阿灼独处的时候了。他忙着报仇，忙着剿灭魔教，每当回头必定有个粉色的身影立于身后，安静地看着他，笑得灿烂。

渐渐地，他似乎就把这当做了理所当然。

不管如何，阿灼始终都在。

现在恍然记起，上官其华才惊觉，那时的自己给阿灼的是那么少。

此念一起，便如荒草一般疯长，再无法收拾。

他不曾送过阿灼什么东西，连一支发簪也不曾送过，他没有在阿灼身边留下什么专属他的印记。若是离去，应当很快便会将他忘了吧。

上官紧握凌霄剑，紧蹙眉头之间半是疼痛，半是悔。

他这么笨，木讷又迟钝，自是活该被忘了的。哪像阿灼那么聪明，早在他身边画了一个圈，把他的生命禁锢住，处处留下自己的痕迹，小至这柄凌霄剑，大至助他报了灭门之仇，甚至连每个呼吸间全是她的笑语在侵扰。

透骨相思，相思透骨。上官想，再如何难受，都是活该。

元武九年，家家户户喜迎新春。

洛阳城中刚下过一场雪，长街被铺染得宛如一长段白色绸缎。戴着斗笠的男子握着一柄寒剑走在清晨寂静的街头。在这样团圆的节日孤身上路让看见的人不由得开始猜想他的遭遇和故事。

“糟了糟了！”一个蓝衣男子迎面跑来，慌慌张张地撞上了上官其华的肩，手里抱的东西哗啦啦落了一地，“哎呀呀，哎呀呀，这可如何是好！如何是好！”男子慌忙弯腰去捡东西。

上官也弯腰帮忙，他方才也在走神，否则不会这么容易让人撞上。弯腰的瞬间，上官猛地一怔，眸光倏地犀利地落在那个正在拾东西的男子身上。

桃花香，这个时节洛阳城里怎会有桃花香……

蓝袍男子捡好了东西往怀里一揣看也没看上官一眼，又急急往一个巷陌中跑去。

上官丝毫没有耽误，跟着便追了过去。

那个男子全然没有察觉到后面有人跟踪一般，转过几个小巷，进了一户普通人家的院子里。

上官犹豫了一番，终是悄无声息地潜进院去，戳破了纸糊的窗户，上官往里一探，屋子里的摆设一览无余却没有看见人影。他心中惊疑，犹豫了几番还是推门进去了。

如在窗户外所见的一样，屋里没有人，他穿过厅堂，进了里屋看见这摆设，倏地一怔，床榻上一块木板被大大打开，里面是一道深深的阶梯，不知通向何处。

上官心里蓦地生出一股期待，带着些许小心，一步一步，顺着阶梯走了下去。

下面是一个密道，长得让上官有些吃惊，幽深的甬道仿似那个陈国地宫。上官每向前走一步，心中的期待便更深一分，行至密道尽头，眼前忽然开阔的景象让上官听见自己的心跳响如鼓擂，他看见那张寒玉床静静摆在房间中央，上面铺了一层薄土，一株脆弱的桃花树枝便插在土中。

“阿……阿灼。”即便他无比清楚此时应该保持沉默，但是这声唤便是无论如何也关不住。

“哎呀。”正在寒玉床一头忙活的男子忽然抬起头来，看见上官其华他似乎吃了一惊，“你跟进来了？”

上官的目光在密室里逡巡了一圈，没有看见他要找的那个身影，这才将目光落到那个男子身上。那男子嘻嘻笑了笑：“幸会啊幸会，阿灼应与你提过我，我是陈国太子。”

上官其华默了默：“口吃的土豪儿子？”

陈国太子脸上的笑容一僵低低咒骂了两句，抬头保持着笑容道：“变成僵尸后我的口吃就好了。不过是习惯把词语说两遍而已。”

“阿灼呢？”上官并不在意他是个怎样的人。

太子摊手道：“刚才揍了我一通，说是要去找你，就跑了。”

上官怔住，有些不明白他这话背后的意思。

太子挠了挠头：“说来也是我的失误啊失误，当初听说魔教教主被斩，我便好奇地跑去看热闹，结果正巧看见了千年前种出来的桃花树妖，我见她没了内丹，一副快要死了的模样，便好心地将她收了回来，放在家中养着。多么辛苦啊，为了她，我还亲自去取了她的真身，搬了我的寒玉床过来。哪想费心费力的养好了她的身子，她却大大骂了我一通，我这才知道你和她的关系。这不，这些日子她刚能下床走路，便嚷嚷着要去找你，我不准……方才她揍了我一通便跑了。”

上官听明白了一些，但却多了更多的困惑：“什么内丹？什么快要死了？”

“你竟还不知么？”太子挑眉，“照理说你应当是死过一次的人了。”他走过来指了指上官的心口，“你的心脏被乌鸦妖戳了一个血咕隆咚的大洞，是阿灼用她千年的内丹帮你补了心，才救了你一命的。”

上官只觉耳边嗡地一响，霎时有些失神。

“但是妖怪没了内丹自然活不了多久，她能陪你一起东奔西走地跑上两年已经是大大的本事了啊本事。若不是遇见了我……”太子开始美美地夸起自己来。

但是他的话哪里还入得了上官的耳朵。

内丹……所以他才会一夜暴增了那么强的力量，所以阿灼才突发奇想的想去帮他报仇，因为知道自己活不了多久，所以，想在生前看着他了了愿望么？

真是个傻姑娘。

酸涩涌入心房，上官一手摁住胸口，一时竟恨透了自己。

“阿灼在哪儿？”

“谁知道，不过今晚是元宵节啊元宵节，城里有灯会，那丫头爱凑热闹……”

不等太子说完，上官其华转身便走了。

“哼，都是一群忘恩负义的家伙啊家伙！”太子气得跳脚。

元宵灯会沿着漫漫长街摆开，几乎照亮了半边天。身边的每个人脸上皆洋溢着喜气的欢笑。

他摘了斗笠，换了一身骚包的白衣，只因阿灼说过，这样的衣裳，最能引人注目。他走在人头攒动的街头，目光却在人群中焦急地寻找。

忽然，他身形一顿，在街边的灯铺上，一抹粉色的身影吸引了他全部的注意。这一刻他紧张得像一个要出嫁的姑娘：“阿灼！”他大步迈上前去，一把拉住那女子的手，待看见那人的脸，狂喜骤然变成失落，“对……”

“上官其华！”

一声大喝蓦地炸响。听得这个嗓音，他浑身一僵，一时竟不敢转头。

“你，是自己剁了手还是我帮你？”语调凉凉的，却有藏不住的恼怒和嫉妒。上官抿了抿唇，终是放开了那个一脸茫然的女子的手。

他清了清嗓子，像个有些失措的小孩，怯怯地转过了头。在看见来人的那一瞬，周围静默的灯光似乎成了无数的流光，在他身边飞逝而过。只有这个女子映在他眼眸深处。

“阿灼……”

“别叫我！”阿灼气恼地扭身便走，上官一下便慌了，忙追上去，有些野蛮地拽过她的手，一拉便轻而易举地把她抱住。

急促的呼吸停不下来，上官嘴笨的不知道该说些什么，无数情绪涌上来，最后只冲出一句有些委屈的：“我找了你很久。”

阿灼不解："我不就睡了一个觉，你都跑到哪里去找我了?"

"我找了你很久……"久到几乎忘了自己。

阿灼虽然不大了解情况，不过也表示安慰地拍了拍上官的背道："放松点放松点。我在呢，以后不让你找不到就是了。"

上官唯有沉默。他想，如果他能一直在转头的时候看见阿灼，那么此时的他或许也不知道，自己有多么亏欠她。

当众抱了这么久，周围来观看的人也围了一圈，即便脸皮厚如阿灼也不得不红了脸，她琢磨了一下道："上官其华，你这么舍不得放开我的话，就把我娶了吧。"

上官一呆，傻了。

这样的感觉，一如他们初见之时，阿灼低头的那一吻，有种心花怒放得几乎要埋葬了他的感觉。

阿灼见上官没有反应，不由恼道："咱们抱也抱过了，亲也亲过了，你想赖账么?"

"……不赖。"他红着脸，轻轻道。

或说，求之不得。

启　事

本书编选时参阅了部分报刊和著作，我们未能与部分作品的作者取得联系，在此深表歉意。请各位作者见到本书后及时与我们联系，并提供相关作品著作权证明以及本人身份证复印件，以便按国家相关规定支付稿酬及赠送样书。

地址：湖南省长沙市天心区芙蓉南路和庄 A 栋 3118 室

邮箱：bjljwh@126.com